GUILHERME LUCIAN

TEN KHÜ KAI

Volume I:

O CLAMOR

 TEMPORADA

Copyright © 2022 by Editora Letramento
Copyright © 2022 by Guilherme Lucian

Diretor Editorial | **Gustavo Abreu**
Diretor Administrativo | **Júnior Gaudereto**
Diretor Financeiro | **Cláudio Macedo**
Logística | **Vinícius Santiago**
Comunicação e Marketing | **Giulia Staar**
Assistente de Marketing | **Carol Pires**
Assistente Editorial | **Matteos Moreno e Sarah Júlia Guerra**
Designer Editorial | **Gustavo Zeferino e Luís Otávio Ferreira**
Capa | **Fábio Brust**
Revisão | **Sarah Guerra**
Diagramação | **Renata Oliveira**

Todos os direitos reservados. Não é permitida a reprodução desta obra sem aprovação do Grupo Editorial Letramento.

Dados Internacionais de Catalogação na Publicação (CIP) de acordo com ISBD

L937t   Lucian, Guilherme

TENKHÜKAI, volume I: O Clamor das Luzes / Guilherme Lucian. - Belo Horizonte, MG : Letramento ; Temporada, 2022.
194 p. ; 15,5cm x 22,5cm.

ISBN: 978-65-5932-204-6

1. Literatura brasileira. 2. Realismo fantástico. 3. Fantasia 4. Realismo. 5. Ficção. 6. Fatalismo. 7. Destino. 8. Livre-arbítrio. 9. Redenção. 10. Reinício. 11. Humanidade. 12. Luto. I. Título.

2022-2628
CDD 869.8992
CDU 821.134.3(81)

Elaborado por Vagner Rodolfo da Silva - CRB-8/9410

Índice para catálogo sistemático:
1. Literatura brasileira 869.8992
2. Literatura brasileira 821.134.3(81)

Rua Magnólia, 1086 | Bairro Caiçara
Belo Horizonte, Minas Gerais | CEP 30770-020
Telefone 31 3327-5771

TEMPORADA
é o selo de novos autores do Grupo Editorial Letramento

editoraletramento.com.br   ●   contato@editoraletramento.com.br   ●   editoracasadodireito.com

Esta é uma obra de ficção,
Sem nenhuma relação concreta com pessoas,
Entidades e/ou eventos reais.

"Mens humani animi scintilla altior et lucidior"
— *Heinrich Khunrath*

*"In humano corpore latet quaedam substantia
coelestis natura paucissimis nota"*
— *Gerhard Dorn*

7 Livro I - *Da chegada dos escolhidos*

8   Interlúdio

9   CAPÍTULO I - Por humanas mãos

11   CAPÍTULO II - A sombra da estação

19   CAPÍTULO III - Escuridão por infinito

26   CAPÍTULO IV - Aquela que desenha o destino

31   CAPÍTULO V - Em colo de oceano

37   CAPÍTULO VI - Às brumas do jardim

47   CAPÍTULO VII - Anjo caído

53   CAPÍTULO VIII - O outro

62   CAPÍTULO IX - O Águia de Ônix

72   CAPÍTULO X - Tocados pelo abismo

81 Livro II - *Dos primeiros ventos da tempestade*

82   CAPÍTULO I - Ainda que caminhe no vale das sombras

90   CAPÍTULO II - O vão da montanha

104   CAPÍTULO III - Presságios de sangue

116   CAPÍTULO IV - Penitências no farol

133   CAPÍTULO V - Lâmina do vento

149 CAPÍTULO VI – O encontro com Arious

161 CAPÍTULO VII – Desenredo do que resta ao fim

168 CAPÍTULO VIII – Do resultado de nossas más escolhas

177 CAPÍTULO IX – Sub umbra alarum tuarum

181 CAPÍTULO X – Os dois portais

LIVRO I

Da chegada dos escolhidos

INTERLÚDIO

O ódio é o acontecimento inconsciente do amor...

Porque não é contrário; é vínculo que prende, que teima e que regressa sempre ao início do quanto nos convoca a ser. Um punhado de sensibilidade em sua peleja criadora de tessituras.

São inúteis, afinal, quaisquer julgamentos. A fronteira que aparta a retidão do erro não passa de uma projeção benfeita e insuportavelmente duradoura. Eis por que é preciso enxergar as medidas ocultas emprestadas às sutilezas das coisas para compreender suas essências secretas.

Aqui, um detalhe para iniciarmos o fim desta jornada: o Musicista sorri quando sangue e lágrimas serpeiam pela face de Deus. Seis escolhidos cedem à morte, porque entregues ao vazio em que tudo se desfaz.

Sentindo as assinaturas de inúmeras luzes, ajoelha-se o seu Criador; e assim ele desenha tristezas inéditas no próprio semblante. Dos atos lhe vêm as verdades que emergem como o botão de uma rosa esgueirada por entre memórias inglórias.

De um lado, portanto, jaz subjugado o Deus; e rendido à inevitabilidade de tramas sem controle. Do outro, um maestro que revela sua inclinação ao domínio da existência.

O que antes fora "bem" ou "mal" é agora um entremeio às intenções de dois seres não muito opostos como se supunha. E há aí uma intrigante ironia, pois lutam ambos por controle e equilíbrio; ainda que distorcidos em relação aos direcionamentos.

Não é possível, vejam só, alterar as correntezas de há muito escritas; salvo se, da quietez do nada, pulsarem corações que superam as vontades de um destino aberto a toda sorte de inconstâncias. Se acaso adquirirem poder para construir as próprias trajetórias, que farão os deuses em relação à ordem regente? Admitirão equilíbrio para além das suas palmas ou castigarão os pequenos por tanta insolência?

Eis então que cada escolhido ergue o olhar a quem por eles tece os enredos. E esgotados, embora sem disposições para recuo, seguem à direção da morte, porque esse passo é o quanto os separa do pretenso equilíbrio. Deste querer divino. Do fluxo de ciclos já escrito. De toda lógica possível.

Espiam a face do Criador como quem partilha o que não é visto no calor confuso de um último adeus. E em sangue humano, luz. Esquecimento...

CAPÍTULO I

Por humanas mãos

Enquanto aguarda sua chegada, o suor lhe escorre à tez em ânsias para beijar com fúria e sal os sulcos da pele nua, porque desconfia do que virá. Em instantes crê na valsa das sombras, sim, embora sejam devaneios projetados à parede pelas linguetas ígneas da lareira.

Árvores cantam lá fora — conforme restolham suas copas com o ido dos zéfiros —, e de quando em vez, por embaraços complicados, contorcem-se os galhos.

No que o vento deita as memórias de outros espaços às frestas das janelinhas, a cabana estremece, arrastando-o até notar a presença daquele que, à escuridão de um capuz, emana-lhe o silêncio traduzido quando deste encontro.

— Olá, amigo — ele diz com voz em teimas; e da lugubridade do manto lhe despenca aos poucos o olhar.

— Um cadinho de sutileza cairia bem — adiantou-se, no que, meio desajeitado e rabugento, toma assento em riba de um tamborete já puído. — Algum sinal deles, afinal?

— Chegaram há pouco.

— Devo avisar que não há regressos nesse caminho?

— Eles são importantes — fala-lhe de uma vez; e seguro de si. — Se acaso modificarem os cursos da correnteza, uma realidade melhor será talvez desenhada.

— Agora entendo — faz força para pôr-lhe costura às palavras, guiando uma das mãos à fronte marcada em história. — A bem dizer, não é de hoje a minha desconfiança: deseja que o destino encontre seu rumo por humanas mãos.

Sentira-lhe das feições a tristeza, ainda que esconsas na penumbra do seu capuz. Coisa à toa, sim; e mal posta ao rumo de um olhar afobado e farto de mundo.

— A vontade da escuridão não pode mais ditar regras à sinfonia.

Ele sussurra (e com lábios em sobressaltos de ponderação). Imiscuem-se os suores ao sal das vicissitudes de há muito cultivadas, compondo humores que logo rebentam no palato.

— Espere! — Chamou ao vê-lo já de partida; e presciente a respeito do quanto fará. — Irá sozinho até *Contheus*? Acaso sabem o que está prestes por carrear? — Remenda, escapando-lhe as palavras com timbre de quem desaprova loucuras.

— Melhor permanecerem em brumas; e que a esperança em algo guie seus passos.

Nota-o recuar, preparando-se para deixá-lo. Pediu que adiasse os pés, mas sem transparecer da voz a melancolia; e fingindo desconhecer a resposta à própria pergunta:

— Por que veio, afinal?

— Sinto e temo o óbvio: não mais nos veremos. Mas se acaso acontecer, que seja então na condição de amigos...

Dá-lhe o último sorriso encoberto antes de volver para partir, desmanchando-se como se tragado na rouquidão cálida de uma tormenta. Resta apenas a sensação aguda que o domina, cospe e ajeita no ido sem beiras à certeza da morte.

Sem compreender as intenções que o puseram no trato das próprias escolhas, contudo, mantém a promessa de há tempos firmada:

— A qual pretendo, e nada mudarei do que meus lábios agora pronunciam, com sangue cumprir!

Cala-se o mato, afinal, embora teimem os ventos no útero do sereno. Espalham para outros rumos a maldição dos dias que logo vêm.

CAPÍTULO II

A sombra da estação

Fria a alvorada.

Segue a esmo por calçadas enquanto estende as mãos em preces trêmulas ao oferecer o que resta de si.

Dá com solas para longe, e no que descansa o olhar aos pés nesse entretempo, nota-os em sangue (porque descalços, exibem a beleza dos condenados).

Memórias trazem ideias irresistíveis; e lágrimas degelam pela face enquanto indaga por Deus, questionando-lhe a existência ou se vela suas andanças. Como resposta, porém, distingue a rouquidão dos ventos que em ósculos de placidez ressoam por entre os seus vazios.

Transpõe prédios em afrontas contra o firmamento; e nesse entremeio, as luzes da noite ditam-lhe sendas de neônio coalescido com a própria angústia. Fecha os olhos para rogar no seu silêncio, afinal, clamando à morte que o leve.

Daí.

Do frio.

Da noite.

De si.

Curiosa é a ideia de saber que para perguntas complicadas há respostas em jeitos prontos de silêncio, as quais lhe forçam a encarar o nada que se esconde por detrás dos erros e das más escolhas.

Enquanto divaga, porém, a morte não lhe vem ao encontro, pois apenas a calidez de lágrimas é sentida. E sob seu ímpeto, baixinho, amaldiçoa o próprio destino, seguindo à medida que ideias se desprendem da escuridão inconsciente.

Porque ao longe, uma ponte. Lá, a saída.

Parecem-lhe já conclusivos os pensamentos; e assim cede ao chamado, caminhando de encontro para o fim do longo início.

Ouve estalos aos pés, como exéquias no embalo à trilha pela escuridão. E exausto, já sem forças, debruça-se sobre o parapeito para contemplar a noite sobre a superfície das águas que cantam melancolias em tantão de bemóis bravios.

"Que me sejam dados os contornos de uma realidade menos complicada"; eis suas últimas palavras a Deus. Distante e ensurdecido deus.

Entontece-se ao subir e se equilibrar às fímbrias do parapeito. Lá embaixo, o avesso do mundo; ante os pés, a promessa da redenção. Permite que o vento lhe deite suas troadas cálidas, e ruma olhos ao céu quando à tez serpeia a última lágrima adida em sal no oceano escuro.

— Akira? — Chamou às costas uma voz dulcíssima antes de sentir a ternura das mãos que lhe tomam com força desvairada aos ombros.

— Keiko — do tom lhe saem murmúrios; e da sua presença faz teste à própria crença. — O que está...

— O que você está fazendo, Akira? — Interrompe-lhe a fala (com notas-fúria da sua). — Que pretendia?

Passeia os olhos à volta, descansando-os em seguida àquela que sem aviso algum surgira. E mesmo sós, sente outra entidade, a qual não se vê de jeito maneira.

— Deus — ela sussurra, beijando-lhe a face às lágrimas desta vez.

— Por que está aqui? — Pergunta em tons ainda distantes (e com olhos enviesados). Não força os pensamentos à aceitação de que, talvez, não haja necessariamente um "aqui".

— Meu carro — retomou sem as devidas costuras. — O motor parou de funcionar; e por isso tantas fiz para buscar ajuda. Foi então que o avistei, aliás.

— Devia ao menos ter...

— Akira, eu... — palavras soam relutantes ao deterem uma vez mais as suas — soube o que houve. Vi no noticiário. Eu... Eu sinto muito...

Quis ser posto à própria sorte (e que sumisse para outros cantos!), mas insistira em ficar, afrontando-lhe os olhos ao fazer ver dos seus a doação que ainda não se sabe vínculo.

— Vamos — ela murmura outra vez. — Melhor deixarmos este lugar.

Tomara-o aos braços momentos antes de afastá-los daí. Um miasma de sangue se confunde com o dos sargaços às águas abaixo; e nesse lapso sente os toques ternos da morte.

Avista adiante uma escadaria ida ao ventre da cidade, para onde ruma agarrado pelos pulsos com paixão dos que se apiedam perante a miséria. Pareceu-lhe desesperadora sua luminosidade, aliás, porque nas trevas estivera; e desejou assim permanecer (em vez de ver a realidade despontando no ritmo da loucura).

Recosta-o contra uma das pilastras, pedindo então que a aguardasse por instantes. Seus lábios se espasmam conforme suplicam os olhos; e à face em véu se adensa a inquietação perene.

Força a memória; e cede aos pensamentos que em teimas o transformam. Entrega-se também às dores de lembranças requentadas, chiando à morte para que venha.

— Você está bem? — Indagou ao retornar com bilhetes às mãos.
— Venha — apronta-se no remendo, e pouca atenção despendendo à pergunta precedente. — Iremos até sua casa, pois precisa agora de um banho e de algo que lhe conforte as ideias.

Tem ela sua razão, isto é seguro. Sente-se desesperado, vê? E entregue à sombra cuja insistência dos muitos consolos se alinha ao seu vazio para deixá-lo ser.

A seu lado, Keiko derrama tristezas no olhar, como se prenhes das feridas e fúrias de há muito reclusas. Por detrás desse desassossego, porém, algo permanece no silêncio do seio.

O olhar passeia por entre sua presença e a vidraça ao lado; e nesse entrementes os suspiros lhe deixam o íntimo. Sente que não demora para se desatar em prantos, embora exiba um sorriso esperançoso antes de beijá-lo à fronte e, timidamente, rumar:

— Tudo ficará bem.

Súbito — enfim desperto —, ele cruza o vagão à procura do que não se vê; e os passageiros lhe espiam desconfiados a andança. Toda a realidade lhe escapa aos olhos, afinal, restando apenas o alento da escuridão.

Sombras disformes de um abismo ante os pés; e espíritos brutos com suas tantas maldições. Vê quando um deles se aproxima, exibindo-lhe o sorriso de quem esconde as más intenções.

Pouco adiante, porém, ele acorda. Tudo regressa à pretensa normalidade, no que os olhos vão de encontro às aparências do homem que desponta das fileiras costais. A julgar pelas feições (grávidas de inquietação duradoura), pareceu-lhe estrangeiro.

— Está tudo bem? — Quis saber, esquadrinhando-o de cima a baixo.

Sobresteve as mãos, embora sem desgarrar os sentidos deste seu estado bambo. Suscitou-lhe dúvidas quanto a quaisquer indícios de sanidade, sim; e na medida do olhar, tira o véu dos fulgores disfarçados em desgraças das quais não esquivara.

Percebe o verdadeiro no desabrigar das mentiras — porque não estão sós! —, e ao estrangeiro à frente viça um olhar-miséria; e também a voz que se lhe escapole em escalas tristes abafadas pelo vagão.

Desanda os passos para ver-se longe de sua presença. Porque bem-aventurados, afinal, são os que suportam a realidade: é ele a maldição; a plenitude da morte.

— Parem este trem! Iremos todos morrer!

Eis que os demais se erguem dos seus assentos.

— Que está dizendo, Akira? — Keiko é ligeira no trato das palavras. — Venha, precisa des…

— Não! — Diz à sorte de vazios; e dos sentidos não lhe vêm medo ou dor, porque cede ao sossego furioso que rejeita uma definição por palavras conhecíveis.

— As pupilas não reagem — constatou o estrangeiro. — Acaso está…

— Morto? — Rebateu com outra pergunta. — Próximo disso, talvez; mas sei que, se acaso não desembarcarem, levo-os comigo.

Ele não se atrevera às palavras. E tão logo o defronta, a vida lhe esvai à face no instante em que puxa a alavanca de emergência, vendo-a enfim chegar para cobrir o vagão com ligeireza atrevida.

Apagam-se então as luzes; é deitada a sombra. Dos ombros repara as lágrimas de Keiko (já quase cônscia do que virá).

"Sinto muito por isso"; eis suas últimas e desajeitadas palavras antes do fim.

O trem sacoleja. Estilhas das vidraças percorrem o vagão antes de ferirem um homem à altura do pescoço para tingir muitas faces pálidas à volta. Tentam outros desembarcar — fugir para onde a morte não os alcance —, mas lascas se desprendem da fuselagem e lhes rasgam o ventre.

Corpos são arremessados; e abatidos pela inconstância daquilo que se impõe à existência. Metais atravessam peitos enquanto jorros valsam para explodir em encontros violentos de rubridez às vidraças.

Gritos ressoam como tormentos não suportados. Sente ser o único aquém desta dança, embora aquele com desejos de bailar. A mente cede ao abismo de onde tudo esvanece à visão; e espíritos se comprazem na frieza do seu silêncio. Vê-se no vazio, afinal, porque em si o absoluto do nada.

Carmesim-ciranda. Brados altissonantes; e essências com ricochetes úmidos às paredes, deitando lágrimas em corações ao chão. Enquanto cessam os sacolejos, aliás, o coro desajeitado de queixumes emerge das ruínas.

— Estão todos bem? — Ele pergunta; e por estilhaços lhes segue ao encontro.

Vê não longe uma criança; e logo lhe afaga o rosto para dizer que nada disso é real. Ao mentir nesse entretanto custoso, passeia os olhos à procura por Keiko, avistando-a próxima de um canto agora imundo (e já quase desfalecida em riba das ferragens). Seus signos resplandecem a desgraça de quem vive ante os cânticos terríveis da morte.

Erra sobre os reflexos de si — projetados com contornos vítreos —, e ouve esta mulher que, aos soluços, chia em busca do filho. Outra hesita quando seus dedos tocam a superfície de uma viga afundada à carne; e por fim divisa um homem a resvalar contra os recostos dos metais.

Despenca-lhe uma lágrima à tez encardida. Quanto aos que sequer desconfiam, inclusive, deixa-se aqui esta triste constatação que talvez não tenha ainda lhes instado o pasmo: a morte é escarlate.

Keiko estremeceu; e com olhos afincados à direção de Akira, abraça-o forte. Dançam vívidas as suas almas, mas à volta de outras tantas que afinal se despedem.

— Você sabia que isso aconteceria — diz o estrangeiro; e com o cinto improvisa um torniquete à perna de uma mulher já de partida. — Como é possível?

— Há algo em nosso encalço desde antes de embarcarmos — defende-se. — Não sei o que é, mas sinto uma sombra entre nós.

Keiko estira à frente um dos braços antes que outras palavras se emprestem ao desamparo do instante. Punhados de sangue borbotam da garganta de um homem próximo, enquanto os lábios se embranquecem em espasmos de uma vida no apagar das luzes suas.

Corre até retirar as vestes de um dos cadáveres e cortá-las em tiras espaçadas, as quais tão logo lhe cobrem o pescoço. Vendo-o morto, porém, cabisbaixou para se permitir aos silêncios da própria esperança (também falecida).

Ouvem um ruído dos mais estranhos nesse entretempo, o qual crescera daí pertinho.

— Que será desta vez? — Pergunta-se a mulher cuja perna ainda sangra.

— Pareceu-me um grito.

— Mas de onde veio?

— Dali — fala-lhes a criança, apontando à cabine do operador. Não demora para caminharem sobre as ruínas, afinal, vendo-o estirado sobre o assento no qual se esvai em serpes o queimor de seu sangue.

— Como se sente?

— Minhas pernas — respondeu como convém à estupidez de sua pergunta (e com olhar sem ânimo sobre os hiatos da escuridão).

— O que aconteceu? — Ruma como se aquém do tempo; e de fato, a realidade se dissocia das suas experiências. Os últimos eventos, por assim dizer, parecem-lhe até entrecortados.

— Estávamos a dois quartos da próxima estação — arriscou-se; e por quase não lhe sai a voz. — Comuniquei à Central sobre as falhas no sistema, mas como resposta, notei esta transmissão vinda de um lugar sem fonte. O som de uma mulher, de mais pra menos, dizia-me coisas incompreensíveis; e creio até que minha mensagem jamais encontrou seu destino.

Os que às costas permaneceram, abeiram-se para ouvi-lo. E fraco por demais, o operador prosseguiu, embora não antes de ser questionado pelo estrangeiro:

— Descarrilamos?

— Mais que isso — ele responde com voz mirrada —, pois atingimos alguém...

Parecera-lhes a princípio implausível o pensamento; e a mortalha de incerteza se adensa por sobre o que resta do vagão.

— Fora como se ao encontro de uma muralha.

Keiko, de seio constrito, dera-lhe as mãos, pondo em um os temores seus. Desgraça e medo emergem num ímpeto desvairado junto àquela sombra ainda à espreita.

— Precisamos de socorro médico.

— Impossível — ele rebate. — O blecaute provavelmente encobriu, senão toda, ao menos boa parte da cidade. Ninguém sabe a respeito deste acontecido; e sequer têm ideia do que procurar. Se não quiserem permanecer, caminhem à próxima estação, porque talvez haja lá a ajuda.

— Que está havendo, afinal? — Questionou o estrangeiro, deitando à fronte as estremas dos dedos imundos.

— Quantos sobreviveram? — O operador quis saber, e tentando, à sua maneira torta, fitar a traseira do vagão.

— Não mais que nove, talvez.

— Deus...

— Possivelmente há mais alguém nos outros vagões — Keiko, num salto só, lembra-os. — Melhor procurá-los, e então seguirmos à próxima parada.

— E quanto a ele?

— Não se pre... ocupem co... migo — fala-lhes o operador (com soluços intervalados por bolhões de sangue).

— Sinto muito...

Dá-lhe as costas e segue o encalço dos demais, pondo jeito às solas sobre carcaças de beira do inferno. À escuridão, nove em sangue e com fé derrotada, de onde da ópera teimam os acordes mais sinistros.

Param, então; e pouco adiante (porque assustados e porque sem jeito).

— Há alguém aqui? — Esbravejou Keiko, premendo vistas pelo interior de outro vagão.

— Vamos andando — aconselhou o estrangeiro. — Melhor sairmos antes que...

Não lhe houvera tempo para significados menos silentes à frase, pois um grito nas trevas, súbito por demais, sobrestivera-a antes de se esparramar para além do âmago.

— Ajudem-me — sussurra uma mulher debruçada à fuselagem. — O que houve aqui? — Apressa-se na costura, vendo-os já com vistas de quem pressente as coisas ínfimas.

— Explicaremos no caminho — promete quem, tal como ela, é também estrangeiro, auxiliando-a a erguer-se. — Consegue andar?

— Posso tentar — e no que passeiam os olhos, entrega-se aos prantos por avistar cadáveres sobre os trilhos.

— Quanto tempo até a próxima estação?

— Caminhando? — Ele responde com outra pergunta ao estrangeiro. — Difícil dizer, pois não sei sob qual parte da cidade estamos.

Fora então que, súbito — antes de tomarem prumo os seus pensamentos —, Akira sente às solas o abismo provado há minutos. Vê quando tudo some aos olhos, os quais, por sinal, nada mais querem com a desgraça do mundo.

— Deus; outra vez não...

Toma-o inteiro uma luz dourada, quando então compreende não mais pertencer a este lugar e junto aos poucos à volta. Gente que, a bem dizer, sequer conhece ou verá outra vez.

Fria a alvorada, afinal.

Sabe-se lá por que motivo, perdera da alma a sua última coerência.

CAPÍTULO III
Escuridão por infinito

Afracou-se o clarão do candeeiro.

A noite se despede quando ele busca por algo no embaraço custoso de livros já esquecidos pelos séculos. Um homem à semelhança e jus dos trinta (mais tantos!) — aprumado em vestes enfarruscadas; e com chapéu entortado pouco acima da aba na fronte.

Caminhou até parar diante do guarda-livros num canto próximo, vacilando ao antever pelo assoalho a sombra que lhe parecera um abismo às solas. Ao fundo denso, aliás, revela-se o que por muito procurou: o caderninho cujo tecido à capa amarfanhara com as avarias de amarelidão; e todo ele pontilhado sobre runas em serpes taladas.

Sentou-se à mesinha escorada na parede do vitrô, apanhando dos bolsos o seu par de óculos gastos. A cada página esquecida, sente às narinas o odor de bolores — como muitos esgueirados pelas quinas das paredes —, enquanto bocejos resguardados se lhe escapolem. Um estalido no teto, meio súbito, fê-lo saltar para encarar o roedor que por aí decidiu se aventurar.

— Sinto muito, amiguinho — ele diz; e sua voz desponta teimosamente dos recônditos. — Não encontrará nada por aqui.

Debruça-se aos vincos da madeira cheirosa, deixando que o torpor do sono imponha-lhe significados ainda não sabidos. Nesse entretanto escuro e complicado, por sinal, triunfam as lembranças de um homem a soçobrar em pó, delírio, solitude.

***

A imagem de um sorriso resplandece no silêncio da memória, e o segundo sol esgueira-se pela diafaneidade das janelinhas aos aclives da mulher que, semidesperta no entrelaçar de lençóis, espia-lhe as vistas com desajeito.

A brisa rouqueja às frestas do beiral, soprando-lhe os cabelos acastanhados com ternura atrevida. Nota-o aos poucos, nascendo-lhe o embaraço de quem não detém outro sorriso de luz.

— Vigiando-me antes de nascer o dia? — Perguntou com doçura na voz, embora meio grave por conta dos idos da noite. As pupilas, aliás, ainda se adaptam à claridade da aurora.

— Que tal um café?

— Casados há quatro outonos e, mesmo agora, certifica-se de manter vivos os seus mimos?

— O que posso fazer? Sou encantador.

— Deixe-me adivinhar: — ela se adianta, rumando-lhe um olhar desconfiado — se bem o conheço, espia-me há horas das sombras.

— Isso nunca me passou pela cabeça!

Ao beijá-la, doou-se o seu peito para o colo do instante, traduzindo o que não é superfície em silêncios de há muito preservados. O dia reslumbra em seu sorriso acriançado, e com vistas firmes à profundura deste seu olhar, toca-lhe a face.

— Boa tentativa, Victor — apressou-se em responder, prevendo-lhe os ditos. — Por que não me acompanha?

— Sabe que para essas coisas não tenho jeito.

— Entendo seus motivos — disse rendida; e vestindo-se às pressas — mas isso não muda o quanto lhe quero bem. Agora devo ao dia pôr pressa, coração — ressalta, tão logo deitado um olhar oblíquo pelo parapeito onde, em idos fugazes, suicida-se a luz de outra manhã.

— Até mais tarde, então.

— Até.

Sente-se estranho ao vê-la desaparecer pelo umbral; e enquanto seguem as horas entrecortadas pelo descompasso do sonho, Victor testa cores à aquarela em mãos, porque de Mariana pintará um retrato. Resta-lhe, porém, a dúvida que lhe arranca até o quanto nunca terá:

— Como preencher de vida as brancuras da tela? — Sussurra-se. — Tira-se uma expressão, e dois ou três dedos sobre um declive de luz para que, assim, a alma se descentre até partir pra nunca mais.

Em algumas voltas de ponteiro, a contar deste agoroutrora indefinido, será seu aniversário. Por isso o pincel desliza com ímpeto, beijando os silêncios da tela às fímbrias do cavalete e aos poucos revelando a face de uma criaturinha que adquire a paleta de ternuras inconclusas. Desponta em detalhes quietos ao sabor da mente atormentada.

Inclina o corpo e cede à canseira, bebendo do suor que serpeia pelos contornos de história à fronte. As pernas bambeiam em câimbras, ao passo que os olhos pesam devido aos idos de um tempo no seu devagar depressa.

Eis que, nesse hiato, permite-se perder no entremeio onde o breu e os cânticos de tardinha se ajeitam às memórias. Do retrato resta amor requentado na medida febril de uma recordação.

Passam-se os instantes desapercebidos ao tempo do sonhar, afinal; e trazida por ventos que avançam seus espaços deixados, Mariana, em presença de lembrança duradoura, desponta como nébula à soleira.

— Céus! — Ela canta aos sorrisos. — Aprontou das suas.

— Prometo que limpo!

— Está tudo bem. Vamos, eu o ajudo.

— Nem pense nisso! — Contestou, tirando-lhe o casaco com um abraço apertado.

— Neste caso — sobrestivera as palavras para ponderar, descansando os olhos às mãos de Victor —, que tal um banho?

— Vá na frente, pois devo preparar algumas coisas antes do jantar.

— Uma surpresa? — Admirou-se. — Tome cuidado, pois fico um pouco mais mimada a cada dia. Mas trocaremos prosas, sim; tão logo eu terminar — remenda com voz-ternura; e nesse entretanto sobe as escadas antes de sumir para deixá-lo à luz dos mistérios seus.

Disto, afinal, resguarda-se aqui a quietude do não-visto.

Como forma de intromissão no desajeito dessas elaborações, convém narrar que Victor se sustenta com a venda das telas pintadas. A esposa também não ganha muito, porque é floricultora de uma capelinha próxima de onde moram — e na qual, por sinal, casaram-se.

Mariana fora sempre muito gentil. Conhecera-o, a quem possa interessar, em vestes encardidas; e sem boas maneiras às primeiras vistas afobadas:

— O que acha que sou? Se quer uma de minhas telas, pague por elas!

— Esses rabiscos têm valor? — Desdenhou alguém próximo (em eco à memória de um sonho partilhado; não apenas por Victor).

— Ora, seu...

Salta então de onde estava, e só não foi pior a liça, aliás, porque um grito os detivera por instantes.

— Pagarei por essas telas! — Ressoa Mariana; e não é sabido com o que se admiraram mais: se com sua petulância, ou devido à luz a ter-lhe inteira para si.

— Diga-me — provocou, com certa meiguice ao timbre. — Que vê nestas pinturas?

— Signos desconexos de quem está há muito apartado da realidade!

— Seus olhos me parecem escravos das próprias vistas — deu-se a dizer, no que lhe revelara a pressa por julgar. — Libertos de conflito, sem pelejas; e por isso caminha tão tranquilamente na escuridão.

Fê-lo sumir para outros cantos, vejam só, dirigindo-se ao pintor das telas com desajeito manso em sua boniteza a florescer.

— Sinto por aquelas palavras — fogem os olhos de preguiça da realidade, como se há muito sustentassem as tristezas do mundo. — Trabalho numa floricultura a três quadras daqui — assim quebra os ritmos da prosa. — Carecemos de alguém pra retocar a fachada. Então eu... — embaralhou-se. — Que diz? — Conclui sem nexo (e com bochechas coradas, coitadinha).

— Talvez... quero dizer... — sua reação, em contrapartida, não fora mais desajeitada ou menos tímida, mal dando conta de pronunciar as sílabas de um dialeto às pressas inventado.

— Antes que me fuja: — ela se apressa no remendo, estendendo-lhe uma das mãos — sou Mariana.

— Victor — ele responde; e entontecido, o danado.

Fitam-se; e no lapso embaraçoso desse minuto-silêncio. Também lhes ardem mil fagulhas ao íntimo, por assim dizer, com a força de contradições coalescidas num colo só. Desconfiam do que virá.

E assim avançam as sendas dos sonhos; com sobressaltos de pura [des]organização.

Serpeando o corpo de Mariana, a água lhe apanha os declives com afagos de mornidão. Pensa em Victor, aliás. — Que terá para mostrar? — Quis saber, mas sem muito despender às próprias divagações.

Pensamentos lhe arrastam à coragem para revelar o que desarranja seu espírito. Tem de se apressar, sim, porque o tempo é desculpa a quem busca o consolo nas idas sem volta. Vão-se as lágrimas, então; e em ritos que contornam tramas provadas em detalhes.

Vestira-se às pressas; mas mentindo para si ao crer que terá a mesma sorte com Victor. E bastou vê-lo logo mais para encarar de uma vez o regresso torto do mundo.

— Careço arrancar um aperto do seio — ela diz, e com uma firmeza tinhosa à voz.

— Espere! — Adiantou-se, forçando-a a deter os punhados restantes da fala. — Tenho antes de mostrar o que fiz.

Mariana recua os passos, como quem desconfia da própria sombra.

— O dia é depois de amanhã, mas quis presenteá-la hoje — fala-lhe ao pôr abaixo o embrulho improvisado e mal encaixado sobre a tela. — Feliz aniversário, querida.

Ela chorou ao ver o próprio retrato às mãos de Victor, com soluços pontuados por semirrespirações falhadas.

— Que houve? Acaso não gostou?

— Não é isso — desculpou-se. — Ficou maravilhoso, mas avisei: há algo que devo lhe contar.

— Que está havendo? — Deixa-lhe a garganta o temor; e com notas fúnebres de quem se vê ao colo da desgraça.

— Prometi jamais dizer, e que fingiria para descobrir somente quando viesse o instante, mas não consigo.

Sua reação não fora outra senão empalidecer-se perante o horror que logo vem. Deitada à alma, pois, a sorte dos condenados.

— Eu estou morta, Victor...

Mergulha no silêncio. Do íntimo não vêm as palavras. Esvai-se a vida por estilhas que nunca remendam. Vê a imagem de Mariana evanescer às rebarbas do passado, porque entregue, sentindo-se envolto no abismo desta [e]terna treva.

***

— Maldição — lamentou-se (e de peito arfante). — Outro sonho...

Soergueu-se, afinal, distinguindo ruídos que sugerem o avançar de botas sobre o assoalho.

Seus pensamentos atam-se em nós. Presta-se à porta a atenção, e nisso entrevê o homem em hábitos que lhe escorrega as vistas tendo às mãos um candelabro para lumiar ainda mais a branquidão dos cabelos. O nariz adunco se ergue desajeitado, equilibrando à extremidade os pequenos óculos.

— Boa noite, padre Victor — cumprimenta-o com olhinhos em passeios sinuosos.

— Arthur...

— Tão tarde; que faz aqui?

— Minha função ainda é cuidar desta biblioteca.

— Encontrou o que procurava? — Quis saber o outro padre; e não tomando como insulto a dor às suas palavras.

— Sequer cheguei perto.

— Creio então que — ensaiou, detendo-se para lhe exibir o olhar de memórias sangradas — não tenha procurado no devido lugar; ou talvez, a coisa buscada jamais estivera por estas bandas.

— Decifrando minhas sombras?

— Permito-me vez ou outra, mas nem sempre consigo. Faz anos que Mariana faleceu — ele costura para desarranjar a conversa. — Tente ao menos esquecer a dor ajeitada nessas lembranças.

— Se aqui permaneço — Victor murmurou, buscando com zelo as palavras seguintes — é porque quero, a qualquer custo, lembrar-me de tudo.

— Em riba desses livros restritos? — Questionou; e esperto como só. — Não conceda ao passado o que lhe passa da conta, pois para nada serve quando nos é impedido o poder de mudar as tessituras de Deus.

Risadas escapolem do íntimo de Victor; e pontuadas por pausas que bem lhe doem ao ter com seus significados.

— Sei o quanto é difícil crer, mas — hesita para suspirar —, Ele tem seus muitos planos; e talvez mais bonitos se comparados aos da vida que Mariana levaria do teu lado.

— Também tenho os meus; e por isso anseio a morte.

— Vá descansar — aconselhou, deixando-o à companhia·das próprias reminiscências antes de uma vez mais cruzar o rebato e fechar a porta com gentileza.

Passaram-se duas décadas desde que adoecera Mariana, as quais a Victor serviram como sentença. Quase não pinta mais, e quando se arrisca, empresta-se às paletas de uma escuridão por infinito. É agora padre porque para cada um são postas escolhas às pelejas contra as maldições; e o quanto resta jaz então sobre os retratos de memórias inafastáveis.

Ouve estalos ao teto, então. Arrastam-se estantes onde à volta se espraiam pergaminhos e calhamaços malcheirosos. Uma fenda no assoalho por quase não o toma, surgida das trincas em serpes às paredes antes de arrebentar vidraças para invitar os ventos que lá fora troam com cânticos violentos.

Tijolos são cuspidos de quando em quando; e correm segundo as valsas de uma energia esquisita (porém bonita). Vê-se agarrado às estantes, embora seu corpo ainda siga sem recatos para onde a morte quer-lhe ao colo. E no ponto onde cede à força, afinal, nota o braço que o firma ao pedaço da verga.

— Segure-se em mim! — Arthur suplica; e já sem forças por vê-lo sorrir.

Desvencilha-se das palmas, as quais, mesmo trêmulas, agarraram-no com ternura doída. E então, revela-se a luz dourada que amansa o avanço frio da noite.

Ao erguer o olhar, finda a canseira por respostas. Porque se do outro lado lhe aguardam as metades, permite-se às últimas lembranças de Mariana — quem, em tudo, dera-lhe à vida uma orientação; e enfim fará o mesmo na morte.

CAPÍTULO IV

Aquela que desenha o destino

Falta-lhe o ar. Desassossega-se o seio, ao passo que tremem as mãos. As horas serpeiam pelos declives sobre os quais é descrita a trajetória do suor; e à altura dos dedos, aguarda o gatilho que lhe convoca as volúpias assassinas.

Vê-os em mira, aliás. À frente o líder; um homem cujo respeito é imposto pela opressão. Há-lhe inúmeras escalas de tristeza no olhar (de memórias que o tempo já desgraçou); e se o matar, afinal, garantirá alguns meses de paz a esta vila antes que outros mais lhe tomem o lugar segundo as inconstâncias do acaso.

Sente que o dia não acompanha seus pensamentos quando os empresta à friúra do gatilho. Pressiona-o, então; e o calor lhe entrega a posição em meio à brenha rasteira (com beijos de sol caídos aos cabelos enrubescidos pelo sangue da escória).

— É agora...

CASARÃO DOS GOLDFELD, HÁ 29 ANOS

— Não cavalgue para longe, Sophia — ela adverte; e com olhos apurados, porque parece à busca de um evento já esperado.

— Quais destes, tia Linda? — Quis saber a garotinha, empunhando um emaranhado de chapéus em cada uma das mãos antes de alar o dorso de um potro marrom-perolado.

— Isso pouco importa — resmungou Linda Goldfeld, que, apesar de moça, conserva traços de velhice precoce. No pescoço atou um lenço azul dobrado em dois, e trançara os cabelos para resguardar-se a boniteza.

Há quatro anos cuida da pequena Sophia, aliás; a herdeira única de Charles e Dulcea — que nutria um fruto prematuro quando este quis, em pressa desatada, rebentar-se ao mundo. Parto custoso, sabe? Disseram que, na melhor das possibilidades, apenas uma viveria.

Os céus puseram jeito às lágrimas ao vê-la nascer, embora tenham antes insistido por semanas. À época, muitos abandonaram os lares em busca de abrigo; sendo aqui também somados os caprichos de um destino que forçou Dulcea a dar à luz aí mesmo — porque não havia como rumar para outro lugar.

Ao socorrê-las durante o parto, Linda lhes abrira as clareiras de uma nova vida. E muito do que se seguiu, porém, fora estranho à pequena, porque se tornou solitária (mas não por culpa ou desejo seus).

Os pais, constantemente, viam-se noutro lugar — aonde nunca, nunquinha mesmo, levavam-na —, e após certa idade, trataram-na com alheamento, como se cada carinho doutrora, sem mais, desfizesse-se ao toque das memórias. O que desprendera do amor lhe foi uma fantasia desfigurada para serenar o coração que mal se ajeita no embaraço de ilusões amargas.

Por muito, Sophia aprisionara as emoções; e dessas fez refúgio no íntimo, tendo-as em jeitos de silêncio guardado. Às vistas acostumadas a não sentir, sorria como se firmes quaisquer fundamentos, embora jamais mentisse para Linda, já que lhe enxerga, dos conflitos, os mais esconsos. Partilham vez ou outra os segredos seus, e dos pais mantém a recordação antes de vindas as mudanças — porque talvez trocados num instante do passado.

Ainda à memória a voz doce da mãe, ou o cafuné paterno (danado de gostoso). Por anos até lhe foram luz, mas é dito: sobre eles caíra a maldição; uma coisa ruim que os descentrou deste mundo. Do acontecido, aliás, sabe-se nadinha, embora sintam todos a falta dos tempos alegres àquela casa.

Enquanto Linda regressa aos afazeres nesse entretempo, Sophia é deixada solta no remanso que dá na floresta daí pertinho, aonde jamais se atreve devido ao medo das suas histórias. Ouve, vez ou outra, sussurros chamando-a pelo nome, mas lhe dizem ser o vento às travessuras. Algo lá a deseja com força, sim; e desde que não tome beira, estará em bons bocados.

Foi-se quieta por horas a fio, cavalgando e correndo sobre os campos em derredor do casarão, ao passo que envolta pelas mentiras da própria existência; e imersa na desolação dos pensamentos. Mete-se à estrebaria, afinal, e descansa as ideias num amontoado de palhas para observar as vigas entrecruzadas na cumeeira.

Notou alguns dos seus desenhos esparramados, revelando o que as mãozinhas criam em traços imperfeitos. Vez ou outra, porém, retratam situações de desgraça; e complexas por demais à sua experiência, forçando-a a se isolar como nunca, diga-se logo (porque estranha e porque amaldiçoada).

Deita o azul-turquesa dos olhos às ilustrações, onde ainda risca seu giz no amarfanhado do papel. Minutos seguem aos destrambelhos — somados aos ventos com insistências pelos vãos das tábuas —, e da aparente quietude, espraia-se um primeiro clarão que no céu profetiza a tempestade.

Trovões bramem injúrias, abrindo caminho à chuvinha a se abeirar por detrás das costas do norte. E Sophia ouve rinchos, porque habituados os cavalos ao temor vindo com as águas que já pliqueploqueiam sobre os telhados.

Varrendo em charcos os pastos, fê-la correr ao casarão. Segue com águas deitadas nos cabelos clariacastanhados, bailando à volta de ventos molhados enquanto resvala os pés por sobre as gramas curvadas nessa ida.

Avista o mainel dado à soleira, metendo-se a subir com saltinhos simétricos num ziguezague aos degraus. Travessa as vergas, e então divisa muitas vistas apuradas sobre si — cônsonas às friúras da tormenta que lá fora se esparrama ligeira.

Ao canto de uma parede — entre colunas gêmeas forçadas à estrutura —, um velho rádio chia as palavras do noticiário, as quais, conforme tomam espaços, enchem-lhes os corações com aflição. Coisa perigosa, sim.

— Ela tem de saber, Linda — apressa-se um deles, porque vira a dúvida crescer no olhar da pequena.

— Faça-o, então — retrucou, dando-lhe tão logo as costas.

— Sophia — ele se adianta, e igualando-se a ela em altura.

— Mamãe e papai não voltaram? — Quis saber, enquanto a mornez das primeiras lágrimas penetra as brechas do sorriso que mal se sabe esperançoso.

— Vamos, Richard! — Linda o pressiona (com olhos por demais avermelhados). — Fora sua a ideia. Conte de uma vez.

À consciência de Sophia, aprumam-se as coisas no arranjo mais compreensível; e isso porque, esperta como é, dá-se conta dos fios que se desenrolam neste instante-dor.

— Seus pais não voltam mais — ele revela. — Sinto muito, minha querida.

A gravidade da voz ainda ouvida pelo rádio cede vez à suavidade de outra, que aos poucos se mete na valsa complicada de palavras cujo amor doído reverbera no silêncio:

— "[...] *she'll change her tune in restless walks she'll prowl the night...*"[1]

Porque estranha, a sensação crescente ao seio perfura até o que de si não resta, rasgando-a à essência.

---

[1] *April Come She Will* (1965); composta por Paul Simon — © Universal Music Publishing Group.

— *"July she will fly and give no warning to her flight..."*

Estuporou; e mais ou menos consciente em relação à desgraça de sua esperança.

— *"[...] die she must; the autumn winds blow chilly and cold..."*

Em vez de tristeza, porém, há alívio, porque compreende a dimensão do ódio que há muito nutre no ventre da escuridão de si. Revezara olhares (por mil lágrimas fingidas) e, com fúrias caladas, foi-se à maldição dos ventos úmidos.

— *"a love once new has now grown old..."*

O restante não é mais que punhados de quietude ao tempo das memórias.

Nesse ido complicado, viram-na evanescer, porque não lhes há jeito ou força para impedir essa partida. E Linda, amaldiçoada pela culpa, apieda-se ao salgar com o próprio pranto a fotografia de seus pais.

— Sinto por ter falhado, Dulcea...

Seguiram-se os anos, afinal, no que arrancaram de Sophia a luz de há muito esquecida. Tristezas se emprestam agora aos pensamentos, e tão logo descem as noites, some, regressando com sangue às vestes quando os clarões do alvor beijam o colo dos campos de além-leste. Dos rumos fizera mistério. Levaram-na fundo as asas à desgraça do abismo.

Sabem de umas histórias nessa casa já quase vazia, e dizem que às próprias mãos tomara a justiça, ou que vinga o destino dos pais. Seus feitos, aos pouquinhos, tornaram-se boatos — destes, contos; e de outros contos, a lenda que nem sempre se quer como de fato é. Narram uma em especial, aliás, entregue há tempos para as más línguas:

— E então? — Quis saber este homem, em encontro situado no entremeio de um tempo já esquecido (e borrado tantas vezes por memórias que já não são apenas as de Sophia). — Temos um acordo?

— Baixe esta arma ou suas ideias servirão de alimento aos porcos, cretino — ela disse ao lhe apontar a sua (o que, por fim, fê-lo recuar).

— Perdoe os maus modos; e também a rudeza dos últimos dias. Essa milícia se tornou um incômodo, sabe?

— Até ontem, seguiam suas ordens.

— Por isso o incômodo — debochou com um riso de meia banda.

Sophia saca uma vez mais a pistola, e já sem paciência.

— Todos vocês — ela acrescenta frieza às últimas palavras — são patéticos!

O estrondo cede vez às tantas vozes que se alteiam do lado de fora da barraca. Homens logo se achegam, armados e detidos na medida do olhar; mas à mornidão da terra árida, jaz-lhes a figura inerte do líder (cujo corpo enrubesce os sulcos em serpes).

Procuram pela mulher que há pouco viram entrar, embora tenha ela se desmanchado nos ventos! Porque perfeita e impiedosa. De si não deixa os vestígios.

***

Liberta das memórias guardadas, Sophia pressiona o gatilho antes de observar a trajetória da sua bala, a qual, incompreensivelmente, detém-se em pleno ar. Foge por entre a relva seca, então, sentindo-se fracassada.

— Maldição! — Ralha consigo sob o ardor do sol. — Como errei a essa distância?

Parou para ver da cena o arranjo insólito: seus alvos estão inertes; e com olhos curvados sobre o vazio, sendo varridos por uma energia sem igual. Nesse ido, aliás, ajeita um segundo disparo, notando-os em partículas com efusões de sangue aos ventos.

Correra o quanto permitiram as solas, afinal, capengando à terra batida. Entrega-se às inércias antes de perder do corpo qualquer domínio, pois é domada pelos toques da luz dourada que lhe arranca o sorriso besta dos que enfim se despedem das dores guardadas. Ainda não há como saber, evidentemente, mas traz no espírito muito de um destino por despontar.

CAPÍTULO V

Em colo de oceano

— Está vendo? — Pergunta o homem. — Não, um pouco mais pra cima — ele remenda. — Isso mesmo, aí! — Conclui. — Outros tiquinhos e já estaremos distantes no Pacífico.

— Parece complicado, papai; não entendo esses desenhos.

— Fique sossegada, querida — ele sussurra. — Serei seu norte.

A garotinha sorrira ao homem que lhe relata um mapa surrado. Em feições é aventureiro (embora tristes por demais os olhos); e para quem nota, dá a crer há muito procurar no mar o quanto perdera em algum momento. Os cabelos são acastanhados, vê? E se entregam ao soprar das monções, caindo à resplandecência da tez empardecida.

Veem-se agora num barco cuja couraça maltratada evidencia sua tinta desbotada. Santuário diminuto, sim, e por dentro seguem janelinhas de onde se mira uma imensidade azul. Subindo uns tantos degraus, erguem-se as velas com charme de veterano d'água. O leme é forçado à estrutura (como o das antigas naus), sendo que, abaixo da popa — pertinho do costado em estibordo — reluz esta inscrição já posta para o esquecimento: "Roberta".

O homem ainda observa aquele mapa, coçando seu bigode copioso como quem procura respostas às dúvidas menos conscientes. Mesmo que desleixado ou sujo à primeira vista, diga-se logo, tem seus ares joviais: vinte e tantos nas costas, talvez, apesar de lhe haver bocados de uma canseira apinhada ao semblante.

Os olhos vão ao encontro manso dos de sua filha, que, esperta para esta idade — já aos cinco do seu nome —, conhece-lhe os dizeres silentes com notas-sal de marinheiro. Há muito, aliás, armam jornada às ilhas a oeste dos ancoradouros, porque carecem de instantes para comunhão.

Nesse entretempo à prosa largada — de menos a tanto, vê? —, viera-lhes o finzinho do sereno com ventos frios por demais.

Descansa as vistas num céu cujo pretume já mingua, permitindo-se aos ventos. Avançarão duas ou mais milhas tão logo beijar o sol os regalos do leste.

Sob a luz de estrelas pálidas, suas memórias lhe guiam para outro lugar; e eis que revisita um quarto com detalhes sobre curvas sinuosas ao parquê. Rememora o bálsamo às narinas, e da paisagem a mulher cujo sono vela. Deitam-se os cabelos pretos pelos declives à pele abronzeada, escorregando dorso afora com toques de sol vindos dos vãos das cortinas pardas.

Empresta os olhos à manhã, acostumando-os com clarões de beijos tépidos. Espreguiça-se num sobressalto, e toma assento ao tatear a lisura fria do lençol.

— Por onde esteve?

— Caminhei por um tempo — ele disse, com voz de rouquidão branda.

— Por quanto mais faremos isso, Henrique? — Adiantou-se, mas sem destino a prosa, pois lhe há tristeza singular às feições (dessas que não se ajeitam, nem se dão por satisfeitas). — Prometera que deixaríamos o quanto antes este lugar, e que buscaríamos ajuda à minha escuridão — põe costura à fala, enquanto deita carícias ao próprio ventre. — Não percebe que as minhas sombras também a abraçam?

— Teremos tempo, Lara — assegurou (meio distante, o danado); reluta, a bem dizer, em demorar-se perante os juízos desses olhos. — Pensaremos em soluções.

— Sabe o quanto lhe quero o bem — ela rebate, buscando-lhe às mãos o calor que falta às suas —, mas nosso destino não há de ser encontrado por estas bandas. E nada me afasta, aliás, a sensação de que algo ruim acontecerá. Os pesadelos estão mais intensos em seus símbolos, meu amor; e de modo algum, sinto-me feliz ou segura. É como se uma porção de mim estivesse em outro lugar — acrescenta; e nesse ido constata parados os ponteiros de seu reloginho —, ou como se um futuro nefasto se adiantasse para me assombrar.

Reinou aí o silêncio, como se bocados do tempo lhe faltassem à consciência. — Que maravilhoso brilho o destas estrelas! — Fora então sua resposta às próprias lembranças.

Fê-lo ir para outras beiras do passado; e desta vez, sob o clarão tênue de um entardecer que conserva o frescor de quando há muito ocorrera:

— Tua proposta é nadica de nada — diz um homem cuja voz ainda passeia à memória, ribombando por mais um quarto de minuto. — Aviso logo, e que mais tarde não me tenha com reclamações: este barco é já surrado; e não o aceito pra volta, entendeu bem?

— Vamos, entre — bufou (porque compreendido o seu estado após exames demorados). — Resta-me vigor a ponto de preparar um bom guisado. Mas se aprume, antes que remende as ideias.

Enquanto avançam as memórias, vê-se neste barco que hoje é seu. Do entrelaço complicado à tessitura de passado, contudo, dera atenção dos que mal sentem as sutilezas — porque uma vez mais lhe vem o peso da voz:

— Que história traz? Porque, daqui, sinto-o em maus bocados.

— A vida encontra arranjos quando do prumo fugimos — ele diz, encorajado pelo interesse desse homem. — Tive o fim que mereci.

— Jovens e seus códigos — adiantou-se no trato das palavras, compreendendo que, de um jeito ou de outro, ainda lhe dói por demais. — Apaixonei-me certa vez, sabe? — Põe costura à prosa (de uma maneira torta, porque desajeitada; e talvez sem propósito). Aos olhos, porém, a nitidez de quem desvela sombras custosas. Puxa nesse entanto um tamborete, e assim avançou: — Íamos ao altar, mas não demorou pra partir.

— Foi-me um baque à época — ele intercala —, mas agora sinto sossegado o peito, pois sei que ela buscou a felicidade jamais provada do meu lado; e ser algum há de julgá-la por isso.

— Minhas memórias têm curvas diferentes — ele rebateu (com olhos descansados sobre o vazio). — Durante muito, Lara fora a minha luz, mas se esvaiu pra nunca mais — disse-lhe sem as devidas costuras. — Matou-se; e de menos a tanto, deixou-me com uma criança antes que dos eixos saíssem as coisas. Tentou, ainda que de uma maneira egoísta, avisar-me a respeito da sombra que lhe crescia no íntimo; mas fui fraco e mesquinho a ponto de manter enoitecidos os meus olhos.

Coçara a barba nesse ido, deitando vistas por sobre Henrique.

— Perceba o que faz — ele propõe; e esperto como só. — Não se dirige a essa mulher, mas sim às projeções malfeitas de sua essência, frustrando-se, aliás, ao julgá-la por seguir a contramão das suas elaborações. Ela foi egoísta, você diz, mas se a escuridão do mundo lhe tomou o prumo, é porque nenhuma luz a abraçara antes do fim (e isso inclui a da sua presença ausente).

Há muito vi o passado partir com um filho meu, sabe? — Ele continuou. — Porque me faltavam à época sinais de um bom pai ou marido (olhe só pra mim!) — provocou. — Ela nunca tomou decisões conforme confortáveis, afinal, e lutou contra muitas convenções impostas. Admiro-a ainda mais, ora!

— Em vez de ver as coisas sob a angulação da superfície, tente enxergá-las pela perspectiva da própria penumbra.

Fita-lhe com força os olhos, então. A primeira lágrima desponta em jeito brabo dos leitos mais serenos, nascendo ao colo de um dissabor que se abeira quando admitimos erros e escolhas tortas.

— Obrigado por isso — trata de rumar. — Colocou-me prumo às ideias.

— Não há de quê, garoto.

— Perdoe-me os maus modos, mas ainda não nos apresentamos.

— Esteban — ele diz, com o olhar a sorrir.

Quando Henrique lhe revelara o nome, porém, lembrou-se de um pormenor:

— Este barco tem já uma graça, caso não a tenha notado.

— Está tudo bem — sorriu, trazendo à mente as inscrições vistas há pouco num dos costados. — Dá-se jeito a isto...

Desfeita a lembrança, não muito adiante, notou o sol num rebento tímido por demais à beira do horizonte, tingindo de palidez o firmamento em seu ido imenso. Gaivinas-pretas debandam com cantoria desaforada, e nuvens compõem algodões de grupos logo dispersos pelos ventos doutra manhã.

Aromas algáceos às narinas, e barulhosas, as águas lhes cedem passagem em ondas de rumo tempestivo. — Coisa estranha — ecoou-se Henrique (com vistas deitadas à bússola cravada ao leme). Nalgum momento, vejam só, desaprumaram-se os seus trajetos, porque a agulha não sabe mais para onde indicar.

— Ah! Bom dia, raio de sol — fala à filha que aos pouquinhos regressa; e sonolenta por ter-lhe feito companhia durante os idos densos da alvorada.

— Dia, papai — e eis que se lhe escapole um bocejo guardado. — Já chegamos?

— Inda não, querida — responde com notas apuradas à voz (sabendo a esta altura que lhes restam poucas milhas, embora cada trecho neste ponto navegado sugira tantas mais. Estão perdidos, isto sim!) — Há café requentado — adianta-se, pondo sob véu os receios. — Mas deixe de exagero, porque o barco está para desaforos.

— Tive um sonho estranho — ela diz, no que as mãozinhas esfregam os cúmulos da noite mal aproveitada.

— É mesmo?

— Não lembro de muita coisa; você navegava um barco bem grandão, com velas escuras. Mas usava roupas estranhas, e lutava num lugar ainda mais estranho — conclui, pelejando pra dar exatidão à lembrança.

— Um barco grande, hein! — Admirou-se. — Agora prove seu café e então me ajude com isto — reitera ao lhe mostrar o mapa surrado.

Enquanto Roberta toma jeito, ele ziguezagueia o olhar sobre os traços quando enfim confirma haver algo errado: saíram há muito da rota. Fora sempre velejador exímio, ora! Quaisquer erros não custariam mais que metros, apesar de estarem agora em milhas a sudoeste. Às vistas, fora como se por círculos navegassem durante esse tempo.

O mapa e os desassossegos, porém, não mentiam.

— Como saímos tanto assim da trajetória? — Questionou-se, com pulso firme ao leme para ajeitar às pressas a direção. Outra espiada à bússola, aliás, quando então do norte sente os ventos de onde se esparrama um céu carrancudo.

Roberta tolhera os passos ao lhe observar as feições, e antes de se atrever às palavras, encheu-se do mesmo temor por ouvir seu chio. Pedia-lhe afinal para que, num pulo esperto, regressasse ao interior do barco.

Minutos então lhes bastam para outros bocados do Pacífico.

Quando também ruma à cabine nesse entanto, detém-se diante de um rádio velho, mas em vez de usá-lo ao socorro, sintoniza uma interferência pontuada por estáticas escandalosas. E bravejou, tendo como resposta a voz duma mulher:

— Proteja-a — ela sussurra—, por favor, proteja-a... prote... por fav...

— Que está dizendo? — Apregoou em meio às inconstâncias de sinal. — Ouço-a muito pouco! Nosso barco está à deriva em algum ponto do Pacífico e precisamos de um...

— Por favor, proteja-a — insistiu-lhe a voz.

Roberta se esforçou para compreendê-la, ao passo que seu pai, atordoado, mal notou quando tudo aconteceu. Nesse entretanto escurece o mundo, guiando-os à proa outra vez — para onde é então mirada esta tromba d'água a despencar com ligeireza sobre o barco.

Dos ombros sorrira à filha, abraçando-a em seguida com aperto de não ter volta.

— Preste atenção! — Doa-lhe a voz (com lágrimas para bicas furiosas). — Não importa o que ocorra, lembre-se sempre do quanto a amo!

Outra desculpa para o consolo de abraços; e do céu descida em torvelinhos a coluna.

— Lara — ele diz aos vazios, apertando para si o corpinho da filha —, tentei odiá-la, mas agora sinto e compreendo o silêncio escandaloso que mal se ajeita nas entrelinhas...

Rebentam-se águas brabas contra o barco, pondo abaixo velas e carcaças antes de trincarem a carena. Submergem aos pouquinhos, tanto pai quanto filha, sentindo uma luz vinda em beijos áureos jubilosos — que, aliás, fê-los jurar não ser outra coisa senão o colo da morte.

CAPÍTULO VI

Às brumas do jardim

Emprestam-se os olhos à luz. Um tremor lhe cresce corpo afora, que nem fluxo sem fins ou inícios delineados; e nesse ido as palmas dormentes tateiam o solo em ânsias por arrimo.

Bálsamos gostosos lhe invadem hiatos; tanto, e com empenho tal, que o despertam do torpor. As pernas levam mais tempo, porém, porque entregues aos desajeitos.

Sentiu a brisa rouquejar quieta nesse entretanto, soprando-lhe as madeixas com uma sinfonia complicada na apanha de seus muitos enigmas (a cada ululo um entoo para notas diferentes). E no que os olhos se habituam, percebe-se ao dorso do capim cheiroso desse jardim — de onde rosas capengam pétalas com o ido dos ventos à volta.

Esforçou-se para soerguer o corpo, embora em vão. As mãos apagam os borrões insistentes, mas pouco enxerga por conta de um nevoeiro que se espalha denso aonde o olhar não descansa.

Examina-se demoradamente e nota as vestes em sangue poeirento. Uma lembrança insana, aliás, regressa-o de súbito, devolvendo-o à realidade malquista. Freia os pensamentos somente quando de um ruído às costas:

— Levante-se lentamente e ponha suas mãos onde eu as possa ver — ordenou esta voz severa (após tantas experiências para entrarem num acordo de idiomas compreensíveis um ao outro). Seja quem for, aponta-lhe à cabeça uma pistola.

— Quem é você? — Adianta-se na questão; entontecido e sem jeito para erguer-se.

— Sou eu quem faz as perguntas por aqui — retrucou rispidamente ao revelar-se à volta da névoa. — Onde estou? — Ela esbraveja. — Vamos, responda!

— Como saberei? Acabo de despertar e alguém me aponta uma arma — constatou o óbvio (com vistas ainda enturvecidas, conforme passeiam de um canto para outro). — Não acha que, talvez, eu esteja mais confuso?

— Parece-me suspeito — comenta ao encará-lo com mais firmeza desta vez; e ele, em contrapartida, bem lhe sente o medo crescente no olhar.

Espia-o dos calcanhares à fronte, como quem busca por algo a feri-la, e então baixa a arma ao concluir que não há nada nele senão temor e sangue. Dá-lhe em seguida suas mãos pra socorro, mas mal as apanhara e caiu outra vez, sentindo as forças minguarem.

Põe-se então a observá-la, mirando-lhe as roupas aos fiapos nos trechos por onde irrompem filetes em serpes escarlates.

— Que lugar é este, afinal? — Ela perguntou após provar do silêncio (com toda sorte de desconfianças no rumo das vistas).

— Não faço ideia, mas sei que, ao despertar, constatei-me por aqui. O último evento do qual me lembro é de estar a bordo de um trem; após o acidente eu...

— Que tipo de acidente? — Adianta-se no chiado, deixando-lhe ao silêncio o restante da fala. Às vistas mais apressadas, aliás, parece até haver temor aos bocados em cada linha de jornada à tez.

— Longa história — diz como quem deseja findar a prosa. — E quanto a você?

— Eu estava... — antes de concluir, contudo, atravancou o raciocínio ao constatar-se assustada; e de modo algum se emprestaria agora à memória do que lhe ocorrera. — Isso pouco importa — ela remenda. — A esta altura já entendeu, não?

— Sim — anuiu ao compreender suas suspeitas. — Estamos mortos.

Doam o olhar aos cantos do jardim, esforçando-se a ponto de rasgar suas brumas.

— Não acho que estejamos no paraíso — ela falou; e entristecida após a ligeireza do exame.

— E o que a faz pensar assim?

— Não sou o tipo de pessoa que seria lá aceita após a morte — constatou com pesar, como se lamentações medrassem de uma única vez e logo explodissem em palavras-memória.

— Chamo-me Akira — apresenta-se, trocando pesares silentes na medida do olhar.

— Bom, Akira — responde sem vigor algum —, é um prazer conhecê-lo no inferno...

Sentem perder prumo a constância das coisas, o que os faz trocar olhares até nascer a conformidade por estarem mortos, afinal. E nesse entretempo os ventos troam cânticos ao guiar perfumes de rosas à volta.

Feixes luminosos esforçam-se para rasgar as barreiras da névoa, irrompendo por entre passagens de uma branquidão horizontal. Akira apequena os olhos nesse ínterim, deitando-os sobre a mulher até lhe desvendar às pressas um detalhe ou outro menos aparentes.

Ela, por sua vez, demora vistas noutras direções, como se buscasse respostas para o que acontecia. Vê-se longe, sim, e nas palmas sente os signos da energia cálida que agora corre de linha em curva à pele. Observa Akira calmamente (sentado ao solo; e com olhar agora às teimas sobre o horizonte enevoado).

Não demora e notam o ruído de solas às costas, seguido então de outros tons:

— Que fazem aqui? — Pergunta-lhes alguém. — Esqueceram-se da vigília nas estradas?

Estuporaram-se ao notar o grupo de homens aprumados em túnicas estranhas, os quais daí pertinho já despontam. Akira até se ergueu ligeiro para torcicolar olhares junto a quem, com intensidade parecida, amansa os rebuliços à consciência.

— Que houve, amigos? — Questionou um homem por demais imponente. — Regressem a seus postos!

Tão repentino quanto surgira, afastou-se, deixando-os a procurar entre si quaisquer explicações. Somente quando de uma brisa às costas, porém, estuporou antes de volver. A expressão no olhar traduzira seu temor; e fora quando notaram esta armadura sobre o torso com ombreiras rotundas que descem à altura dos cotovelos.

Veste por baixo uma túnica cinza-grafite — finda na forma dum saiote preso pelo tiracolo, de onde é vista esta espada argêntea de guardas curvadas. E à traseira, em idos ondeantes, uma capa já surrada pende dos ombros às panturrilhas.

Sinalizou para o grupo tolher os passos, fitando-os como quem duvida dos próprios sentidos. Suas feições nunca se mostraram assim tão assombrosas.

— Este cheiro — cochichou ao sabor da brisa. — Não me diga que são...

Observam-no assustados; não mais que ele próprio, porém, cujo corpo ainda sem prumo sacode. Toma-lhes conta o silêncio.

— Não pertencem a este tempo — ele murmura (e com ecos para si resguardados). — Por Deus, o que são vocês?

— Ouça — pediu-lhe a mulher —, eu me chamo Sophia; nós estamos...

— Não se parecem com os etéreos — ecoou-se uma vez mais, interrompendo-lhe o raciocínio. — Céus, eles são... — ensaiou, contudo, antes de lhes dar as costas para rumar a sabe-se-lá-qual-destino.

— Estamos tão assustados quanto — diz Akira, cujos olhos correm de canto pra ponto ao tentar pôr passos em sintonia com os dele.

— Mas quem é você, afinal? — Apruma-se no remendo. — E onde diabos estamos?

— Sou Casciän, comandante das tropas de *Lithiûs* — respondeu com imponência à voz. — E creio que, às desgraças comuns do quanto há para vir, estejam agora no Tenkhükai...

Eis que tudo dissipa o sentido (distinguiram-no antes, afinal?).

Akira, sem muito por lhe restar, cala-se de vez; e Sophia, coitada, sequer move as solas. Mesmo o mais agitado dos pensamentos fora detido, restando signos silentes, os quais não se deixam decifrar na medida de um olhar em sua sofreguidão.

Matutam nesse entretanto, mas em meio à névoa retomam sua marcha — o que os faz relutar, naturalmente, antes de enfim segui-los.

— O que acha? — Quis saber Akira, dirigindo-se à figura emudecida de Sophia.

— Se tivesse de concluir, não estaria aqui; mas prefiro avançar, pois é melhor do que permanecer como estou.

Palmilham com cautela a terrinha estendida conforme arribam. Akira quis correr, verdade, mas sobresteve ao constatar que perder-se-ia num prumo só. E Sophia sustenta sua serenidade, tratando de analisar o espaço circundante caso lhe seja preciso regressar.

Casciän imagina como reagirão os outros. "Humanos no Tenkhükai", ecoou-se; "Quanto tempo desde a última vez?". Estremece, afinal, e conforme seguem, entreveem um trecho onde é rijo o solo.

Sophia distinguira a trilha de pedrinhas semiencobertas por turfas ao vento, e sentiu o nevoeiro menos espesso quando os detalhes do território surgiram como se pela primeira vez descortinados. Exibem-se então as silhuetas, dando em construções de há muito erguidas.

— Chegamos — disse-lhes Casciän, quase sem vivacidade ao tolher a marcha.

Reparam quando duas atalaias lhes abrem portões imensos; com olhos por quase a saltar das órbitas, coitados. E seguiram, até pararem na base duma escadaria onde, às laterais, erguem-se estatuetas de guerreiros em vigília à sua passagem.

Torna-se mais nítida a construção, à medida que cruzam os degraus. E quando se abeiram do fim, um palácio lhes surge às vistas; com torres erguidas para além de onde deitadas.

Casciän hesitou no rebato de um portão amadeirado — cujos adornos à superfície imitam os movimentos da névoa — e cabisbaixou sob a ombreira da pedra cinzenta com runas há muito talhadas. Adiante, para lá do pórtico, erguem-se ninfas aos talos que continuam sendas como se em clamor pétreo a algum deus.

— Permita-nos entrar — disse para o guarda que vigia a entrada. E tão logo resmungam metais às dobradiças maniveladas, os olhos de Akira e Sophia pelejam até se acostumarem ao clarão do interior (ainda pasmos com a ligeireza desses eventos).

Cruzam vergas para dar num salão circular, onde cortinas pendidas da abóbada ziguezagueiam por entre pilastras moldadas na pedra bruta. Veem runas incrustadas pelas serpes que seguem sem beiras sob os pés; e com uma erguida de olhar divisam esta claraboia cujos contornos em azul, cinza e bordô refulgem à luz de um sol com teimas contra a sua diafaneidade.

Alongam-se tapetes em derredor deste salão, e no teto os lustres cristalinos que lhes ardem vistas acostumadas à treva do nevoeiro. Veem folhas argênteas ao piso; degringoladas de uma árvore central — e expulsas dos galhos pela impavidez de ventos às frestas das vidraças.

Ninfas foram talhadas nas paredes; semelhantes àquelas que agora tiram notas das suas harpas. Sentam-se simetricamente opostas umas às outras, com olhares severos a quem entra. Sophia compreendera os cânticos: servem como maldição aos desavisados, sim, porque estão agora entorpecidos; com pálpebras mais e mais custosas — tal como perante as vozes marinas de sereias em réquiens para os nautas.

Divisam uma ara ao fim do salão, com trono esculpido em rocha sobre o qual descansa esta mulher de beleza e imponência pretas. Suas vestimentas são adornadas por símbolos no tecido escuro caído aos pés — onde vistas as sandálias de couro curtido. Somente quando lhes deita o olhar, porém, notam-lhe os olhos acinzentados.

Apesar de moça, os cabelos cintilam tons grisalhos. Sobem aos braços aneletes áureos com voltas espaçadas à altura dos cotovelos, tendo também um diadema ondeando a fronte até se deter às costas das orelhas. No que alteia as mãos, cessam-se os cânticos das ninfas que então se curvam em reverência demorada.

Sophia e Akira permaneceram erguidos, como havia de ser; e de vistas em sobressaltos por notá-la caminhar à sua direção. Parou a poucos passos, afinal, sorrindo com os olhos prateados.

— Chamo-me Erébia, quem orienta os que vivem até mesmo para além dos jardins de *Lithiûs* — fala-lhes elegantemente. — E sou uma dentre os oito Guardiões responsáveis pelo equilíbrio deste mundo.

Sua voz é doce. Tanto, que faz Akira imergir no torpor de horas antes, quando seguira junto à sombra da estação.

— Há tempos não sinto essa presença — remenda ao lhes deitar um olhar minucioso, como se os despisse para penetrar o mais profundo escuro de seus corações. — Desde que no sul sentido um despertar, porém, também previstos tais eventos, e enfim estas terras são uma vez mais tocadas por humanos — diz com outro sorriso canhestro. — Receio apenas serem custosas as escolhas feitas deste ponto.

— Estamos mortos? — Quis saber Sophia; em peleja contra o peso dos olhares de Erébia.

— Defina a morte — adiantou-se (esperta que só!). — É algo tão simples quanto parece? Afinal, há muito em jogo no caminho, embora nada, ao menos como sinto, explica esse contexto. As assinaturas de suas centelhas não se alastram porque são agora detidas, porém por pouco apenas, pois os ventos querem lhes cantar pra longe a essência.

— Se não estamos mortos — arriscara-se Akira, no que pousou sobre ela um olhar de desconfiança acanhada —, como viemos?

— Não tenho respostas às suas dúvidas — rebate com voz serena. — Tampouco sabedoria para compreender o que acontece neste mundo; e talvez devam buscar consolos no colo de outras brisas. Se o destino os trouxera aqui, porém, sinto então ser meu dever explicar algumas coisas.

— Onde estamos? — Sophia foi mais ligeira com as palavras. — E o que é este "aqui"?

— Mais que explicar — arrisca-se —, posso lhes mostrar a História.

E fora quando, com sombras dançantes, um abismo lhes surge sob os pés. Sentem seus corpos às trevas, embora firmes num vazio em que silhuetas tomam forma no espaço a revelar de pouquinho as imagens projetadas por alguma diabrura da Guardiã.

42 Livro I Da chegada dos escolhidos

Miram o cenário: contornos vermelhos, anis e brancos se ajuntam às lembranças de um passado projetado da escuridão; como se, do caos, viesse o jeito das coisas.

— Há muito — começou Erébia —, no princípio do escuro (e mesmo antes de formados os astros), Elohim se revelou...

Ambos por triz não sobressaltam, e enquanto narra, eventos confusos, borrados, são projetados no abismo que os separa daí; mas vistos de cima, como se onipresentes.

— Grandioso era o poder em Suas mãos, que tão logo, da quietez do nada, deram vida a toda matéria. E com Seu verbo, como assopro divino, fez surgir uma membrana de energia unida a outras tantas para compor a realidade.

— Elohim por fim criou! Extraindo dos filamentos de energia em Seu poder a matéria necessária para do pó parir seres que Lhe fossem semelhantes à imagem (e cujas essências manteriam o equilíbrio da existência).

— Assim surgiram os Guardiões — explicou; e entristecida pelo requeime da memória. — Oito seres menores, dotados com beleza e poder, sendo que a cada qual fora concedido parte do domínio sobre a sinfonia de tudo; uma competência, por assim dizer, para decifrar notas cósmicas que em seus devidos eixos ajeitam as dimensões.

— Restava algo, porém, cuja forma irrompia nos densos precipícios do fim — ressalta ao apontar para um feixe luminoso que medra em abismos. — E então, fez-se luz.

— À medida que a energia de tudo ganhava forma, adquiríamos uma inteligência singular, herdada da memória do Criador. No ponto central, onde então cruzadas as realidades, fez surgir um mundo em filamentos de luz, e foi aí que nós, Seus filhos, ouvimos o reger dos últimos acordes.

— Todo ele era composto por notas atômicas de clarão, tornando-se o palco dos eventos que iniciaram inclusive o ciclo das suas existências — ela murmura. — Neste ponto, onde então vibravam as energias da sinfonia de tudo, despertou a vida.

— Mas conforme em partituras seguia a existência, distorções arruinavam os seres — seus olhos, nessa narrativa, refulgem vívidos ao clarão das lembranças. — Os Guardiões propuseram cinzas de memória à existência, e como resposta, Elohim diz haver nas coisas o que jovens vistas não contemplam.

— Surge então uma força compensatória, revelada pelo distúrbio da energia que nos dera forma. Seus réquiens bastaram para tentar Lúcifer, também Guardião, e quem há muito nos corrompia com mentiras (porque destruiria ele próprio a sinfonia). Novas notas pariram a aura sombria, cuja centelha, por sua vez, do vazio à luz trouxera sete Dhevas, os quais romperam os nexos entre as realidades.

— Mas arrogantes (e sem auxílio), caíram de joelhos perante Elohim, que os selara numa fenda onde dimensões se dobram em reverência à música cósmica. A raiz deste desequilíbrio, porém, mantivera-se firme, distorcendo realidades antes que do próprio Criador restasse a luz eterna do esquecimento.

— A existência seguiu seus próprios rumos, mas sabíamos que, sem regência, a sinfonia de tudo tenderia ao fim. Estão agora no Tenkhükai, amigos — põe remendo àqueles dois (cujos semblantes ainda descrevem o assombro). — Uma matriz às realidades possíveis, e onde desde então aguardamos o Criador.

Findam-se as imagens opacas; e regresso o piso. Ninfas acrescentam ao som de suas harpas as odes de uma língua incompreensível, porém bonita por ser luz jeitosa à singularidade que teima.

Akira e Sophia titubearam em riba do solo outra vez firme, e por quase não caindo à prata das folhas espraiadas pelo salão. Nos semblantes o atordoamento de quem se constata novamente, vendo Erébia regressar ao trono.

— Se tudo teve fim — atreveu-se Akira, tão logo formulado à mente o arranjo benfeito de palavras (as quais quase não vêm) —, por que ouvimos sua história? E que isto tem a ver conosco, afinal?

— Há muito, um humano cruzou as fronteiras da realidade — ela diz. — Seu nome é Arious, e habita os ermos mais remotos a contar deste ponto. Sinto por não ter respostas às suas dúvidas — remenda pesarosamente —, porque mesmo em eras vividas ainda sou imatura. Talvez, com sorte, guie-os para onde vieram, embora tenham de se emprestar ao caminho até lá.

— Não iremos a lugar algum! — Chiou Sophia, arrostada aos olhos daquela que se diz Guardiã. — Nada disso faz o menor sentido.

— Se esse tal Arious é capaz de nos tirar daqui, então que venha a nós — Akira intercalou —, porque não cruzaremos chão até encontrá-lo. Além do mais, fomos à força convidados.

— Se não desvelarem o destino, morrerão nesta dimensão — atesta-lhes a Guardiã. — O atributo de suas centelhas é diferente, e tudo aqui dará jeito para expulsá-los. Arious permanece, verdade, mas talvez por um distúrbio.

— Também não posso acompanhá-los — dá pontos miúdos à prosa —, já que em breve as sombras vêm; mas creio haver um companheiro adequado a esta comitiva. Lívian! — Apregoou a uma das ninfas. — Acorde-o e peça para nos encontrar, por favor.

Enquanto ela some pela passagem ao fundo do salão, dirige-lhes novas palavras:

— Seu guia é rude, mas tem justeza — dá-lhes um risinho encabulado. — E se hão de partir, permitam-me ao menos pô-los nos jeitos desta realidade.

Fora tal que, súbito, suas vestes esfiapadas desaparecem ao toque de uma energia cálida. Deixa-os nus, por segundos apenas, antes de serem logo substituídas por outros trajes — os quais aos corpos caíram como névoa.

Akira veste agora uma túnica em tons variantes de grafite descida à altura das coxas; presa pelo saiote de couro desbotado sobre calças marrom. Ao tronco, um protetor com fulgor escuro e, aos pés, botas hirsutas.

Em Sophia um mandrião perolado, afivelado à cintura por dois talabartes. Veste calças semelhantes às de Akira, e sandálias com runas áureas sobre estremas cristalinas. Braceletes lhe cobrem o pulso esquerdo para subir num remoinho jeitoso pelo cotovelo, ao passo que na cabeça há este diadema anil a lhe atar as madeixas rubras.

Sentem-se estúpidos a princípio; desengonçados devido ao peso das vestes e também por faltar-lhes equilíbrio quando dos primeiros passos. Sequer agradeceram, afinal, o que talvez os fira noutra hora, porque jamais vistos (deste ponto para além) em circunstâncias parecidas.

Conduzira-os ao portão da entrada, então, conforme amansada a relutância diante de uma jornada súbita e malquista — cujo propósito, é bom firmar, fê-los questionar.

Descortinam um homem adiante, o qual descansa vistas por sobre os contornos do horizonte para lá das brumas, recebendo dos ventos assopros cálidos à pele preta. Examina-os em contrapartida com sinais zelosos, e sua imagem lhes parecera humana por demais. O terno é inapropriado ao momento, vê? E a gravata mal se firma no colarinho.

— Este é Sethiel — disse-lhes a Guardiã —, um dos anjos da Criação.

Emprestaram-se logo mais aos vieses; e admirados, isto é certo, com a aura solene desse homem que à prosa põe reparo:

— Estou ciente da situação. Permitam-me acompanhá-los.

— Tomem bastante cuidado — força-se às palavras a Guardiã, sobretudo ao vê-los nesta urgência ainda pouco compreendida. — Porque se não me engana o seio, há distúrbio em *Ar'khein* — intercala com vistas enamoradas de um ponto para além. — Desejo-lhes sorte, no entanto, e que Elohim dê rumo aos seus destinos.

A contragosto, portanto, rumam sem se despedir aos portões; solicitados pela pressa, pois agora buscam as saídas possíveis do Tenkhükai. Fragrâncias de rosas são uma vez mais sentidas, no que cada qual, conforme acometem nevoeiro adentro, notam algo vibrar com força próximo às solas.

— Estas são as *Saltiflores* — disse o anjo, como se lhes previsse cada pensamento. — Criaturas peculiares, embora em nada parecidas com rosas, porque sanguinárias. E seu destino, caso não gostem de vocês, será a morte.

Apequenam as vistas até enxergá-las, notando uma porção de olhinhos irromper da névoa para encará-los com pétalas valsantes. Metem-se a acompanhar o ritmo dos ventos, e das coisas cantadas em sinais ínfimos, porém, resta incompreensão aos sentidos menos apurados.

Cruzando os jardins, veem sentinelas ainda atônitas — deixando-as à medida que tomam beira dos trechos a norte de *Lithiûs*, aonde em jeitos brutos cresce o palor da manhã.

— Se não são iguais a nós, o que são? — Ecoou-se Sophia; e inquieta ao observar quem das sombras lhes vigia a andança.

— Têm a mesma essência, ao passo que também diferente devido às singularidades desta dimensão — disse-lha o anjo (uma vez mais cavoucando seus pensamentos). — São, simplesmente; nem mortos, nem de todo vivos. Conhecidos como celestes, mas do seu curso pouco conheço.

Desembestam para o finzinho da névoa nesse entretempo; e um estranho mundo lhes é aos poucos revelado. Dá já indícios do quão custoso (e malquerido) será o caminho a Arious.

CAPÍTULO VII

Anjo caído

O cansaço cede à energia cálida e alentadora em suas muitas singularidades intangíveis. Enquanto se metem arriba, chega-lhes aos olhos a estranheza de um novo lugar — talvez porque acostumados à pretensa normalidade vista na superfície das coisas.

Abeira-se o dia às costas do oeste, desfazendo no entardecer os últimos matizes de um céu-cor-de-esmeralda (em muito diferente do azul celeste da Terra). "É tudo estranho aqui", pensou Akira, seguindo pela irregularidade de solo batido, cheiroso. E conforme somem nesse entretempo fugido à percepção, descortinam sendas de adiante.

Notam ilhas flutuando céu afora, até perder de conta; e aos extremos são vistas cascatas rumando aonde avançam riachos com meandros descritos à cabeceira dos prados ao redor. Sophia pareceu (para olhares mais apurados) habituada a este cenário, como se não lhe fosse estranho; e também porque reconhecia, vez ou outra, semelhanças em relação às ilustrações que fizera no passado.

Tornou-se lenta a marcha, aliás, porque Sethiel atravanca as solas para defrontar o horizonte à busca de uma orientação. Deitara-lhes aquele sorriso dos que até de si esconde algo, e se aprumou uma vez mais pela trilha dada num descampado além das colinas em *Lithiûs*.

Uma flora peculiar lhes chega em viços aos olhos: rosas branco-peroladas abrem miolos ingentes e tão logo os fecha, conforme um líquido enrubescido escorre viscoso das anteras à corola. Provam-no umas muitas criaturinhas aladas, as quais, ligeiras, partem a sabe-se-lá-onde com ziguezagues por entre os vãos de botões magenta.

Sophia avistou ao longe o que lhe parecera um sem-número de símios escandalosos: uns com pelugem violácea, embora outros com uma pálido-amarelecida (qual a relva seca por trechos espaçados à volta). Ela constata — meio aturdida, meio pronta para riso fácil — as sete caudas em voltinhas às extremidades, e ocelos de um laranja-vívido a observá-los.

Manadas pastam as graminhas próximas, à cumeeira das corcovas de outeiros que ainda teimam sobre a paisagem. "Estes são touros", ecoou-se Akira, embora tão logo desfeita sua certeza ao notar três cornos lhes pesarem às cabeças, e penas embranquecidas em cada pata.

TENKHŪKAI **47**

— *Taurilos* — corrige o anjo (com olhar enviesado), deixando-o então sabido a respeito de suas investidas mentais. Sorrira-lhe, porém, e logo rumou para alcançar quem ia à dianteira.

Desbotam contornos à volta, porque morre a luz deitada no colo do sereno. O debandar de aves lhes ressoa em estribilhos, compondo ao dia os últimos tons.

Ajustam os olhos e veem constelações inéditas, com estrelinhas em valsa de clarões caídos ao solo. À aresta mais alta, erguem-se três luas em arranjo circular.

— Passaremos aqui a noite — diz-lhes às pressas, trazendo-os de volta à realidade. — Descansem o quanto puderem, porque seguiremos com a aurora.

— Dormiremos ao relento? — Espantou-se Akira, correndo olhares às beiras próximas.

— Façam como preferirem.

— E quanto a você? — Quis saber Sophia, pondo-se a imaginar de onde viera ou por que se veste desse modo. Quis ter com ele, sim, mas sobresteve tão logo lhe abeirara o pensamento.

— Eu nunca durmo…

Dera-lhe os ombros, afinal, guiando mãos à fronte para remover o diadema há pouco cedido por Erébia. Observa-o às pressas, e na mente a certeza de que, com um tiquinho de sorte, acordará em algum lugar da sua própria realidade.

Sethiel mantém fitos os olhos à ciranda das estrelas, guiando-os ao norte, onde avista um enxame luminoso a azoinar. — Está frio aqui — diz-lhes de supetão, tentando, como convém, desvencilhar-se do silêncio.

Espalma à frente uma das mãos, quando então é posta por fúria a luz logo vertida em fogueira de chamas brancas tremeluzentes.

— Como fez isso? — Sophia engrandecera seus olhos num sobressalto, revezando-os entre a fogueira e o semblante de Sethiel.

— Sou um anjo — constatou-lhes o óbvio. — Essas coisas simplesmente acontecem.

— Não sabia que usavam ternos — arriscou-se. — Onde estão suas asas, a propósito? Quero dizer… — detém as sílabas (e por demais acanhada) — anjos têm asas, certo?

48 Livro I Da chegada dos escolhidos

— Os *Alacium* foram embora — ele sussurra, no que pouco dera às suas perguntas. Fê-la desistir das aberturas, então, pondo-se de costas para ter com o silêncio.

— Ele era humano — fala-lhes num golpe só. — Assim como vocês.

Porque desconfiados, afinal, regressam-lhe os olhos, e notam um sorriso de contornos tristes à face.

— Este não é meu corpo — ele remenda. — Tomo-o apenas de empréstimo.

— O que houve?

— Meu pai o destruiu — responde em suspiros ao interesse de Sophia. — Também por isso não enxergam minhas asas. Havia poucos caminhos àquela época, sabem? — Cerziu num malfeito feito. — E escolhi sangrar pelo mais correto segundo as nossas crenças.

— Acaso se arrepende?

— Não — adiantou-se, sendo-lhe agora ainda mais vaga a noção de arrependimento. — Os caminhos ao equilíbrio da existência são complexos, e me basta saber que fiz o necessário.

— Seu pai foi assim tão cruel? — Perguntou Akira, importando-se com a prosa. Nos olhos este interesse de quem já enxerga o que se esconde.

— Não exatamente — diz ao mirar as próprias palmas, no que o fulgor do olhar é de quando em vez empalidecido pelas chamas da fogueira.

— Perdoe-me, não quis...

— Está tudo bem — fala-lhes ao recompor o sorriso. — Sou filho de Lúcifer, e quer gostem ou não, fazem agora parte dessa história — força-os, com isso, a trocar clarões, sugerindo então que descansassem (por temor à prosa, talvez). — Cada noite é curta no Tenkhükai; e quaisquer outras diferenças entre as dimensões podem lhes tomar a sanidade.

Espia-o por última vez antes de deitar-se à terra, embora soubesse que, no atual pé das coisas, será custoso dormecer. E enquanto Sophia descansa suas costas contra as escarpas dum penedo próximo, palavras ao fim lhe escapolem:

— Tenho direito a uma última pergunta?

— Se disser que não, assim mesmo o fará.

— Que houve à pessoa cujo corpo agora toma?

— Ele encontrou a paz buscada — assegura-lhe; mas sem explicar coisa alguma. — Agora durma, pois insisto que partiremos à aurora.

Chacoalha a cabeça com sinais reprovadores, como se já não suportasse as confusas respostas do anjo. Tal qual Akira, aliás, deitou-se ao solo antes de tatear a cintura e só então constatar o sumiço da sua pistola — possivelmente tomada pela Guardiã no instante em que lhe retirara os trajes imundos.

— Humanos — ele sussurra à ida dos ventos; e nesse entretanto lhes vela os primeiros repentes de sono com ternura no olhar. — Como são interessantes...

Eis que uma lembrança lhe vem; e pescada ao acaso dentre muitas à nova consciência:

— Eu proponho um brinde! — Diz aos convidados que logo se empertigam para ouvi-lo às beiras de uma grande mesa onde é servido o banquete. Clarões solares banham campos com manto preguiçoso, e na estrema oposta evidenciam este casal em entrelaço complicado de sorrisos.

Ele se ajeita num terno bem cortado, de costuras azuis duma ponta à outra; e ela num vestido rubro com rosas em relevo tecidas. Segredam ternuras restritas aos demais, porque traduzidas apenas às intimidades dos silêncios não contidos.

— Antes de brindarmos — retoma o homem —, devo agradecê-los pela presença; e aos que acompanharam essa história do início — costura com sorrisos, deitando olhos à figura de outros casais —, nosso mais profundo reconhecimento por serem assim tão pacientes.

Um coro de risadas desajeitadas por bem pouco não lhe dissipa a voz.

— Preparei discursos para este dia; e ensaiei de frente ao espelho, admito — a mulher que lhe segura as palmas também sorri desta vez. — Mas seriam inúteis, porque palavras, sussurros e toques foram há muito deixados aos ventos.

Beija-lhe os lábios, então; e com mãos em afagos tênues aos cabelos caídos à face, metendo-se os olhos numa partilha demorada de fulgores.

— Eu te amo muito, Carolina — ele lhe venta ao pé do ouvido.

— Eu te amo de volta, Ethan — retribui-lhe a ternura com lágrimas que aos bocados esparramam sal à mornidão da tez. E em júbilo, afinal, seguem-se palmas pelo jardim.

Deu-lha as mãos como sinal de entrelaço às vidas, sentindo-a ao calor das suas.

— O destino nos mostrou os nós para desatá-los — dirigiu-se aos convivas. — Sinto-me feliz por sua presença, e espero que gostem da festa — disse-lhes pela última vez. — Um brinde à nossa felicidade!

O embaraço à memória de Ethan fez aparecer detalhes de um passado experimentados por Sethiel, pois lhe impunha silêncios neste agoroutrora complicado. Vê-se aquém daí, cavoucando instantes que ao tempo escapam; e conexões são borrões em segundos apenas, como se, inconscientemente, expulsasse-o às pressas — ou como se não permitisse as imagens de Carolina.

As lembranças do casamento são talvez mais secretas; e resguardadas aos vazios abissais. Tantas foram as camadas postas em riba, que o fizeram recuar — mas também porque tão logo se agita com força à presença de Sethiel. Compreendem-se na tempestade, afinal; e inauguram pontes comunicantes entre si, embora lhes seja pouco a quem divide os momentos de uma única consciência.

Fora então guiado ao instante em que se conheceram; horas antes (embora separadas por tempo desvairado). Ethan caminha à deriva de lágrimas, provando-as na essência com palavras deixadas ao colo dos ventos. Vertigens furiosas o domam, espraiando desgraças trêmulas à mente atormentada.

Detém-se no rebato da escadaria de uma capela; e se empresta aos degraus — um a um em jeitos de quem paulatinamente morre —, cruzando o umbral para seguir até o altar de adiante.

— Consegue me ouvir? — Esbraveja à figura de Cristo, e nesse entretempo chora para não ter mais volta, o coitado. — Ajuda-me!

Abeira-se uma sombra, extinguindo a chama dos candelabros à volta antes de arrastar para longe os bancos. E nesse instante confuso, alheio às suas memórias, precipita-se sangue aos olhos da estátua.

Fez-se da sombra luz, portanto; com feixes de um clarão embranquecido que por pouco não o cegam.

— Eu posso ouvi-lo, Ethan — troveja-lhe uma voz —, mas não sou Deus — adianta-se —, porque apenas um de Seus instrumentos.

— Arranca-me esta dor! — Suplica aos prantos, enquanto seus olhos vagam à busca de quem uma vez mais lhe deita a voz:

— Não posso alterar o curso das coisas — adverte —, mas sou capaz de lhe conceder outras realidades possíveis; ao menos enquanto permanecerem pendentes os nossos propósitos destinados.

— Do que está falando?

— Preciso de teu corpo — diz-lhe sem volteios —, pois não posso regressar como sou agora; e também porque há uma tempestade à frente — remenda, embora sem explicar coisa com coisa. — Somos unidos por laços antigos, Ethan, o que nos dá um papel a cumprir antes do fim.

— Uma vez postos numa só consciência, adormecerá — assegurou, como se lhe conhecesse das sombras os tons mais densos. — Suas memórias serão minhas; e ao menos algumas das que me cabem, tuas.

— Quem é você, afinal?

— Sou Sethiel, anjo ao serviço de Deus — anuncia com severidade. — E você é um dos escolhidos, destinado a ser meu corpo nesta era. Se então vier comigo, saberá porque morreram as três.

Outro embaraço à lembrança, pois Ethan não lhe autorizou seguir com tantas imagens. Um repente, porém, fora-lhes comum; e inscrito no vínculo benfeito às consciências quando se permitiram ao calor violento de um encontro há muito esperado.

CAPÍTULO VIII

O outro

— Acordem…

Disse Sethiel, porque um bocado de momentos havia fugido. Fora-lhes como um lampejo às vistas, naturalmente, e sequer se deram conta do instante mal-acabado.

— É tempo de partirmos.

Sophia abrira os olhos; e enfim regressa à realidade estranha. A seu lado, Akira remove resquícios da terra na face antes de sentar-se às superfícies duma pedra incrustada ao solo para compreender que ainda estão noutro lugar — procurando por sabe-se-lá-quem.

— Sinto que dormi por minutos.

— Avisei sobre as diferenças do tempo — rememorou o anjo, espiando-a dos ombros. — Apressem-se, aliás.

Sethiel desembesta à frente, como se apurado por conta de um aperto. Os olhos correm em tendências tortas, e conforme acometem (porque não há escolha), paisagens ganham novos contornos: outeiros cedem vez a um território ermo, com formações rochosas mesmo às terras desfolhadas. A vegetação rasteira insiste em idos escassos sobre muitos sulcos, ao passo que sentem este calor lhes tomar o sal da pele.

— Fiquem atentos, porque estamos próximos — ele adverte, apontando para um certo ponto (o qual com certeza cruzarão). Em vez de contestar, permitem-se estar à sorte dos acasos; e talvez por crerem ser tudo um sonho.

O calor lhes calcina a cútis nesse entanto, e da paisagem avistam as cadeias de picos rochosos de onde areias descrevem desenhos efêmeros às corcovas das dunas.

— Sinto-os com sede — ele constata, quebrando assim as constâncias de outro silêncio. — Mas temo que quaisquer fontes próximas estejam a milhas daqui, onde esta terra se estende para um porto, pois é caminho ao primeiro dos *Quatro Oceanos*.

— Temos mesmo de buscar esperanças neste lugar? — Debochou Sophia; mas sem resposta alguma, retomam a marcha por sobre os primeiros contornos do deserto (que se esparrama para além do olhar). Seguem ventos no colo dos muitos beijos sirocos.

Sophia distinguiu sombras com valsas à cumeeira de colunas próximas quando horas sumiram sem ver (embora nada ali além do óbvio aparente). E à medida que acometem, suas pernas cambaleiam como se o corpo lhe negasse, dos comandos, as urgências.

Algo consterna o anjo, a propósito — notaram ao vê-lo aprumar-se num silêncio, pois lhes fora como se desconhecesse os caminhos para onde rumam. E viram aves de quando em vez pousadas sobre as colunas; de asas maiores que seu corpo, observando-os com fulgor nos olhinhos púrpuras.

— O que são? — Quis saber Akira, revezando suas miradas entre as sendas à frente e a presença das criaturas.

— *Memini'ium* — disse Sethiel, embora sem fitá-lo. — Abutres do deserto que apreciam carne pútrida, embora matem se acaso convier. Vamos, andem — apressou-se com o conselho. — Melhor prosseguirmos.

Observaram-nas com desconfiança, pois lhes pareceram ler pensamentos; ou ao menos vigiá-los incerimoniosamente. Uma dentre o bando logo pousa daí pertinho, e nesse entretempo a notaram sorrir antes de corvejar. Em todas à volta, aliás, vê-se essa mesma malícia, como se sabidas do frescor inédito.

— Quanto até cruzarmos o deserto? — Akira lhe rumou outra vez.

— Para ser franco — ele murmura, no que sobresteve os tons —, não faço ideia.

— Presumi que conhecesse o caminho.

— Andamos em círculos há um quarto de hora — Sophia adiantou-se com a resposta, espiando-os com temor aos olhos.

Sethiel, em contrapartida, quedou-se — apesar de comprovar com feições a hipótese levantada. Algo lhe embaralha os sentidos; fê-lo inclusive questionar até que ponto poderia o espaço tomar nova forma em tão pouco tempo. E conforme avançam, sentem às chamas as entranhas.

Notam quando algo saracoteia sob as areias (em serpes já bem visíveis aos desatentos). Antes de avisarem o anjo, porém, ele logo ruma:

— Não movam um músculo, mas fiquem espertos.

54 Livro I Da chegada dos escolhidos

Súbito, das areias emerge uma serpente, espalhando grãos por entre hiatos do esqueleto exposto. Seu couro é retalhado; e se ergue já a metros acima, porque imensa. Tão logo investira à sua presença, porém, Sethiel os puxou, segundos antes de ela abocanhar alguns montantes das dunas para sumir às vistas.

— Que diabos foi isso? — Chiou Sophia, que agora mal se mantém em pé.

— *Silidraco* — disse-lha o anjo.

— Pode nos matar?

— Certamente.

— Ouça, não tenho de passar por isso! — Deu-se aos trovejos, porque é insuportável a raiva crescente no âmago. — Será melhor a todos nós se você...

— Pessoal — Akira se apressa em chamá-los, no que estira seu indicador à direção oposta de onde estão —, deixem as rusgas para mais tarde, sim?

Porque desta vez, dois *Silidracos* despontam do solo. Sophia se esquiva de um ataque, ao passo que Akira (tropeçando num ímpeto) sente sua cauda descer com força antes de urrar quando o sangue sublima duma ferida em idos da nuca às costas.

Sethiel alteou uma das mãos, espalmando-a aos dragões — e fora quando esta luz embranquecida os faz fugir assustados junto àqueles *Memini'ium* sorridentes.

— Você está bem? — Perguntou Sophia, metendo-se a correr à sua direção.

— Não se preocupe, estou ótimo — garantiu; e no que os sentidos lhe regressam, dos ombros espia o anjo.

— Vamos — ele aconselha. — Ainda não terminamos por aqui.

Antes de perceberem, afinal, ruma à dianteira, deixando-os para trás. Akira não checara a própria chaga nesse entanto, mas sentiu um incômodo desgraçado às costas; e certo apenas do seguinte: os afogos solares cedo ou tarde abrirão o restante.

Sophia reveza o olhar entre a desventura do rapaz e os caminhos de adiante, os quais exibem contornos inesperados: silhuetas dançantes com desenhos de miragem ao dorso das dunas. Nesse lapso às vistas, pois, não percebeu quando Akira arqueara para as areias.

TENKHŪKAI **55**

Apoia-lhe o corpo aos próprios ombros, tão logo o faz erguer-se num desajeito. Entrementes, aliás, Sethiel observa a sombra que os espreita à frente, sequer socorrendo-os. "Maldito anjo", pensou ao deitar-lhe vieses.

As silhuetas sugerem traços de uma vila em pleno deserto quando dão com suas solas para além. E mesmo antes de se afastar dos braços que o sustentam, Akira sente algo à face, tresandando num golpe só.

Já debruçado, notou o vulto da pessoa que, às pressas, iça uma das pernas para atingi-lo à cabeça. Restou-lhe apalpá-la antes de outra pancada o pressionar uma vez mais contra as dunas branqueadas.

Sophia, de menos a mais, põe-se à frente — no que se vê próxima do vulto, encarando-o por detrás dos tecidos espessos descidos aos quadris. Mesmo exausta, contudo, erguera-se para deter cada golpe (e arriscando os seus quando convinha).

E Sethiel, que assistia em silêncio à cena, interviu, contendo o último ataque com seu indicador. Arrostam-se por bocados nesse ido, até que, irracionalmente, salta outra vez para atacá-los.

— Basta! — Chia-lhes uma voz, e mesmo o solo à volta vibra com força sob seus pés. — Se anseiam tanto matar uns aos outros, ao menos admitam, amigos, a dificuldade que os afastara da compreensão.

Desvencilhando-se das sombras projetadas pelo clarão solar, um segundo vulto lhes surge à visão: robusto, e despontando por detrás de outras dunas. Traja-se com uma calça surrada, e do torso desce-lhe aos joelhos um colete de couro carmesim com vão ao meio pra pôr à mostra a pele rija. Braceletes cobrem os pulsos, no que também velam marcas corridas em cada membro.

Sophia distingue uma cicatriz à face, a qual se esparrama da fronte ao queixo. Os cabelos longos são atados com anilhas de aço, semelhantes às das orelhas, e, dependurado no boldrié, vê-se este machado que por quase não resvala contra o solo conforme caminha.

— Ora, que lastimável, Seth! — Diz às gargalhadas. — Erguendo punhos contra celestes? Vamos, filho — remenda ao virar-se desta vez a Akira —, levante-se.

Desfazendo as voltas complicadas do tecido à face, surge-lhes aos olhos uma mulher cujos cabelos negrejantes esplandecem às luzes da aurora — estas que lhe douram ainda mais a pele parda. Contraem-se os lábios em ensaios de um sorriso acanhado, vê? E enquanto isso o fulgor avelanado no olhar vai de encontro àquele recém-chegado.

— Perdoe-me, mestre Gaunden — diz a mulher, curvando-se tão logo em reverência demorada. — Ordenou para que ficássemos alerta ao sinal de inimigos.

— De fato são, Tália, mas não nossos.

— Que fez com teu deserto? — Sethiel, num passo ligeiro, deu-se a lhe meter a questão (como quem deseja pôr fim à prosa).

— Minhas sinceras desculpas — responde sem jeito enquanto coça os pelos da barba embranquecida. — Vivemos tempos estranhos; mas espero que por estas bandas não tenha se sentido inútil.

O anjo, porém, dera de ombros — talvez porque já sabido da ilusão nesse deserto. Os demais encaram Tália, aliás; ainda curvada às areias (e quase não lhes notando a presença).

— Erga-te, criança — disse Gaunden. — Levemo-los até ele.

— Como é? — Questiona-o (e por demais atemorizada). — Mas, mestre, ele ainda se recupera dos ferimentos! Não podemos...

— Está tudo bem — remenda com um sorriso gentil, findando de vez este assunto. Os demais, evidentemente, interessam-se pelo comentário, embora o anjo tenha se mostrado mais ligeiro no trato das palavras:

— Deixe-me adivinhar: — ajeita o diálogo, pondo-lhes às claras seu desassossego — estão com o outro.

— Bravo, Seth!

— Referem-se a Arious? — Adianta-se Sophia. — Não pensei que seria assim tão...

— Receio que não — Gaunden corrigiu, dando-lhe fim à fala (e também às esperanças). — Há algumas horas, cinco cometas dourados cruzaram o céu em direções distintas; dois destes, porém, no mesmo lugar — revela ao pousar os olhos-cor-de-crepúsculo sobre Akira e Sophia. — Eram vocês chegando a esta dimensão.

Entreolham-se por pouco apenas, surgindo-lhes assim um mal-estar. Tal ideia parecera não mais ilógica ou menos absurda à mente já aturdida; mas se acaso for verdade, há então outros três no Tenkhükai além do próprio Arious (e isto porque ainda nada sabem a respeito de Ethan).

— Por que não nos contou? — Questionou Sophia, virando-se tão logo à direção de Sethiel. — Quando saberíamos a respeito dos outros?

— Peço desculpas por isso — diz o anjo. — Dormia quando vieram.

TENKHÜKAI **57**

Ouvem então outra gargalhada de Gaunden, e logo notam Tália a lhes deixar nítido o aperto que em si só faz teimar para além da conta.

— Quem é você, afinal? — Akira fora o primeiro a desfazer o silêncio seguido, inclinando-se à figura de quem ainda os observa curiosamente.

— Um Guardião — ele responde com jeito manso e solene —, mas se possível, dirijam-se a mim nos termos como me reconheço: sou apenas Gaunden, quem ajeita e mantém no prumo as coisas por estas bandas.

Encaram-no por demais embasbacados, pois lhes é imponente às primeiras vistas. Menos soturno que Erébia, isto é seguro; e lhe foge aquela aura (ora fúnebre, ora majestosa).

— Melhor deixarmos este lugar.

— Também está sentindo? — Quis saber o Guardião, porque notou no olhar do anjo toda sorte de aflições guardadas. — Começou há pouco, e está em constante mudança; mas não sei ao certo por que uma força se ergue no sul.

— Está no encalço deles — explica Sethiel; e sequer ousando encará-los. — Para qual direção partiu o último cometa?

— É realmente necessário confirmar? — Provoca com timbre esquisito (e por quase não beirando o medo). — Preocupa-me, aliás, a presença de um dos Generais no Tenkhükai.

— Espero que o último humano esteja bem...

Súbito, então, Gaunden retirou do boldrié seu imenso machado antes de conduzi-lo ao céu. Baixa-o num ímpeto só, e das areias aos pés faz aparecer esta fenda a cuspir outros dois *Silidracos* — os quais, mirando-o, curvam-se para exibir seus ossos sob escamas farrapadas.

— Deste modo avançaremos mais rápido.

— Aonde seguiremos? — Quis saber Sophia, certificando-se, ao espiar as criaturas, de que mal algum farão desta vez.

— Encontrar-se com quem lhes é semelhante.

Num prumo só, anjo e Guardião montam as escamas de um dos *Silidracos*; e aos poucos são espiados pelos demais — os quais confabulam, sim, pois talvez não lhes sigam imediatamente o encalço. Há alternativas senão essa, afinal?

— Andem logo — Tália se abeira às costas nesse entrementes, e sequer lhes deita um viés. — Não temos o dia todo.

58 Livro I Da chegada dos escolhidos

Um dos *Silidracos* curva seu longo pescoço para que ela o escale até à metade do dorso, onde dois selotes — sabe-se lá por quem ou segundo quais circunstâncias — foram postos no couro áspero. Aguardou-os um tanto cabisbaixo (mais desajeitados, porém, e menos seguros de si).

— Apoiem-se nas escamas — apressa-se com o conselho. — E jamais, de jeito algum, toquem-no aos ossos.

Conforme alçam voo sobre as dunas, Akira e Sophia sentem frescores à face, porque o ar acima é mais ameno se comparado ao calor que há segundos lhes ardera até mesmo as ideias. Seguem assim por paisagens inúmeras, esquivando-se de quando em vez das ilhotas cujas orlas ainda jorram cascatas-memória ao solo.

Akira, de menos pra mais, sentiu-se soçobrar quando das manobras dos dragões, mas a isso dera atenções equivalentes às que o ferimento lhe impõe agora aos nervos, notando assim os sinais da paisagem. Não suportariam muito se ainda caminhassem, vê? Pois em quase nada mudou por milhas adiante.

Permitem-se para outros espaços e logo se detêm; num ponto onde as dunas se desfazem perante os idos violentos dos ventos.

— Que houve? — Quis saber Akira. — Por que paramos?

— Não seja tão ingênuo — diz o Guardião (já prevendo-lhe as inferências) — Mesmo em nada, há vida e forma a serem contempladas — tão logo franzira o sobrolho, aliás, estendeu seus braços às areias, e nesse entrementes uns tantos feixes de luz cor-de-laranja lhe deixam as palmas para rebentarem ao solo.

Sentiram o deserto fremir, erigindo-se nesse entrementes uma construção arenosa — em cujas ameias precipitam muitos grãos. Os olhos de Sophia por bem pouco não sobressaltam, pois vê agora outra das suas gravuras ganhar vida àquelas palmas. Mal notou quando Gaunden ordenara aos *Silidracos* para que apeassem num passadiço que se une a duas torres.

Primeiro Akira, soçobrando com estrépito e seguido por quem lhe observa a queda (cônscios de que algo nele se estende para lá dos eixos). Nesse ínterim o anjo apruma sua gravata, arriando num pulo ligeiro para mirar as costas do sul, porque ao espírito sentidas tormentas trêmulas.

Enquanto lhe toca os ombros o Guardião (pedindo tão logo para cruzarem um pequeno umbral a servir de travessia para outros lados), nota-os com cautela nos passos, como se o chão àquele ponto lhes sumisse às solas.

— Eles podem entrar? — Fora a pergunta de Sethiel ao Guardião, porque às sombras do interior sente uma energia hostil.

— Se acaso não pudessem — ele se adianta, e ensaiando à mente as palavras —, muito de seu sangue escorreria agora por estas areias.

Cruzam então o pórtico do que lhes parecera uma espécie de zigurate esculpido à areia passageira, embora nada mais enxerguem devido às sombras da entrada. Sethiel espalma suas mãos, mas é interrompido pelo Guardião que sorri ao detê-las.

— Este é meu território, Seth. Seus poderes, aqui, limitam-se a quase nada.

Vendo-o assentir, erguera um único dedo, e filetes crepusculares criam chamas bravas à palma (as quais logo se esparramam). Ao contrário do que era visto pelo lado de fora, às paredes notam camadas firmes de uma rocha enegrecida, com tantão de inscrições cujas serpes foram há milênios talhadas.

— Medo e dúvida em seus corações — disse o Guardião, tão logo notados os rumos às atenções de Akira. — Porque aqui estão agora postas as memórias que os celestes construíram com tristezas e amores idos com os ventos. Isto é alto *Tënkhan* — remenda ao vê-lo pelejar pra decifrar cada sentido —, uma variação primitiva da língua falada nestes tempos.

Permaneceram quietos, afinal; e talvez porque emudecidos perante a falta de jeito em ter com os sinais aparentes àquelas escrituras. Notam então o labirinto cujos túneis descrevem curvas para além do que as vistas dão conta.

— Onde ela está? — Quis saber Sophia, referindo-se a Tália (porque sumira como se em sombras desfeita).

— Há anos ela despontava neste deserto — disse-lhes o Guardião (e com timbres de quem já não se sabe cá ou lá de um tempo complicado). — À época uma criança assustada; por demais castigada.

— Isso não explica o sumiço — Akira se atreveu às palavras, buscando forças de algum remanso íntimo para que estas lhe escapulam goela afora.

— Mas ao menos diz algo a seu respeito, já que sequer tiveram sensibilidade para lhe perguntar — ele ralha. — Afeiçoou-se às histórias do outro (melhor dizê-lo de uma vez), acolhendo-o então com zelo e paixão.

Antes de Akira lhe meter palavras mais, porém, notou quando uma sombra surgia aos fundos, a qual logo os faz distinguir este homem cambaleando como se ferido. Apruma-se num colete que deixa às mostras o peito; e também em calças pardas, cuja cor é parecida à dos braceletes escuros nos pulsos. Cruza-lhe na cintura um talim com o couro gasto, vejam só; de onde afinal cintilam duas adagas.

— Diga-me — dirige-lhe a palavra; e visivelmente esfalfado. — São eles?

Sem respostas ágeis, contudo, observa-os como se em cada um exposta a normalidade fugida às últimas horas, e, de menos a mais, também desponta quem dos túneis põe emergência à prosa:

— Henrique, seu tolo! — Tália o censurou, pelejando para conter a raiva ao timbre. — Os ferimentos ainda não se fecharam; volte ao leito, imploro!

— Peço que não se preocupe comigo. Sinto-me bem melhor.

— Estou admirado, porque sua recuperação é descomunal — intromete-se o Guardião, notando que algumas feridas já cicatrizavam.

— Quando partiremos? — Quis saber, dando-lhe pouca conta às palavras (e com vistas em tudo firmes àqueles que chegavam).

— Presumi que, assim como nós, também estivesse com receio.

— O que temo está além daqui — respondeu ao comentário de Sophia. — Gaunden contou a respeito das urgências — encara-os sem branduras desta vez. — Por isso, caso não se importem, é melhor nos apressarmos.

Tália lhe venta algo ao pé do ouvido, enquanto esguelha os outros dois. Quedou-se, afinal, como se soubesse que um pedacinho inédito de si ruma agora para longe.

— Se têm ciência da situação, é sensata a pressa — diz-lhes Sethiel, rompendo com as lógicas do instante e tomando distância ao convidar Gaunden para um diálogo à escuridão dos túneis.

Henrique e Tália trocam nesse entretempo uma palavra ou outra. Ela lhe pusera à palma o pingente dourado tirado às pressas do cordão ao pescoço — cuja figura cravejada revela aves em valsa, exibindo-as antes de sorrir com jeitos encabulados. Encaram-se; mas deste encontro, prova-se mais forte qualquer silêncio.

CAPÍTULO IX

O Águia de Ônix

Somem horas desde que então cruzado o finzinho do deserto, impondo-se agora à frente um sol em idos preguiçosos, porém doídos àqueles desacostumados ao seu clarão. Despediram-se como convinha, a propósito, quando das vestes Gaunden tirara adagas áureas para deitá-las às mãos de Akira e Sophia, dizendo: "Talvez lhes sejam úteis".

Detalhes de outra paisagem, então: um oceano em fúria de águas enverdecidas, e montanhas que se erguem para ensombrear os descampados à volta.

A rudeza solar cede vez a um clima dos mais prazíveis. Ventos roufenhos cantam, vindos de águas esparramadas às tantas beiras do Tenkhükai. Nesse ínterim avistam um porto para além das fímbrias róseas do horizonte; e no que Henrique resfolegara, notou quem segue à dianteira.

— Algo a respeito de nosso guia?

— Um anjo — respondeu Akira (e sem entusiasmo à voz). — Acostume-se desde já.

Eis que a imagem de Roberta lhe regressa à consciência, instando urgências maiores.

— Ainda vive? — Questionou-se; e nesse entretempo quis ter com o silêncio que nasce da desolação. Quando uma vez mais mirara a figura de Sethiel (marchando adiante num destrambelho), constatou o que há pouco lhe havia sido posto à percepção:

— Este homem — pensou alto. — Como é imponente...

— Você está bem? — Quis saber Sophia, cujo tom sugere preocupações.

— Tenho minhas dúvidas — diz Akira (meio incônscio, meio seguro de si). — Mas esqueça — ele remenda, alisando em seguida a ferida deixada às costas pelo *Silidraco* —, pois devo ainda estar sob efeito do calor.

A paisagem mudara um bocado. Em nada faz jus àquela há pouco deixada, porque abre para encostas que dão no oceano — lá para onde as aves volteiam aos chilreios sob o firmamento. Precipitam dali os raios acanhados dum sol com beijos à terra cheirosa, aliás, espremendo-se por entre algodões de muitas nuvens.

A umidade ao redor abranda as rudezas de antes deixadas pelas areias, confortando-os com brisas suaves e ubíquas. Veem-se agora afastados daquele deserto, divisando às tantas curvas horizontais para adiante as campinas úmidas do Tenkhükai.

Conforme investem, vertigens assumem a direção da sensibilidade de Akira — tanto, e com jeito tal, que o faz querer regurgitar, embora lhe haja por dentro uns tantos vazios. Não sente fome desde a estação, inclusive (ou mesmo antes do acidente).

Guia palmas aos olhos nesse entanto, esfregando-os indelicadamente; e nota o que por quase não o faz saltar à frente, porque mãos lhe tocam os ombros com apertos de gelidez.

— Há algo que queira contar? — Pergunta-lhe Henrique, sobrestando passos e, então, descompassando-os em relação aos dos demais. — Eles não precisam ouvir.

Akira lhe deita o olhar, buscando no dele algo que justifique suas atitudes disfarçadas de preocupação descabida.

— Não sei dizer — ele enfim responde. — Desde que fui atingido por aquela coisa, sinto meu espírito fazer força para se manter nos eixos.

— Confia nele? — Quis saber, referindo-se a Sethiel (e com pouquíssima atenção despendida às suas palavras).

— Salvou minha vida, e não estaria agora com um simples ferimento se, em vez de me socorrer, tivesse ele cruzado os braços — no que narra, afinal, convida-o a deter-se para matutar. — Creio que mereça ao menos o benefício da dúvida.

Antes que Henrique lhe pusesse outro questionamento, porém, sobresteve por ouvir em ressoada súbita os ditos do anjo, regressando-os ao cenário para adiante:

— Chegamos — aponta à direção de um porto; mas seus olhos, como já de se esperar, sequer lhes fora ao encontro. — Sejam cautelosos, porque os celestes são complicados, e talvez façam perguntas cujas respostas o tempo nunca os preparou para ouvir — assim reforça. — Não digam mais do que lhes é da conta.

Veem à frente uma espécie de mercado em derredor da encosta; e quando próximos, notam pessoas aos montes desfilando iguarias de um lado para outro. Uma celeuma se intensifica conforme esquecidos os instantes. Balbuciam dialetos incompreensíveis — ao menos às sensibilidades que lhes são próprias (e por demais acostumadas) —, dando a impressão de que comentam a seu respeito.

À volta se espraiam tendas, sendo que, para cada qual, há especiarias em renques harmônicos num tantão de semicírculos. E onde deitam os olhos, distinguem criaturas aos ziguezagues por entre tropéis distraídos, indo então sem beiras pelos corredores espaçados dos tablados sobre as águas.

— Qual nosso destino, afinal? — Adiantou-se Henrique, defrontando o anjo desta vez.

— Precisaremos de um barco para atravessar os *Quatro Oceanos* — ele explica sem muita vividez às sílabas. — Mas acredite, este é agora o menor dos nossos problemas.

— E como conseguiremos um?

— Da mesma forma como se obtém tudo por aqui — responde à sua pergunta, no que lhe fita os olhos com vontade. — Desistindo de algo...

Como quem muito procura em meio à balbúrdia, Sethiel mira as balsas e botes aos ancoradouros, próximos de onde finda um pontilhão pedregoso às beiras de adiante.

— Comecemos por ali — disse aos demais, seguindo então para outros rumos.

— Ora, que temos aqui? — Fala-lhes uma voz às costas, a qual os faz parar com sobressaltos disrítmicos (porque confusos e porque desajeitados). — Sinto ao longe, e até além, esta estranheza em vocês.

Veem contra o sol a figura dum homem que os mira enquanto coça sua barba vultosa. Henrique lhe notou, no lugar do olho esquerdo, uma tira de tecido enfarruscado estendida da fronte à nuca. Cordas nodosas volteiam a cintura, de onde pende um cutelo limpado às caneluras das vestes. Também divisam o garoto sobre seus ombros, abraçando-o para não ir ao chão.

— Vieram de *Lithiûs* esses dois — ele diz, indicando Akira e Sophia. — Reconheço as vestes dos arautos orientados por Erébia. E quanto a você — remenda ao encarar Henrique —, tenho certeza de que esteve entre os ladinos do deserto. Mas meus sentidos me turvam — dirige-se desta vez a Sethiel —, porque não se parece com nada que tenha já visto. Este ar etéreo é aqui incomum.

— Que querem? — Pergunta o anjo (e com o semblante perdido no entremeio da impaciência e da desconfiança). Não demorou, aliás, para lhes exibir um jorro fraquinho de luz às palmas.

— Vejo que começamos com o pé errado — pronunciou o garoto sentado aos ombros daquele homem, exibindo a todos um sorriso cordial.

— Chamo-me Popo — diz o corpulento. — E este é Syd — remenda ao indicar o pequenino. — Soubemos que carecem de um barco para cruzarem as águas do *Oceano Leste*, rumo à cabeceira do *Álamo-da-Trindade*.

— E como souberam? — Interessou-se Sophia, observando-os com ardileza no olhar, porque ainda não disseram para ninguém a respeito do que pretendem.

— Digamos que um *Memini'ium* retornou assustado do deserto — ele expressa, e nisso se alembram dos abutres, pois tiveram àquele instante a impressão de que bisbilhotavam mentes para partilhar memórias. — Mas não nosso; viera a mando de uma certa feiticeira d'Oeste, que nos deixou a par das tantas coisas sobre vocês.

— Acaso têm um? — Henrique, que até então se resguardava, arriscou-se. Pensamentos parecem já conclusivos (cônsonos às tormentas íntimas), mas pouco faz dessa sua história. Que falem à vontade sobre devaneios e mistérios!

— Não nos é costumeiro cruzar os limites para leste ou sul, mas se isso lhes interessa, temos algo melhor que um barco: — falou o garoto — um navio dos dias antigos, construído às patrulhas de pacificação no Tenkhükai.

Enfurece-se Sethiel, afinal, porque os sentidos aí escondidos lhe deram as devidas dimensões; e certo quanto ao que possivelmente têm às mãos. Antes de forçá-los a revelar, porém, sobresteve por ouvir o restante da narrativa:

— Não o tomamos como nosso, se é isto que pensa! — Prontifica-se o grandalhão. — Fora há muito encontrado às profundezas da encosta, e garanto serem desnecessários os retoques, porque é mais resistente quando comparado a qualquer coisa já vista.

— Levem-nos até ele — ordenou-lhes o anjo, transparecendo impaciência ao fulgor dos olhos. E assim falaram a respeito das regras, pondo-o ainda mais em cólera, pois não têm intenção de permanecer por muito neste lugar.

— Digam-nos as condições — adiantou-se Sophia, baixando então com carinho o braço de Sethiel (uma vez mais erguido em luz). — Estamos dispostos a ouvi-la.

— Seguiremos juntos ao centro dos *Quatro Oceanos*, mas de lá partiremos com este navio — Syd propôs —, porque é legado à *Coroa*

Marinha, e o quer muito a *Feiticeira*. Como farão para desembestar dali, no entanto, sinto estar além da nossa conta.

— Esqueçam — Sethiel lhes tolhera o discurso pouco convincente. — Nosso destino segue por milhas deste ponto, e precisaremos do que mais for para alcançá-lo. Caso ainda não tenham notado — remendou com estranhezas à face já sinistra —, a aura sombria é outra vez sentida no Tenkhükai. Estes três têm pressa, porque morrerão se estenderem sua passagem além...

— Permitam vir — Henrique interrompera o restante da fala, sorrindo como se assim lhes pusesse fim ao conflito desnecessário. Virou-se então às pressas, encarando-o à altura das vistas para, daí sim, notar que Akira e Sophia aquiesciam (com olhos por quase pidões).

— Eles têm um navio do qual carecemos — rememorou —, e com ele posso talvez lidar. Sem contar que não me sinto disposto a esperar por sorte melhor, pois perdi o bastante.

— Suas escolhas são precipitadas.

— Ao menos são minhas...

Sethiel guia os olhos ao céu, pois a raiva cede vez à preocupação que há muito resguarda no ser. Murmura uma palavra ou outra antes de, todo austero, dizer-lhes:

— Está bem — dirige-se às figuras de Popo e Syd. — Levem-nos ao *Águia de Ônix*.

Com cutelo preso aos vãos das cordas que lhe atam a cintura, Popo lança àqueles três um olhar parceiro, metendo-se às dianteiras para ser então seguido pelos demais. Ouvem ventos ajuntados à azáfama dos andantes, e nesse ido em quartos de hora atravessam estrados calcados por pedrinhas escuras, esbarrando contra quem mal lhes vê a marcha.

Cruzam em meia lua os contornos sinuosos do canal — estendidos para lá de onde vão as vistas —, deixando às costas uma parte de toda essa balbúrdia. À frente se esparrama uma praia por entre rochas que ao cimo recebem muito das ressacas flutíssonas; mas sem retorno, pois o oceano franqueia as curvas do horizonte.

Deita-se o sol à ânsia de outro anoitecer, abrindo passagem ao triângulo lunar que logo clarificará os dorsos dessas terras. Não têm noção do tempo de jornada, e sequer conhecem as próprias sendas — embora distingam sombras, idealizações. Rumam talvez para uma ilusão, a qual é esperança desprendida dos vazios já trazidos.

Sethiel afrouxa ainda mais a gravata nesse entretanto, esguelhando quem vem às costas. E Henrique regressa os pensamentos à filha ao observar as marés — rezando baixinho para que em algum lugar o oceano lhe seja benevolente. Por isso mal notou quando detiveram a marcha, mirando Popo com um dos punhos erguidos como sinal de alerta.

— Por que paramos? — Perguntou Sophia, cujos olhos correm à volta da praia.

— Deste trecho, complicam-se as coisas — disse-lha Syd. — A rocha à esquerda esconde ao subterrâneo um bolsão, o qual guarda isto que procuramos — explicou enquanto miram as direções indicadas. — Só é possível entrar por baixo, e precisarão de fôlego para despontarem do outro lado.

— Espere um pouco — adiantou-se Akira, pelejando pra desenhar à mente seu raciocínio estranho. — Como então faremos para sair com o navio?

— A pedra que tapa a passagem encerra das energias a mais antiga — responde-lhe Popo. — Por isso o navio jaz há tempos àquela escuridão. Uma singularidade, porém, há de desfazer obras celestiais.

— Sangue humano — disse-lhes o anjo; e os demais não se atrevem às palavras, porque buscam, dos sentidos, seus cursos aparentes. Cônscios, porém, de que ambos (por razões ainda desconhecidas) aproveitam-se da situação.

— Quanto? — Quis saber Henrique, cabisbaixando como se à procura por mais tempo para assimilar a ideia.

— Se soubessem o que uma única gota é capaz de conceder — Sethiel insistiu, rumando-lhe vistas firmes —, fariam tudo para preservar cada qual às veias.

— Há uma parede ao lado de dentro — assegura Popo, e pouca conta dá às teimas do anjo. — Se verdadeiros os boatos sobre vocês três (porque aprumados os sussurros deixados aos ventos pela *Feiticeira*), é lá então que derramarão uma gota ou outra até ceder a rocha.

Henrique, num pulo aligeirado, meteu-se em mergulho ao útero das águas, deixando às costas aqueles que já lhe seguem o encalço. Resta o anjo a espiar dos ombros os demais.

— Lembrem-se de que ainda são mortais — adverte —, e que podem perecer a qualquer instante ou em quaisquer circunstâncias.

Trocam olhares cúmplices nesse entretempo; à luz de um entardecer que aos poucos empalidece o canal, vinda por entre cumes de ilhas ao céu.

— Não morra — pedira Sophia, ajuntando o quanto pudera do ar para rumar às sombras. De início, Akira permaneceu como estava (guiando olhar ao dorso da linha ao longe), até sentir, por segundos apenas, que talvez lhe seja tarde para isso.

Às águas, entrementes, avistou seu vulto, tateando com suavidade os sargaços surgidos no caminho. Sentira o sal ulcerar a ferida nas costas, pesando-lhe o corpo conforme soçobra, e notou esta tímida luminescência vinda duma reentrância logo à base. Fê-los emergir para então despontar ao que lhes pareceu uma gruta.

O interior é lumiado pelas chamas brancas que Sethiel fez surgir das palmas. E assim distinguem um sem-número de quinquilharias, cálices plúmbeos e embarcações despedaçadas que jazem ao lago de há muito formado.

Sophia escoa a água descida das vestes drapeadas antes de firmar seu exame. Entrevê, então, este navio atracado, o qual lhe pareceu talhado duma rocha bruta. Levanta-se à proa a carranca de uma águia com olhos de gema há muito incrustados, e da quilha ao mastro coruscam tons escuros.

— Onde está? — Antecipa-se Henrique, com olhos fitos por sobre o navio (porque à procura da reentrância na qual deitará a mornez do próprio sangue).

Popo traz do tiracolo um punhal com runas nas arestas da lâmina, entregando-o às mãos de Henrique para que o metal lhe beije a carne até sublimar seu rubro-vívido de um corte formado.

Aproveitando o sangue escorrido pela cúspide, caminha à parede ao fundo da gruta, no que então distingue uma fenda semicircular. Encaixou-se como convinha àquela lâmina, aliás, quando afinal irrompe e arde um clarão fraquinho.

Fissuras serpeiam na rocha para ruir o tampão da entrada; e tomando-lhe das mãos aquele punhal, Popo o guia à fenda ao leme. Crocita a figura da proa, então, regressando enfim dos mortos.

Demoram para crer, e por isso não notam quando Syd lhes lança uma escada à direita do navio. Henrique até quis saber como havia chegado antes que notassem, mas compreende ao enxergar ranhuras de lâmina no casco rochoso — as quais, inclusive, já desaparecem, pois o *Águia de Ônix* dá jeito às próprias chagas.

O interior do navio é aconchegante, mesmo com tantas pedras na estrutura. Sophia avista próxima à cauda uma cabine cujas portas se entreabrem em resmungos ao tomar beira. E sem demora, senta-se no leito para recostar seus pés contra lençóis poeirentos.

Akira se vê por demais cansado do mergulho, pelejando contra a dor às costas. E Henrique se apruma para deslizar os dedos ao leme, decidindo ser este o momento de enfim partirem.

Porque dos ombros espiara todos, sentindo-se como uma peça num tabuleiro — esta que, findo o jogo, mostra-se firme. E assim focou a busca pela saída, movendo seu timão para se espraiarem oceano afora.

Içam velas enfarruscadas; atrevidas às venturas das monções. Rumam ao sul, por costas de marés; sul, de onde estrelas valsam céu afora com clarões celestes sobre o luar tríplice. Do oceano lhes vêm tantos eflúvios.

Tão logo desvia o olhar de uma bússola ao centro das malaguetas, Henrique o conduz à figura de Sethiel, que com tristezas se senta na proa. Syd escala o mastro nesse entretempo, ajeitando-se aos vãos da verga do velacho. Trouxera dum bolso sua luneta, mirando-a pela sobrequilha até dar nos costados onde em fúria beijam as ondas.

Sophia procura por algo que lhe seque o corpo, avistando então — e próxima à cabeceira — uma manta surrada. Cobre-se num sobressalto, aliás, dando com solas a um dos flancos do navio, de onde das costas pressente passos em espreitas.

— Não é assim tão ruim — arrisca-se Akira. — Estar neste lugar, digo — ele remenda, e acanhado que só.

— Conclua por si próprio.

— Permita-me perguntar: — ensaiou (certo de que, talvez, permaneça sem as respostas) — como é possível este lugar não lhe ser inteiramente estranho?

— Que o faz pensar assim? — Retrucou com outra pergunta, embora a par do sentido àquelas sílabas pretensiosamente juntinhas.

— Não tenho respostas para isso, mas é como se estivesse aqui desde sempre; ao menos dá a impressão quando observa cada nova paisagem.

— Você diz muitas bobagens — avisa-o sem delongas, preparando-se para deixá-lo só. — Vemo-nos mais tarde.

— Eu morreria hoje — ele alteia sua voz ao notá-la em idos tortos, instando-a a volver para se debruçar uma vez mais à alheta. — Não fosse por tudo o que nos ocorrera.

— Por que a certeza?

— Digamos apenas que sou resultado de escolhas ruins, e que em cada caminho, vi ruína. Por isso tentei aquela saída cômoda a quem das coisas não vê essência alguma — conclui, e observado como se, da dor, conhecesse-lhe uns tantos bocados.

— Sinto muito — ela diz, desviando o olhar como bem pudera. — Não sou a melhor pessoa do mundo para se ter uma prosa.

— Que bom então não estarmos em seu mundo.

— Ainda anseia a morte? — Quis saber (esquivando-se como convinha), embora outro questionamento tenha lhe atravancado os rumos da fala:

— O que vê quando passeiam seus olhos?

— Nada que mereça ser lembrado — ela responde; e por certo entristecida.

— Talvez seja este o nosso destino — Akira consumou (sem nexo, por sinal). — E se, desde muito antes, a busca pela saída criara uma série de eventos que até aqui me trouxeram?

— Não creio em destino.

— No que acredita, então?

— Honestamente? Apego-me a nada. Quero apenas sair deste lugar.

— E para onde pensa que iremos quando isso acontecer?

— A nenhum canto para chamar de nosso — fora-lhe dura. — Pense um pouco na situação, e esqueça as poéticas do destino: atravessaremos este lugar que até ontem não conhecíamos por registro algum — costura com olhos fitos às beiras do oceano. — É no mínimo suspeito desconhecerem o motivo da nossa presença. Parece-lhe coerente, aliás, ser outro humano quem tem as respostas?

Akira, porém, sobresteve (considerando pertinentes os seus questionamentos).

— Seja lá quem for Arious — Sophia retomou, arrostando-o firmemente desta vez. — Tenho um mau pressentimento em relação a tudo isso.

— Há também o outro que viera conosco — fê-la lembrar-se. — Percebeu as feições de Sethiel quando Gaunden apontou à direção onde provavelmente está?

— Sim; a mesma para onde agora rumamos...

Eis que Syd prende à estrema da adriça uma tira de pano surrada; e assim improvisa o estandarte com a marca dos dias antigos. Por um ponto principal, contorcem-se quatro abas como uma cruz, as quais extrapolam os limites do círculo ao centro.

— Insígnia celeste — disse Sethiel, dirigindo-se a Henrique. — O símbolo que une as falanges de Elohim, e que se ergue pela primeira vez em muito para anunciar os novos dias.

— Arious... — ele se arrisca, e como se pouca atenção lhe desse às palavras. — Você o conhece?

— Jamais o vi — resguardou-se à própria inércia.

— Devo confiar nisso?

— Provavelmente não...

CAPÍTULO X
Tocados pelo abismo

Passaram-se as horas (como conviera às inconstâncias do tempo), e destes silêncios já não se sabe tanto. A águia esculpida à vante rochosa piara estrondosamente quando Syd gritou pelo nome de Popo, o qual, adormecendo próximo, desperta num salto para avisar os demais.

— Estamos no ponto de encontro dos *Quatro Oceanos* — ele constata —, e próximos da morada de um Guardião.

— Em meio às águas? — Intromete-se Henrique, descrendo das suas palavras. — Como é possível?

— Vê estas passarelas? — Nesse entretempo ele indica trilhas pétreas em pleno oceano. — Ergue-se ao centro um templo.

Apequena os olhos para entrever por entre as águas, notando inúmeras estradas flutuando n'oceano. Beija-as, aliás, às fímbrias espaçadas, ao passo que se desconstela o céu.

Akira tem então com um instante dos diabos; guiara as mãos às costas, e constatou que seu sangue lhe desce em bolhões. Por isso pouca atenção despende ao templo já adiante, de onde cruzam quatro estradas — cujas torres se erigem até o céu para formarem esta estrutura espiralada a sustentar uma esfera d'água à cumeeira.

— Tenham cuidado a partir deste instante — disse-lhes Sethiel. — O que se oculta por detrás dessas muralhas é algo frente ao qual não estou à altura; e assim como antes, meus poderes são aqui anulados.

Porque desalentadoras, suas palavras custam à consciência de Akira, despertando-o às urgências de uma ferida ainda mais aberta. Esparzira-lhe o sangue com filetes agora em serpes ao convés, e já sem forças, desfaleceu, soçobrando ante a inevitabilidade do próprio destino.

Fez-se noite dos olhos. Pernas em espasmos, como se algo as beijasse à superfície com escumas de carícias violentas. Ajunta forças para se erguer, vendo-se, porém, regresso ao piso de onde lhe abraça o clarão do dia.

Deitara vistas aos pés, vacilando como se de tudo descresse. Brinca com palmas antes da soerguida (estas que lhe sustentam os abismos íntimos), e titubeia até parar diante de uma figura altiva, a qual lhe estende agora as mãos gentis.

— Até compreendo que sinta uma estranha ânsia por chamar atenção — diz o anjo, erguendo os olhos à direção das ameias do templo de adiante —, mas tente não fazer isso neste instante.

Akira ignorou suas palavras ao mirar inúmeras mulheres (as quais agora lhes apontam setas!). Notou que uma dentre todas corta caminho pelos merlões enquanto outras abrem passagem. Fita-os com interesse, correndo o azul-vívido dos olhos nessa comitiva surgida sem convite algum.

Vê-se à pele a palidez da primeira resplandecência do alvor, beijada por ventos em idos pelos cabelos acastanhados presos com tiara aurienrubescida. Percebem que, ao contrário das outras, não porta arco ou aljavas, diferindo-se também nas vestimentas. Há-lhe aos braços manilhas áureas; e, descalça sobre o mármore, detém-se a metros de onde é então contemplada.

— Humanos... — entoou sem vividez à voz. — Finalmente teve início.

— Minhas sinceras desculpas; e também saudações! — Diz o anjo (mesmo antes que lhe rumassem perguntas). — Sou responsável pelo grupo, sendo eles dois do *Porto das Reminiscências* — remenda ao indicar Popo e Syd, os quais, com encanto no olhar, observam-na. — Estes três, porém — sobresteve desta vez —, de uma dimensão mais baixa.

— Isso sou capaz de ver, Sethiel — retrucou com gravidade à voz. — O que me turva é a razão pela qual se abeiram do nosso templo.

— Bem queria tempo para lhe conceder explicações; ocorre que nada pretendemos em seu território, e temos urgência no avanço — apressou-se com a ressalva, fitando-a firme. — A passagem por este lugar não é fim, mas uma feliz consequência, espero.

— Estão com o *Águia de Ônix* — ela constata a obviedade, mal notando quando Popo e Syd sorriam orgulhosamente.

— Se o reconhece — adianta-se Sethiel —, é sinal de que também distingue a representação do estandarte ao alto mastro.

— O lábaro de Deus — diz de uma vez; e há no timbre, como também à compleição, um manto que ao anjo remetera a medo. — Qual é teu destino para além deste templo?

— Há um único humano por aqui além destes, e talvez ele saiba dar jeito ao que nos põe às pressas, porque o Tenkhükai os destruirá muito em breve.

— Entendo — disse-lhe a mulher. — Crê que Arious acenderá as esperanças?

— Sinto-me disposto a arriscar.

Fitou-lhe os olhos com o demorar dos seus; traduzidos pelo temor à escuridade íntima.

— Por que os ajuda, Sethiel? — Presta-se ao remendo. — Há sentido em arriscar-se junto a quem sequer é parte da sua existência? E de que adiantam esforços às custas de um deus já morto?

— Elohim vive — contestou, permitindo-se a feições enraivecidas. — Tente ao menos enxergar uma razão à presença de humanos no Tenkhükai.

— O que nos resta é agora cinza de um tempo sem volta — falou, como se do âmago rebentassem sílabas-dor (pelo vazio dos silêncios de há muito guardados).

— É lamentável — ele fala com vistas em partilhas de clarões incontidos. — Os primeiros a perderem a fé, ao fim, foram os anjos.

Espiam-na estupidificados nesse entanto, embora não o bastante para se esquecerem das muitas setas à volta. Com exceção de Sophia, a propósito, pois firma olhares sobre Akira, compreendendo que cedo ou tarde fenecerá às mãos de um destino inconstante por demais.

— Mesmo tão poderosa — retoma após imergir às próprias memórias —, fui incapaz de evitar os eventos que nos fizeram cair; e por isso dedico minha vida à penitência.

— Não assuma tais culpas (as quais em grande parte foram minhas) — arrisca-se Sethiel. — E se nunca dividir os fardos com quem já conhece o peso, temo então que cairá ainda mais.

— Há escolhas, afinal? — Diz ao dar-lhe as costas (como quem aceita a rendição numa batalha). — Concederei ao seu grupo o direito para avançar por pouco mais, embora tenham de pedi-lo pessoalmente à Guardiã caso queiram cruzar os lindes do templo — ela ressalta. — E creio que, nestas alturas, tenha já notado a nossa barreira.

— Lembre-se: uma vez aí dentro, partilhará da urgência de protegê-los caso algo me ocorra — fê-la saber; e dos ombros lhe devolve o olhar agudo. — Jure por teu sangue, Têmis, filha de meu pai!

— Ao menos é digno do juramento, irmão — respondeu, cortando seu pulso com uma das unhas. — E espero que estes três também o sejam.

Asas de luz irrompem do dorso de Têmis; e o sangue serpeia das mãos cálidas até banhar plumas deixadas ao sabor do mármore. Assombro e respeito, porém, pouco duram se comparados aos instantes tomados pra mastigar as últimas palavras. Muito cedo — pensam eles — para não lhes garantir a proteção.

Veem-no cruzar o umbral até sumir, instando-os a lhe seguir o encalço (porque forçados ou porque em liça os sentimentos). Popo e Syd regressam ao *Águia de Ônix*, como era já de se esperar por conta do acordo feito, rumando assim com tamanho prêmio a esta tal *Feiticeira*. Tão logo do outro lado, afinal, dão num corredor onde luzem chamas pálidas pelos archotes espraiados.

Sophia notou que, nas paredes, ladrilhos incrustados em riba do mármore seguem até o salão de adiante, onde vidraças servem como abóbada (diáfana com nuanças anis pelas quais se espia a esfera à cumeeira desse templo). Jorros d'água escorrem de seu núcleo, pouco distante de uma escadaria para outro tablado — pois daí vem oceano num acontecer doado ao mundo.

Não demorou para alcançarem o cimo, quando então distinguem a imponente figura de uma mulher sentada sobre almofadas à alfombra que circula espaços próximos. Traz às mãos um tridente com runas corridas em serpes do cabo argênteo ao fio das lâminas.

— Jamais pensei que o veria aqui — ela diz, dirigindo-se ao anjo para encará-lo com olhar agudo. — Mas notemos as coisas escondidas — propõe, caminhando sem pressa às beiras próximas a Henrique. — Como imaginei — conclui sem nexo aparente (dando-lhes as costas, inclusive). — Vocês e essa maldita mania de nos surpreender.

— E quem é você?

— Uma das pilastras que sustentam a dimensão na qual se atrevem — respondeu com rispidez. — Estão no *Templo dos Quatro Oceanos*, por onde cruzam as águas do Tenkhükai.

Conservando sua arrogância, então, vira-se desta vez a Sophia, deixando do âmago lhe escapulir uma gargalhada.

— Que temos aqui? — Pergunta ao tocá-la no queixo. — Há algo diferente em sua centelha, e é intrigante como Erébia os permitiu partir das bandas de *Lithiûs*.

— Vergonha, Sethiel! — Retomou (tão logo defrontara o anjo). — Acaso crê que encontrará solução a esse infortúnio?

Tal que, súbito, erguera o tridente, sobrestando apenas ao ver Akira ir a pique à gelidez do mármore. Acocorou-se para tocar-lhe a ferida, quando então grita por conta da dor crescida às costas.

— Lamentável — diz sem encará-lo, afinal. — Deixou-o ferir-se, cônscio de que, mesmo vindos de outra realidade, podem todos cair? Mas, espere! — Tolhe as palavras para outra gargalhada. — Cruzara os braços para forçar-me a lhes conceder passagem? Pelo quanto parece, conserva um bocado do teu pai.

Sethiel cerrou os punhos; mas preservara à face sua serenidade. Viu-a próxima de Akira nesse entretanto, fitando-o como se buscasse algo a lhe interessar, e então sorriu — sobretudo quando azulados os seus lábios para aproximá-los dos dele. Em vez de um beijo, porém, detém-se por notar a sombra que ao dia pusera o seu véu súbito.

Sophia bem quisera perguntar a Sethiel o que havia de errado, mas sobresteve ao lhe descobrir à face um pavor sem conta. Tem então com a voz da Guardiã, que, deixando Akira estatelado no piso, diz-lhes:

— Vocês o trouxeram até aqui! Malditos sejam!

— Sabíamos todos que cedo ou tarde ele viria ao nosso encontro, Náiade — apressou-se o anjo com as palavras. — Fora apenas questão de tempo para nos encontrar. Agora, sem delongas, cure-o — suplicou —, porque cada qual é importante!

Náiade conduz o olhar à abóbada nesse entanto, irritando-se ao constatar que Têmis luta contra criaturas de sombras paridas, as quais em valsa flutuam como nébulas.

— Vá ajudá-la! — Ordena a Sethiel. — E sossegue, pois do precioso humano cuido eu. É este, não outro, o propósito da sua presença entre nós.

O anjo partira às pressas, sendo então seguido por Henrique e umas tantas sacerdotisas que, confusas, pouco farão para ajudar. Sophia permanece ao lado de Akira, aliás — sentindo que, dado este instante, é apenas correto.

— Apresse-se em curá-lo!

— Ainda não — responde sem ao menos encará-la. — Estou ocupada.

— Com o quê? Porque observando-a daqui, parece-me apenas assistir!

Náiade desfaz a postura, conjurando às palmas o seu tridente. Aponta-o em seguida à garganta de Sophia até deitá-la no piso. O diadema é ao longe arremessado, por sinal, enquanto as cúspides resvalam com mais força pela pele.

— São apenas demônios lá fora — ela diz. — Caso conhecesse o nível de Sethiel e Têmis juntos, jamais ensaiaria palavras tão precipitadas. Estou imóvel não por aquiescência, mas porque, considerando isto que lhe escapara, há uma barreira à volta do templo. Algo tantas vezes mais poderoso anseia colocá-la em ruínas!

Sophia quis soerguer-se num pulo só, mas encarou por mais instantes a Guardiã. Nesse entrementes, aliás, da claraboia se lhes descera uma dentre as criaturas em danças para além.

— Morra — murmurou, desviando o tridente ainda à garganta de Sophia e apontando-o tão logo ao que agoniza adiante. Filetes de luz despontam dos píncaros para banharem esse lugar com um clarão a reduzir tudinho às partículas.

Necessários instantes, sim, para Sophia (re)acostumar seus olhos à imagem da Guardiã, vendo-a então despir-se do mantô. Espalma mãos ao céu — no que afinal estremece, pois assim impede a entrada de seja-lá-quem-for. Não assegurará por muito, porém, sua proteção.

— Essa coisa conseguirá entrar? — Quis desesperadamente saber, defrontando-a com assombro na medida das vistas.

— É algo que supera os limites do absurdo, equiparando-se a mim em poder — falou de seio arfante. — Bocados mais, talvez.

— E quanto a ele? — Perguntou ao apontar para Akira. — Não é tempo de salvá-lo?

— Terá de esperar, porque morreremos caso falhe nisto aqui.

— Posso meter-lhe uma pergunta? — Arrisca-se, e cônscia de que inoportuno é o momento.

— Se julgar meu caráter novamente — começou a Guardiã —, juro que lhe transpasso a garganta desta vez.

Sophia engolira seco antes de desviar a face, temendo encará-la; e consternada consigo diante das ações estúpidas.

— Por que me tomou como diferente? — Diz enfim, lembrando-se do quanto há pouco lhe falara.

— Reconheço ao longe alguém tocado por Elohim, e sinto Seu poder em ti, porque lhe há um dom — ela afirma (e com mais dúvidas deitadas do que respostas). — Apenas não quer ou mal sabe como usá-lo.

— Ajuda-me, então! — Chia ao contemplar o corpo inerte de Akira.

— O acesso extrapola quaisquer habilidades, pois muitas razões são exigidas. Os que por Elohim são escolhidos não têm necessariamente o controle dos próprios poderes. Sentira-os antes, afinal?

Sophia permanecera em silêncio; e talvez por desconhecer respostas à pergunta. Declivara o olhar, como se tomada pela profundura da vergonha; e ao tresandar, já diante de Akira, acocorou-se para ter com as próprias ponderações.

Cruzam-se clarões nesse entretempo: o poder dos anjos arriba em espiral, rasgando um sem-número das coisas surgidas no caminho. Sethiel sobrepaira as ameias, e Têmis segue céu afora à medida que tantas plumas luminosas de suas asas se desprendem do torso nu.

Os demais apenas assistem — não suportarão por muito, porém, pois na proporção em que um padece, cinco surgem pelas trincas da barreira. Náiade é incapaz de conter todos; ao menos enquanto põe jeito no verdadeiro inimigo a se temer.

O céu escurece conforme muitas criaturas se esparramam como nuvens para além do olhar. Henrique esquadrinha seus idos quando, súbito, uma pousa em ameias próximas, instando-o a empunhar às pressas as adagas noutrora dadas por Gaunden.

Uma luz áurea emana do seu pingente, afinal; e num feixe maravilhoso que de pouquinho é dois em entrelaço complicado. Imitam aves, vê? Franqueando e assim destruindo tudo à volta com rastos curvos luminosos.

Em seu pasmo e desajeito, permanece imóvel; dos ombros espiando Sethiel. — Cheio de surpresas! — Ouviu-lhe rumar.

Têmis arria do céu para notar com afinco o colar de Henrique. Beijara-o em seguida às bochechas, e, tomada por muitos cansaços, sentou-se sobre ruínas.

Perdem centelha aquelas aves, restando punhados de cinzas aos ventos. Uma garoa cai do céu para desassossegar as águas que cantam oceanos, seguindo à branquidão das passarelas em curvas descritas sobre suas costas.

Esvai-se muito da força de Náiade, conforme os protege com braços estendidos; e já sem condições para suportar o confronto. Empunha seu tridente, aliás, no que faz aparecer à volta uma aura singular em matizes vívidos de um anil-lacrimoso.

Pliqueploqueiam goteiras no corredor que dá ao pórtico; aonde enfim caminha com o rapaz nos braços. Sophia os observara nesse ido, mas não soube se seu espanto é por vê-lo quase morto ou por avistá-la longe da função de proteger a barreira.

Tão logo o deita ao piso, a propósito, azulam-se os lábios por riba dos dele.

Quando Akira abrira os olhos, pouco adiante, incomodou-se com a chuva à face, fitando Náiade como se lhe questionasse a respeito do que acontecera. Apoia então uma das mãos sobre o piso, soerguendo-se para sentir enfim esta poderosa energia correr ao íntimo.

Vira quando nuvens se uniam — logo espaçadas, porém, à pressão dum remoinho surgido. Espia às pressas cada anjo, notando então temores piores que os seus, porque desesperados como a Guardiã (que, por sinal, sorri). Detém-se o inferno na soleira.

— Afastem-se daqui, pois deste ponto não lhes garanto a vida!

— Não ouse fazer isso sozinha, Náiade! — Sethiel advertiu (antevendo o que pretende). Têmis, nesse lapso, seguiu-lhe o encalço; e talvez por vê-lo rumar para outros cantos antes de beirar os humanos.

— Ouçam: — ele diz às pressas — busquem a saída desta dimensão, mas antes cumpram seu destino, e entendam porque vieram — remenda num tom por demais misterioso. — Sei do escuro fundo nestes teus corações; e também da luz que os unirá no fim. Quando encontrarem Arious — hesita com o olhar guiado ao céu carrancudo —, peçam-lhe desculpas em meu nome, sim?

Calam-se para ver o anjo estender àquele vórtice as mãos, até que fagulhas branqueadas se lhe sublimem às extremidades dos dedos. A Guardiã gira seu tridente antes de arremessá-lo ao céu nesse meio tempo, e fora quando um feixe luminoso deixa suas cúspides.

No que penetra o torvelinho, relâmpagos são do firmamento vomitados; e nesse entretempo sentem o Tenkhükai fremir quando um vulto deixa a dobra antes de flutuar por entre nuvens sinistras. Parou em pleno ar para encará-los à superfície do oceano.

Súbito, estende os braços às sacerdotisas próximas; e eis que sucumbem uma ou outra com veios enegrecidos surgidos à face. Aos brados, e desesperadas, as companheiras bem tentam socorrê-las — embora tarde, porque lhes deixam apenas cinzas.

Têmis investe à coisa do remoinho, mas sobresteve tão logo lhe deitara um feixe de aura sombria. Fê-la gritar e em seguida cair ao útero do oceano; fugida então das vistas.

Muitas urram ao lhe assistir à queda, estirando ao vazio as mãos na esperança de sentir do ar o que restava. E quando a entidade uma vez mais alteia sua palma, Náiade faz surgir colunas d'água; arrancadas do oceano, mas com força devolvidas até tombá-la num ímpeto só.

— Travessei estrelas para encontrá-los — retumba a voz do vulto (como se solfejasse poemas). — E muitas foram as correntes arrebentadas na escuridão, num tempo que já não é medido em sua volta.

Um cordão composto em luz enegrecida desce então no seio de Náiade, arremessando-a para outro rumo. Britara o solo ao degringolar-se ensanguentada.

— Os primeiros e últimos acordes da sinfonia — retomou (seja o que for isto que agora lhes dirige a palavra). — Escolhidos de Elohim...

— Não encostará um dedo neles, Dheva! — Náiade trovejou, soerguendo-se e então cambaleando como se, silenciosamente, ruísse o íntimo.

— Serei seu adversário, Abaddon! — Adianta-se o anjo, pondo em cólera a aura crescente à volta de si.

— Tua arrogância é descontrole — ele sussurra —, pois não vim por teus preciosos, mas por ti, anjo caído, já que dos perigos és quem representa os mais urgentes.

Sethiel assume uma postura curiosa: estira braços e emparelha pernas — como se do corpo fizesse cruz. No olhar de antes anil, pois, vêm-lhe lampejos de cinza pálido.

— Saibam disto: — Abaddon retomou, e sem interesse ao vê-lo àquela forma — em pouco a contar daqui, à luz do último alvor de esperança nesta realidade, o mestre regressará para destruir as notas da sinfonia de Deus — projeta-se desta vez aos escolhidos. — Porque um dentre vós, afinal, dirá sim a nosso senhor!

Emudecem-se as vozes. Sophia, Akira e Henrique miram os olhos de Sethiel nesse entretempo — incandescidos como fogueira santa. Com seu corpo ainda no formato de um cruzeiro, afinal, verte ao infinito a energia que em luminescência aligeirada cobre o templo para seguir aos oceanos do Tenkhükai.

São então engolidos por chamas alvas; mas não sentem dor, medo ou tristeza, porque se entregam à calidez vinda do fim. E tocados pelo abismo, somem todos para nunca mais.

LIVRO II
Dos primeiros ventos da tempestade

CAPÍTULO I

Ainda que caminhe no vale das sombras

Um cometa dourado rasga a escuridão do céu.

Estranha a sensação! Porque sequer sente o corpo, sendo-lhe cada partícula comprimida num aperto custoso. Nesse entretanto por demais incomum à consciência, aliás, entrega-se às inércias que o fazem sobrepairar a noite em beira de estrelas cuja valsa é furiosa.

Segue em idos contra as vontades, projetando-se às fímbrias do incerto. Ao cruzar esse negrume envolto por luz, porém, sente-se astro cadente enquanto ventos segredam lamúrias e a noite se adensa além dos dorsos dessas terras. Estira seus braços para ter consigo, pelejando contra tantos cordéis que lhe regem os comandos.

Vê-se uno ao clarão; e banhado com esplendor às fraquezas íntimas — estas que, silenciosamente, explodem como espírito em chamas. Desacelera neste seu lanço de cometa, então, indo a pique num baque de luz.

Algo o amortecera, constatando-se tão logo debruçado numa superfície rija. Tateou o solo até arrancar das costas uma mancheia do seu manto, buscando forças para erguer-se. Notou, porém, que de jeito maneira as tem.

Sublima-lhe do íntimo o vômito em idos pela face pálida; e nesse entretempo abre os olhos para enxergar de mal jeito o dia — despontado por detrás das montanhas ao redor —, deitando-os logo mais no alcantil desse vale.

Apoia-se a seu modo, então; e com palmas à superfície da terra batida, guiando-as afinal às pestanas para esfregá-las preguiçosamente. Nesse entretempo sente um bafio, porque algo empesteia o ar. Vê sobre si uma chuva de cinzas deitada pelo céu (ora enverdecido, para sua surpresa, ora enfarruscado), ao passo que enfim encontradas as suas energias.

Cambaleia durante instantes sem conta, provando do espaço a lhe pesar para além deste trecho. Com passos tortos, nota-se ao rebato de um portão — resguardado agora por azinhavre e heras que trepam em serpes indefinidas aos ornamentos das grades —, embora não veja com nitidez os limites de sua extensão.

Conduzira as mãos à superfície de um ferrolho, e constatou o portão entreaberto (como se algo ou alguém há muito lhe aguardasse a vinda). O ranger do ferro, por sinal, soa-lhe insuportável, descerrando ao toque desajeitado para que logo siga chão.

A chuva de cinzas se engrossa nesse entretanto, e os cheiros ao redor o enojam. Acomete num cenário já escurecido por demais, porque não há nada vivo à volta — exceto pelas árvores desfolhadas e raízes envelhecidas.

Por quase não sufoca ao vomitar outra vez (com filetes do próprio sangue à composição, os quais tão logo se ajuntam aos bocados de cinzas sobre o solo). Percebe então as trilhas ladrilhadas; e adornadas cada qual com runas de há muito talhadas às estremas.

Guia vistas aos clarões intervalados que penetram a trincheira de nuvens, sentindo o corpo mais rijo conforme acomete (como se um fardo lhe fosse posto às costas; e semelhante ao dos pecados agora em morte carregados). Antevê os traços das sendas de adiante, descendo-lhe no olhar os cabelos.

Quis sentar sobre a própria desgraça, embora detido pela melodia prorrompida atrás da corcova mais próxima — de onde, aliás, embaraçam-se as veredas. Límpida e sem precipitações, ressoa como se tocada por um menestrel, reanimando-lhe a alma com notas vindas de sabe-se-lá-que-lugar.

— Que maravilhosa melodia — sussurra-se. Há-lhe algo fúnebre, vê? Mas também belo em um acorde ou outro. E a cada entoo, imagina cordéis atados aos membros, guiando-o para beiras escuras disfarçadas de destino.

A dor nos pés é insuportável, e conforme segue às notas de exéquias, vê seu sangue prorromper por cortes provocados pelos espinhais que se lhe enroscam perna acima.

Grita até que os brados guardados se confundam com a melodia para compor uma ode das mais desgraçadas. Lágrimas rebentam do silêncio de apuros em si, e quando seu sal cai à terra malcheirosa, une-se às cinzas como se, juntos, tecessem a maldição.

Parou, porém, de digladiar contra engodos às sombras, aceitando a remissão dos pecados. Mal nota quando novas músicas se rearranjam nesse ponto do caminho, por quase não exibindo em jeitos táteis as colcheias e semibreves deitadas sobre abraços sustenidos com bemóis.

Quando creu não mais haver forças ou mesmo esperanças para continuar, sente este alívio às pernas ao constatar os espinhais em serpes recolhidas no decorrer da trilha — cujo fim, aliás, é já visto; terminando num círculo que contorna um penedo intato pela chuva de cinzas.

Ergueu os olhos no instante em que algo lhe chamara a atenção, porque na cima da pedra vê um homem de lira empunhada. Toca-a como se as notas tiradas traduzissem tristezas íntimas, vestindo-se com uma mortalha escura e gasta, a qual imita os ventos com seu tecido copioso. Por debaixo se apruma em vestes fidalgas, ancoradas pela echarpe do colarinho.

Achega-se mais para esquadrinhá-lo, mirando-lhe a pele macilenta. Dos olhos viçam esferas pretas opacas; e os cabelos se espraiam em mechas escuras caídas pouco abaixo da fronte. Quase cinzentos são os dentes, aliás, expostos então ao vê-lo sorrir com malícia.

— Um cadáver — conclui ao fitá-lo de pertinho.

Mãos deslizam às cordas escuras da lira, dedilhando-as como quem delas tira acordes funéreos àquele que toma beira. E mesmo descalças, as solas do menestrel não são manchadas pelas cinzas.

Ao alto da pedra são também vistos um cetro e uma cartola. Quem se deixa guiar pela melodia, aliás, senta-se então sobre as cinzas nos ladrilhos, notando que o sangue às pernas já não jorra (apesar de senti-las ainda tépidas).

Vê-se longe num tempo que já não é só seu, perante uma silhueta composta em nébulas esparsas; e surgida dos confins da mente braba. Assume a forma desta mulher cuja aura esplandece um fulgor dourado. Seus cabelos acastanhados foram atados pela mitra de flores entrelaçadas aos fios, e conforme se aproxima, mira quem lhe encara os sinais como se à busca por respostas de alento na timidez do olhar.

Ao vê-la sorrir — tocando-lhe a face em jeitos ternos —, memórias cruzam barreiras doutras dimensões antes de regressarem à consciência como se afrouxadas as cavilhas dos grilhões. Um mero toque, afinal, fê-lo recordar tudo. Soube então quem é; e por que raios está nesse lugar.

— Mariana? — Saem-lhe quase inaudíveis as palavras. — Meu amor, eu... — tolhera a fala quando uma lágrima serpenteou à face, sentindo seu sal invadir o palato para mesclar-se às desgraças íntimas. Nada mais fora então capaz de dizer.

Fitara-lhe os olhos nesse entretanto, e concluiu: durara o suficiente para chamar de sua a eternidade. Abraçam-se num aperto (carinhoso que só!).

— Este não é o nosso tempo, Victor — venta-lhe ao pé do ouvido. — Mas nos encontraremos antes dos fins.

Não compreende os sentidos emprestados à pretensão dessas sílabas, mas lhe acarinha a face (com fúria, desespero) ao notá-la evanescer por entre os dedos, restando-lhe esta névoa entregue às sinfonias roucas dos ventos. Trovejara como se forçasse o âmago a deixá-lo, espiando cada vestígio de Mariana em valsas grises.

Ajoelhara-se e estendeu as mãos ao vazio de coisa alguma; tão logo posta à palma esta última fagulha de luz. Enconchou-a com força para sentir o peso da própria desgraça, pois em si nada restou senão umas muitas lágrimas doídas.

Cessa-se de súbito a música, aliás. Fê-lo mirar novamente o menestrel à cumeeira do rochedo, que sorri ao retirar enfim os dedos pálidos da sua lira.

— Um portento, não acha? — Perguntou com uma voz gravíssima.

— À primeira vez, a vida era desajeitada; e quando em dor a admirei, curaram-se os ais — assim remendou, tal como se solfam poemas —, porque tudo o mais parecera pequeno.

Demorara-lhe o olhar, e estranhou suas palavras — ressoadas como elegias de outros tempos; e proferidas em jeito firme, eloquente (medidas por notas). Quis silêncio, contudo, pois sofre com o devaneio de há pouco, recompondo-se até do íntimo buscar forças para expulsar as primeiras palavras:

— Ela era real?

— Defina o real — provocou —, mas antes, diga-me; que mais lhe alenta o peito por hora: a amargura desta realidade imposta, ou uma calidez de ilusão apanhada em propósito?

— Quem é você, afinal?

— Seria essa uma interessante indagação, não fosse por outra mais pertinente: — provoca-o pela segunda vez — quem é você?

— Sei ao menos que estou morto.

— Acaso podem sangrar? — Questionou ao indicar o sangue que ainda lhe desce em serpes mornas às pernas. — Mesmo os mortos não chegariam aqui sem intervenção divina.

— O que é este lugar? — Quis saber, guiando à face uma das mãos como se prestes a rebentar-se em prantos.

— Fora há tempos criado do absurdo e do amor — ele diz — para servir como centro coerente às realidades (em simetria espaço-temporal com a existência). Dimensão mais alta no interior dela própria — apressa-se nesta costura ainda estranha à experiência sensível —, que é lugar intangível, sim, mas de ponta cabeça; e equilibrado por muitos grávitons. Uma sinfonia vibrante!

Em contrapartida — sabe-se lá por qual motivo —, Victor sente aos torvelinhos estas memórias que jamais lhe pertenceram de fato. Como se desperto de um coma, então, guia as mãos para arrancar dos cabelos alguns fios e cortar a face com as extremidades das unhas sujas.

A saliva se lhe precipita às beiras dos lábios quando sua dor coalesce à loucura há muito experimentada. E nesse ínterim os cortes enrubescem ladrilhos nesse finzinho de senda.

Sente-se com interesse espiado, porque a par do que toma forma às ideias. São maldições, sim! As quais pairarão no Tenkhükai. E quando correra os olhos à pedra, mirou as escarpas escuras para dizer:

— Sinfonia... Elohim... Guardiões...

Palavras desvaneceram quando transportadas pela impavidez do vento, mas não antes de chegarem à percepção daquele que, ao desmanchar o sorriso, acrescentou:

— Interessante! És capaz de partilhar memórias com os outros que vieram.

— Por que desejam encontrá-lo? — Ruma-lhe de uma vez. — Este tal Arious...

— Pois creem que os salvará desta dimensão, e naturalmente não passam de tolos.

— Compreendi o que Erébia acabou de lhes dizer — adiantou-se; porém pouco faz das palavras (pondo força à consciência pra repartir sentidos com quem, se corretos tais sinais, vê-se agora a milhas daí) —, mas não estou preocupado em morrer, e lhe asseguro ter planos maiores neste instante.

Súbito, então, erguera-se o menestrel. Segurara com força a empunhadura do cetro, e à cabeça ajeitou sua cartola. Assim apeia num pulo só, solfejando em valsa:

Áureos cometas por costas de breu
Rompem correntes; em tempos tecidas
Fúria soprada (das cordas nasceu)
Tangem centelhas, com claves unidas

Notas vibrando; pujante o sonido
Glória escarlate composta em bemol
Tomo arranjado — de acordes caído
Peia destino, desfeito arrebol

Mãos escolhidas a luz despertam
Céus distorcidos; desgraças serão
Ventos guiando — reinícios cantam
Sê sinfonia (rebenta refrão!)

Almas em dobras por muito existir
Vertem memória no prumo de vir

— Tais versos foram há muito compostos — explica-lhe o menestrel, e dando fim à sua dança. — Consideraram-lhes uma profecia, porque em cada nota, supostamente, há o epítome do fim de tudo. Esta não é, porém, a primeira vez que os contempla, Victor...

— Quem é você?

— Sou Abaddon — responde em tom solene à sua insistência —, um dos sete Dhevas a serviço de nosso senhor Lúcifer.

— Dhevas — sussurra ao sabor dos ventos. — Quanto esperam que eu faça? Dirigem-se agora à busca por Arious — remendou, tão logo aprumadas as experiências repartidas —, e já não há nada a se fazer.

Com mãos apoiadas sobre o cetro, Abaddon reouvera a fala:

— Se deseja partir, certifique-se ao menos de que lhe há algo nesta dimensão, pois todo feito será tão inútil quanto a resistência de uma chama tremulando ante os vendavais.

— Nesse caso — ensaia ao dar-lhe as costas para regressar à trilha de onde há pouco viera —, caminharei, até que a chama de minha vida se extinga.

— Ela não está aqui — arrisca-se, afinal. — Ao menos não neste mundo, ou tempo.

Interessou-se, e nesse entretempo ele atravanca os passos antes de espiar dos ombros o Dheva.

— Diga logo o que pretende comigo.

— Acaso sabe por que estão aqui? — Pergunta com um sorriso desdenhoso, atiçando-o ainda mais. E súbito, deitara ao solo o seu indicador; às beiras dos pés surrados de Victor.

— Sangue? — Pasma-se ao espiar o que lhe é mostrado.

— Sangue humano; que faz romper, segundo dizem, os selos de Elohim — ele corrige. — E creio ainda não ter notado os estragos de uma só gota. Vê esta pedra? — Põe costura, indicando a direção onde, há pouco, sentara-se. — Por detrás há um portal tão antigo quanto a História, o qual conduz para uma dimensão já esquecida.

Espia com mais vontade aquele penedo escuro, constatando somente agora ser único por aí. Seja o que for, afinal, remete a um tumor fincado ao útero da terra.

— O selo será rompido se um escolhido, chegado vivo ao Tenkhükai, sangrar sobre sua superfície — retoma a explicação. — Por tratar-se da primeira vez desde a vinda de Arious, talvez seja você, não outro, quem libertará nosso imperador.

— E por que faria isso?

— Porque será grato para com aqueles que nos auxiliarem na tempestade — garante-lhe o Dheva. — E então trará Mariana da dimensão dos mortos.

— Veja esta trilha! — Esbraveja, no que indica a rubridez derramada às cinzas por riba das pedrinhas. — E note o quanto de meu sangue aqui deitei!

— Não basta derramá-lo — ele adverte. — É necessária a nitidez das razões, porque este portal exigirá de ti um consentimento! E somente então ruirá o selo.

Victor permaneceu imóvel, resguardado ao colo de um silêncio inteiramente seu. Ponderou por instantes, sim, mirando-lhe os aspectos com sinais malignos.

— Vamos, faça — murmura com braços à frente estirados. — Tome o quanto precisar.

Sorrira então num gozo triunfante, como se, desde há muito, aguardasse-lhe a vinda. Mas não é sabido por quanto esperou sobre o cimo daquela pedra — ou, segundo quais passagens de ventos, sentou-se ali pra ter com as notas da sua lira.

— Que assim seja.

Investira à direção do portal, embora impedido num ímpeto só, porque Abaddon, com um simples ribombo, fê-lo parar. — Não tão rápido — disse friamente. — Está quase anoitecendo neste mundo, e em breve, nas circunstâncias certas, trará à luz o mestre.

— Aonde vai? — Quis saber ao vê-lo já de partida.

— Encontrar-me com um anjo...

Victor enoitecera os olhos nesse ínterim, e quando os empresta outra vez à luz, percebe que não mais vê as cores. Sintonizam-se à escuridão.

***

Empalidece-se o horizonte quando, com braços cruzados, vem-lhe à mente um tantão de questões. Farisca um cheiro estranho — parecido a miasma da morte, sabe?

— Suas visões eram verdadeiras — sussurrou-se; e com olhos ainda fitos num ponto ao longe. — O fim virá por humanas mãos.

Mete-se a espiar o dorso do sul, cujo clarão mirra ao lhe banhar cada cicatriz. Das espáduas divisa quem surge vacilante, e vê quando de assalto para a mulher que arfa como se saída de um confronto (com madeixas grudadas no suor descido em serpes, aliás), curvando-se assim sobre o passadiço que dá às ameias.

— Diga-me, mestre Gaunden — adianta-se no trato das palavras. — Que aconteceu?

— Náiade está ferida — ele responde. — Os anjos desapareceram, e não há sinal dos três humanos. Quanto àquele outro — costura, regressando ao sul o seu olhar —, a estas alturas fora já ludibriado por Abaddon.

— Está de saída? — Indagou, constatando-o a passos dos merlões de adobe para rumar ao rebato.

— Ouça com atenção, Tália — pede ao deter-se num ímpeto. — Se acaso não regressar, proteja a seu modo os que vivem próximos. Seguirei por hora outros cursos, e das certezas, sei apenas que se fizera luz do amor àquele colar…

Cabisbaixou para chorar como convém, sentindo-se, porém, satisfeita (conforme lhe dão os sais a certeza desta perversa realidade). E quando erguera sua face, não mais o viu — porque tragado em luzes silentes. Resta à mente este incômodo de quem se cala antes do fim.

CAPÍTULO II

O vão da montanha

De costas contra o solo, sente quando os ventos lhe bagunçam as madeixas encobertas agora por folhinhas emaranhadas. À pele se esparramam aqueles primeiros raios de um sol que muito faz para abraçá-lo.

Ouve algo parecido com ruídos d'água brotando de uma saliência ao solo, os quais despencam como véu por sobre fendas. Quisera abrir seus olhos, naturalmente, mas estes pesaram em sua recusa displicente.

Vem-lhe sem beiras definidas a calidez de uma energia — como faúlas entregues ao esquecimento dos cursos de si. Fê-lo sentir-se em braços ternos.

Os pés descalços recebem aos vãos dos dedos seus muitos beijos de barlavento, dando-lhe, de quando em quando, cócegas gostosas por demais. Sente-se pesado, porém, como se ao dorso deitado um fardo bravo.

Desencosta as palmas do peito, estirando-as à terrinha cheirosa. Conforme apalpa sua superfície, constata-se preso à cadeia flórea que dança ao sabor de muitas brisas sinuosas; e somente quando cônscio de si, afinal, regressam-lhe as lembranças.

À consciência tem com tantão de coisas; e no caos encontra as histórias adormentadas nesse tempo que passara inerte.

— Finalmente acordou — diz a voz que por bem pouco não lhe ressoa no íntimo. Porque a seu lado, sobre ruínas debruçadas às flores, um homem contempla o céu. Empunha um fruto suculento, do qual remove a casca com seu punhal de runas rubras em ido das guardas à cúspide.

Traja calças encardidas e cobertas à altura das panturrilhas pelas botas surradas. Também um casacão adornado com emblemas em tons de escarlate-vívido até às mangas, sendo que, por debaixo, vê-se uma túnica presa por um cinturão a lhe cobrir o ventre.

— Não estão aqui — ele diz; tão logo notara o que buscavam os olhos. Dos seus, porém, fez-se desencontro.

— Onde, então? — Quis saber (inerte ao passo que desperto).

— No momento, preocupe-se consigo apenas, pois será mais inteligente de sua parte.

— Deixe-me adivinhar: — arrisca-se antes de outro estúpido conselho — você é um dos Guardiões, não?

— Sou Agnus — ele repara a prosa com sinais confirmativos. — E é um prazer conhecê-lo pessoalmente, Akira...

Encara-o diretamente; com íris azuis-claríssimas, e algo que, ao olhar, parecera curioso se resgatadas as imagens dos Guardiões até então conhecidos. Homem de uns setenta ou mais, porque à face estes contornos inscritos em idos rudes. Suas mechas são mais grisalhas quando comparadas às de Erébia, aliás, e com uma fina trança atada por duas anilhas à altura da nuca.

Do olhar sentiu como se, em jeitos calados, julgasse-o à procura por sombras passadas.

— Não perguntarei como sabe meu nome — adianta-se; e ergue a cabeça num desajeito só. — Deixei há algum tempo de estranhar as coisas neste lugar.

— Conheço-o porque os observei daqui de cima.

Somente quando destas palavras, afinal, nota as ilhotas outrora distantes no céu agora vistas à altura dos olhos, sendo que, nalgumas, cascatas descem espiraladas das orlas. Nébulas impedem a plenitude do olhar, pois nuvens correm às beiras em branquidão intervalada.

Quando os passos ensaiam embaraços, para de assalto ao ouvir pedrinhas deslizando sob seus pés. Vê-se diante da aresta de uma ilha cerúlea, de onde, aliás, por quase não despenca.

— Onde estamos? — Quis saber, no que os olhos em momento algum se desviam da imensidade corrida lá embaixo.

— Num lugar seguro — responde o Guardião. — E se está diante de mim — detém-se para selecionar melhor as próximas palavras —, é porque tem um bom anjo da guarda.

Essa constatação, ainda que camuflada às entrevias de um cotejo malfeito, despertou em Akira o incômodo de quem sente algo a lhe faltar. — Sethiel! — Esbraveja, como se enfim desperto das teimas do próprio torpor. — Onde ele está?

— Não faço ideia — confessou. — E sequer sinto a presença dos outros Guardiões, pois é como se esconsos em sombras, no aguardo do inimigo.

Sente-se desnorteado, enraivecido; e bem quer regressar a bordo do trem que, de certa forma, conduzira-o ao Tenkhükai — porque busca as saídas deste maldito lugar (pouco importa quem sequer conhece!).

Mas nota não lhe ser habitual pensar assim; quase como se impostas as últimas sensações ou vontades. Brincam, por certo, com os bocados restantes do equilíbrio à consciência.

— Mentes são suscetíveis às fraquezas, Akira — ruma-lhe o Guardião —, e creio que a sua seja ainda mais. Sentiu-se repentinamente irritado, não foi? — Remendou, testando-o com a obviedade da prosa. — Essas emoções nunca lhe pertenceram.

— De quem são? — Interessou-se, sentindo se lhe aflorar o ódio.

— Quatro cometas dourados surgiram há pouco no céu. Eram os escolhidos chegando a esta dimensão: você, Sophia, Henrique e um homem chamado Victor — fala sem lhe responder de uma vez à pergunta. — Horas antes, outro pousou em *Lithiûs*, nas fronteiras do extremo leste de *Ars-Dâlian*.

Explicações, porém, são-lhe desnecessárias, pois a estas alturas tem ciência: refere-se àquele cujo corpo Sethiel tomara.

— Abaddon havia despertado os ventos desta tempestade quando de seu encontro no *Templo dos Quatro Oceanos* — continuou —, porque Victor o ajudará a desmanchar o selo da dimensão onde estão Lúcifer e os outros Dhevas.

— Neste caso, devo logo partir — apressa-se, enquanto toma distância da orla para correr os olhos à procura de uma saída. — Tanto menos pelo selo, já que não me importo, mas porque sei haver pouco até matar-nos esta dimensão.

— Não irá a lugar algum — espanta-o, afinal. — Ao menos enquanto permitir que Victor tenha acesso à sua mente.

— Como é?

— Não apenas isso — assegurou —, pois ele tenta desesperadamente controlar suas ações e um bocado das vontades.

— E por qual razão?

— Crê que é o correto a se fazer, e não descansará até conseguir.

— Mate-o, então! — Adianta-se; e por demais assombrado com os sentidos escusos às próprias palavras. — Não será melhor a todos?

— Lembre-se: ao contrário de vocês, ele não conhecera os Guardiões do Tenkhükai. Em vez, padeceu diante de um Dheva (e limitado a uma região sem vida) — apensa com severidade. — Um vale encoberto pelas sombras.

— Comentou há pouco que ele tem acesso à minha mente — provocou Akira. — Se for verdade, vivenciou e experimentou tanto quanto eu, e por isso teve sim contato com os Guardiões.

— De fato — ele confirma —, mas o vínculo verdadeiro e sincero conosco é a diferença entre vocês. Além disso, feriu-lhe Abaddon os pontos mais sensíveis, porque pela dúvida tomado, ou, sabe-se lá por quais planos já trazidos.

— Outro motivo para que nos apressemos — deu-se a criar um pretexto, o qual às urgências bem servirá. — Não podemos simplesmente ficar aqui e...

— Do óbvio, sequer compreendera as superfícies — firma ao lhe interromper cada raciocínio. — Se Lúcifer regressar, serão mortos mesmo antes que o próprio Tenkhükai lhes sinta de uma vez as presenças, porque nunca arriscará ter no caminho os escolhidos; bastará pedir a Victor, aliás, para revelar os indícios das assinaturas de sua centelha. Por isso deve permanecer; e instruir-se com treinamento apropriado.

— Temos bocados de nada antes do fim! — Chiou Akira, tão logo rememorados os dizeres deixados no *Templo*. — Não há instante a desperdiçar! E talvez, parando agora pra refletir, este lugar nos expulse antes!

— Outro motivo para que nos apressemos — brinca ao devolver-lhe as palavras há pouco ditas. — Agora, siga-me, pois começaremos desde já.

— Acaso perdeu o juízo? Como lutarei contra deuses? Isso é loucura!

— Minha intenção não é treinar seu corpo, Akira; apenas a mente.

— E como faremos isso em tão pouco?

— Descobrirá, se acaso me acompanhar. Tive algumas ideias.

Nenhuma alternativa, pois, senão segui-lo ao ver que lhe dá as costas para rumar a sabe-se-lá-onde. Bem quisera fugir, sim, mas estúpida essa ideia, porque não há meios de saltar dessa ilha sem se encontrar lá embaixo com a morte à espreita paciente.

Conforme palmilham as flores, dá-se conta de não mais arquejar, e somente agora, ao tatear suas costas, compreende que Náiade lhe curara o ferimento. Mal vira então quando cruzaram um pontilhão ladrilhado por pedrinhas embranquecidas sobre o riacho caudaloso; e estendido às estremas da ilha até desembocar a alguns tantos pés abaixo.

Atravessam em seguida um trecho onde árvores fartadas de frutos carnosos agitam suas galhaças nodosas. Prescientes, por assim dizer, da chegada do Guardião.

Agnus sobresteve ao ouvir um restolho próximo, mas sem exame às sombras, franzira o cenho; e assim sinalizou para continuarem. Akira bufa por segui-lo, aliás — porque duvidou das suas intenções; e até mesmo da existência de Arious, que, se real, talvez não os ajude.

Chegam então à falda duma montanha altiva, de onde ao meio segue este estreito a servir como corredor. Notou runas de há muito talhadas na bruteza rochosa, e também, no solo da entrada, a estatueta erguida de um guerreiro tendo às costas sua ampulheta — como se o tempo lhe fosse um fardo.

— O que é este lugar? — Perguntou por vê-lo rumar à umbrosidade da fenda.

— Um talude ao vão da montanha — responde sem expor mais do que permite este instante (ou do quanto lhe é da conta). — Quando cruzá-lo, entenderá enfim minha tranquilidade.

Segue-o pelo corredor que divide em duas a montanha, sentindo-se entregue às pressões — como se ruísse a gravidade conforme franqueiam as sombras. E em segundos, vê o caminho terminar num descampado de saibros escuros, os quais circundam uma arena no seio do lugar.

Estuporou ao notar o céu, porque constelações pairam no vácuo eterno com explosões de supernovas. E ao redor da arena, archotes em equidistância são fincados por piquetas baixas — os quais são logo acendidos pelo Guardião que sobrestivera frente a esta lança presa às reentrâncias do calcário.

Convida-o ao centro do círculo; e nesse entanto se encontram os seus olhos.

— Ouça com atenção: — advertiu (sisudo que só!) — estamos agora numa espécie de dobra dimensional; ou singularidade, por bem dizer, onde e quando o tempo corre em formas diferentes das quais, até então, acostumou-se.

— De quanto estamos falando?

— Ponhamos assim as coisas: uma hora, na contagem dos humanos, equivale a quase um mês neste lugar — explana-lhe o Guardião. — E por mais que haja diferenças no próprio tempo da dimensão do Tenkhükai, mantêm-se válida essa regra.

— Espere — pede ao ajeitar apressada e mentalmente alguns poucos cálculos. — Isso significa que em um dia teremos passado aqui praticamente dois anos!

— Exatamente, mas esqueça o tempo; e se concentre na maior das urgências, pois por estranho motivo, sua mente é a única em que Victor pode penetrar e permanecer. Com os outros não suportaria mais que instantes.

— Ele é capaz de ver o que se passa aqui?

— É impossível conduzir consciências para outras dimensões — trata de firmar, embora inseguro (porque vez ou outra são reconstruídas as regras). — Mas seja como for, tão logo deixarmos este lugar, Victor o encontrará caso não apreenda os fundamentos da *Enublação*.

— O que signifi...

— Ele há de penetrá-la nesses termos e circunstâncias por conta de uma fraqueza que os demais não têm — explicou. — Noutras palavras, você lhe dá inconscientemente a permissão.

— Mas serei capaz? — Rebateu (enraivecido e pouco seguro). — Sou só humano, sem poderes ou habilidades que fazem de mim alguém especial. Inútil tal qual este treinamento!

— Como então explica que outro humano, tão inútil quanto, fora capaz de fazê-lo? — Retruca o Guardião, forçando-o a não arriscar respostas ou contestá-lo. — Nunca subestime esta realidade, porque chegaram vivos aonde nem os mortos podem ir. Acreditaria em milagres se fosse você; agora cesse esses resmungos.

— Espere, eu...

— Preste bastante atenção — ele pediu, e sem dar-lhe ouvidos às palavras. — Feche os olhos e esvazie sua mente — Akira obedeceu (a contragosto). — Ótimo; agora, concentre-se no som de minha voz.

O Guardião erguera sua lança, desferindo-lhe à face um golpe súbito (pondo-o ao solo com ímpeto, aliás). O sangue se lhe prorrompe por um corte no supercílio, escorrendo aos lábios, e, em sincronia, também do cabo aos punhos de Agnus.

— Por que fez isso? — Ladrou (ainda deitado à rigidez da arena). Mesmo em outra instância de tempo, então, fora-lhe absurda a gravidade.

— Escancarando os teus erros — rezingou. — O que fizera fora apenas não pensar em nada, e isso jamais bastará para enublar a mente;

TENKHŪKAI **95**

sequer chegou perto — ressalta. — É preciso romper com as coerências de si, unindo-se aos ventos.

Escuta-o atenta e até imprudentemente, embora também enraivecido por ter há pouco lhe golpeado. "Isto é loucura", ecoa-se.

— Consolide-se à rocha por onde escorre teu sangue — retomou (num tom que ainda não se sabe solene ou roufenho). — Sinta o palpitar do coração, reduza os batimentos. Barulhos nestas águas? Ouça-os, para então apagá-los da mente — põe remendo ao confuso Akira. — Tenha com a fragrância das rosas antes de bloquear seus sentidos; esqueça-se, enfim!

Abrira os olhos, então, encarando-o por segundos antes de emprestar-se uma vez mais à escuridão do próprio infortúnio.

— Seja a última folha intata de uma árvore em noite tempestiva. Os membros de nada servirão, porque o corpo não existe (e tampouco você!). Tudo é agora (in)consciência; uma chama solitária, e essência do seu poder.

De olhos fechados, todavia, tenta esvaziar-se; desligar-se de seu corpo, de seu tempo. E quando crera estar a passos de um avanço incipiente, sente esta dor aguda às costelas — porque há lâminas uma vez mais fundas à carne. Fê-lo gritar quando o Guardião lhe retirou as pontas para exibir o sangue em idos tépidos por riba do cabo.

— Ainda não, Akira — ele diz. — De modo algum esperei, evidentemente, vê-lo com êxito na primeira tentativa, pois é impensável até mesmo a um escolhido. Permita-me contar algo sobre esta lança: — adianta-se no remendo — fora forjada para um Guardião, e, a princípio, traz bocados da centelha que me faz existir — explica ao lhe exibir as cúspides. — Tomando-a como agora, resguardo energias, porque noutras palavras ela vive à parte das vontades minhas.

— Há algo nesta assinatura que é suficiente para prever os intentos de quem se vê diante ou a milhas da minha presença — continuou. — Porque enxerga, de um modo singular, as vibrações dos seus pensamentos.

— Portanto, Akira — sobresteve ao vê-lo em espasmos —, arriscará quaisquer golpes, inofensivos ou não, e enquanto adiantar as intenções, ela resistirá às tentativas. Mas, se pelo contrário, ocultá-las até de si para então desferir-me um assopro que seja, permitirei sua ida.

Akira concordou com os termos, ainda que insensatos. Cambaleou nesse entrementes, vê? Soçobrando ao tablado rochoso antes de apoiar-se sobre as palmas. Somado às vertigens, o olor do próprio sangue vem em fúria, convocando-o a desfalecer. Sobrestivera apenas por sentir quando Agnus lhe punha fim à hemorragia com a quentura dos dedos, remendando-lhe a ferida para deixar uma vez mais incólume sua pele.

— Tentemos outra vez; quantas forem necessárias, até que consiga. Agora retorne ao círculo — fê-lo caminhar como se à espera por um novo ataque.

— Que faço agora?

— Carece de leveza — constata ao espiá-lo por inteiro. — Tire este protetor peitoral, e também as ombreiras.

Sem alternativas, portanto, obedecera. Arrancara-o do corpo para deitá-lo à arena que tão logo trinca num ímpeto só. Sentiu-se leve, sim, porque posto abaixo o fardo de há pouco. Como não notara tamanho peso?

— Porções da centelha de Erébia foram encerradas nesta estrutura — respondeu, deixando às claras o detalhe: varrera-lhe a mente. — Por isso não sentiu seu verdadeiro peso.

Akira mirou a vestimenta à frieza dos fragmentos provocados pelo impacto, e somente agora repara que seu escuro metal não recebera uma abrasão sequer. Sente-se até desolado por ter de deixá-la aí.

Erguera os olhos para fitar o Guardião, notando que, aos pouquinhos, arranja braços de maneira sobreposta; às alturas do peito. Assim cria uma aura tênue e escarlate sobre si, mas com ligeireza absurda. Coisa parecida acontece à lança, aliás, então ereta em pleno ar.

— Vamos, Akira! — Apregoou a plenos pulmões. — Acerta-me um golpe!

***

O tempo é mesmo uma dessas forças de entendimento complicado. Passam-se cinco meses desde a entrada no vão, e se corretas as orientações de Agnus, veem-se poucas horas separados dos eventos da realidade regular do Tenkhükai.

Akira sangra; e cerra punhos pela incontável vez nesse quarto de hora. Inclina para trás uma das pernas, arqueando as costas até apoiar o peso do tronco sobre os joelhos.

Movera os pés; e da rocha sente a mornez — porque o calor à aura do Guardião, que nem colo manso, esquenta-a de quando em quando. Erguera solas antes de um chute mal posto no ar, e assim, afinal, declinou-se a lança para atingi-lo aos tornozelos.

— Ela ainda prevê cada um dos seus movimentos, porque sente as intenções — advertiu pela enésima vez nos últimos dias, vendo-o cerrar os punhos novamente; três, quatro, cinco tentativas a ponto de lhe rumar mais socos. Em todas, porém, defendera-se com certo ímpeto, caindo-lhe então contra os ossos.

— Una-se aos elementos, e permita que sejam extensões da própria consciência. Sinta-os aflorar em cada uma das fibras!

Uma vez mais, com punhos rasgara vazios; e disto o primeiro soco: repelido. Um segundo, tão logo desviado. O terceiro vai de encontro ao cabo rijo.

— Lutou com afinco — pruma-se nas palavras —, mas de que adiantam os esforços se sua previsibilidade ao fim o matará?

Debruçado nesse ínterim, Akira arrima as palmas já enrubescidas para que suas pernas alcancem os calcanhares de Agnus; mas falhou ao tentar derribar-lhe o corpo, recebendo em contrapartida outro baque à altura das panturrilhas.

Fê-lo guinchar a dor; tão logo descidas as lâminas. Sofrera, evidentemente, apesar de investir outra vez contra o Guardião. Passam-se quarenta e dois dias.

Nebulosas ao alto deitam mortalhas, atrapalhando a mente já aturdida de Akira. Mal sabe se é dia ou noite nesse instante; e tampouco quanto então transcorrido desde que entrara pela garganta da montanha.

De vestes esmolambadas — ainda mais ensanguentado —, move o corpo em saltos, socos e chutes ao centrar a raiva florescida no peito à figura do Guardião. Entre ambos, contudo, apenas lâminas.

— Arraste os pés, Akira! Sinta os ventos! E veja para onde rumam, porque revelam a presença dos que não estão somente diante de ti, mas ao redor e até além.

— Prove-o em toda sua extensão — retoma após lhe observar os erros. — Tudo é uma estranha e articulada ilusão; liberte-se, inclusive de si, para então renascer. Sinta os elementos fluírem: são reais ao passo que não — aturde-o ainda mais. — Destrua o corpo; una-se aos sinais do Tenkhükai. A natureza jamais dita as próprias regras! Avance!

Deixam-lhes mais cinco meses.

Akira já nem suporta; o Guardião concede só três quartos de uma hora para estudar as falhas cometidas. Um ano quase se passou nesse lugar, isto é seguro — pois lhe ensinara os traços das distorções temporais —, e a cada derramar de grãos à ampulheta, imagina como agora estão os que há muito não vê.

Agnus lhe dá crédito aos progressos, a propósito, porque seus movimentos estão mais ligeiros, ainda que não perceba. Os golpes nunca foram tão precisos (talvez por haver alguma diabrura na gravidade), e pela primeira vez em meses, desfaz sua postura: enlaça mãos às costas como se, de bom grado, abrisse-lhe a guarda.

Seu sangue despenca às vestes quando as lâminas lhe transpõem os punhos retalhados. A lança sempre desce num ímpeto ao defender-se dos seus golpes; por vê-la até de mais com estes olhos acostumados.

— É isso! — Ele exclamou, tão logo lhe viera luz ao consciente agitado. Tanto que, súbito, rasga em tiras à altura da manga um naco esfarrapado de sua túnica (agasalhou com uma delas o punho ferido, tapando os olhos com a outra). Arranca-se das percepções comuns, e por isso não nota os vicejos de orgulho às vistas do Guardião.

Se estupidez ou nada além de um tolo devaneio, porém, Agnus não soube inferir; mas essa tenacidade é incomum a quem sequer tem controle de si. Fora então que outros dez meses da contagem dos humanos penderam àquela ampulheta tomada às mentes como padrão.

Akira permanece enceguecido. Valsa junto ao Guardião em torno do tablado, e por mais que não admita, os movimentos da lança progridem quando comparados aos seus. Fê-lo até crer serem ambos uma única (porém enfrentável) entidade.

Conseguiu, afinal, tomar distância antes do último instante. — Excelente! — Esbravejou, vendo-o parar num assalto quando a lança lhe imitara por segundos apenas. Mirara nas cúspides desta vez, e somente quando detido, ergueu palmas com sinais de rendição. Dos vãos da venda espia quando capengou (não mais atida às coisas, talvez), bastando então para compreender.

Enganaram-no desde que cruzado o talude há pouco mais de um ano. Aquela lança jamais lhe previra os movimentos, ora! Porque se limita a imitá-los, porém de modo invertido, como mirar-se num espelho. Barreira ilusória entre ambos, sim — daí, concluir: não é para superá-la, mas em vez as próprias restrições.

Exibe-lhe então o primeiro sorriso desde que se conheceram, e apesar de não o ter visto, naturalmente, sente-se em sintonia consciente com as coisas ao redor.

— Meus parabéns, Akira — ele disse. — Deu-se conta da verdade, e lutou com bravura inquestionável, mas isso não significa que terá energias para transpor a barreira ou desferir o golpe ao qual há tempos se esforça — assim costura. — Além do mais, inda leio teus pensamentos; e prevejo quaisquer atitudes, pois tua mente permanece límpida como as águas dum riacho.

Akira sente mais sangue lhe sublimar dos punhos, no que regula os batuques do coração. Ouvira o som ruidoso das águas — somado ao farfalhar de folhas em algum lugar além —, esquecendo à mente as coisas constituídas por matéria. Extingue-se assim o seu espaço circundante.

Desarticula-se o corpo — átomo por átomo —, até restar uma fagulha tímida, a qual tomara a forma de (in)consciência. Fê-la então durar, mantendo-a em fúria acanhada, ao passo que existe como ausência.

O Guardião franzira seu cenho, admirado com Akira — que, prestes a desfalecer, insiste em soerguer quantas vezes lhe forem necessárias. E por mais que tente, vê-se incapaz de cavoucar seu espírito (porque escuro e porque vazio).

— Finalmente...

Desfez então sua postura ao vê-lo rasgar o ar com um soco incomum (por demais ligeiro e pesado para quem, até agora há pouco, mal se punha em pé). Eis que a lança lhe imitara, como já previsto, declinando-se, porém, à direção oposta, porque moveu o corpo num destrambelho só, deixando-a — aqui uma licença, sim? — confusa.

No que se dirigira a Agnus, golpeou-o, embora também lhe caem ao ventre as lâminas uma vez mais "atentas". Esmoreceu tão logo aos braços do Guardião; e muito de seu sangue escorre em serpes descontínuas sobre hiatos àquele tablado, aliás, conforme toma jeito o palor à face. Rememora o instante de quando acordara na estação (ontem cedo; ou há dois anos, talvez?), crendo ser este, e não outro, o momento específico da sua morte.

— Akira — ele murmura, enquanto uma lágrima de há muito guardada se lhe precipita para salgar a tez cansada. — Provaste teu valor ao enublar a consciência, e não fraquejara por pensar em quem também o acompanha nesta jornada — retoma à mente esta última imagem que, sem querer, deixara-lhe espiar. — Mostrou-me tua essência, afinal, revelando a beleza no laço que os mantém sob coerências duradouras.

Uma aura enrubescida emana então do Guardião, estendendo-se em mornez afável ao corpo de Akira (até lhe estancar os ferimentos). E tão logo sarados, portanto, toma-o ao colo para que enfim caia no torpor de um sono há meses negado.

Não muito adiante, com Akira ainda aos braços, Agnus ruma à entrada de onde há quase dois anos vieram — sumida a pressão, aliás, porque já afastados do vão da montanha. Seguira por riba da ponte que sobrepaira o regato, então, mirando seu reflexo nas águas cujo flume corre selvático às orlas dessa ilha. Vão-se sem beiras num campo de muitas flores, e aí, manso como só, deita-lhe o corpo inerte.

Correra os olhos por vastidões horizontais, descansando-os sobre as costas das mãos para mirar contornos em serpes inscritas sobre a pele. Sorrira acanhadamente, e dos ombros espiou um canto à esquerda antes de se permitir às palavras:

— Saia daí, Gaunden! — Berra ao vazio da paisagem. — Já o vi…

Súbito, ouve-se um farfalhejar. Outro Guardião palmilha as tantas flores, à medida que sotaventos lhes arrancam pétalas. Azuis, branco-peroladas e vermelhas; valsam como se para tocá-lo em fragrâncias dulcíssimas.

Sobrestivera-se diante de ambos, e cruzou braços para espiar à volta os primeiros sinais da noitinha que desponta.

— Olá, Agnus. Como ele está?

— Inteiro — tranquiliza-o, tão logo rondada a presença de Akira.

— Saiu-se bem, este danado — ele remenda a prosa com uma gargalhada alentadora, provando então ser possível, e até certo ponto, enxergar o quanto se passa em outras instâncias dimensionais. — Jamais pensei que feriria um Guardião.

— Fizera mais que isso — trata de assegurar; e à luz traz um riso bobo. — Duvidei serem assim tão dignos, mas tudo está em constante mudança nesses tempos; sobretudo os meus mais antigos fundamentos.

— Conseguiremos derrotá-lo? — Desvia para outras beiras a coerência do diálogo, fitando-o pela primeira vez desde sua chegada.

— Lúcifer? Difícil dizer; e mesmo que estejamos em maior número, ele é cria há muito posta de castigo. O ódio ajuntado recairá sobre nós, porque disto, afinal, alimenta-se o seu poder. Além do mais, este regresso talvez nos traga problemas de outra ordem.

— Ah; o *Guardião renegado* — ele sussurra (com sem-número de eventos à memória, por sinal). — Acredita que está mesmo vivo após todos esses anos?

— Tenho certeza que sim, porque ainda lhe sinto a presença em algum recanto do Tenkhükai.

— Lembra-se de como nos olhava? — Atalhou, embora de um jeito que o faz se desvencilhar da memória. — Tenho ainda uns tantos calafrios.

— Encontrou Sethiel?

— Sequer as sombras — responde, e enxergando a deixa para novamente desviar os rumos da prosa —, mas Náiade pedira às sacerdotisas marinhas que vasculhassem os oceanos à procura dos anjos, porque descansa agora do combate contra Abaddon.

— Entendo — sobresteve para um suspiro. — Enxerga para além do que não se vê com estes olhos teus; e quanto a mim, sinto espaços à volta em minha consciência. Mas ainda assim somos incapazes de encontrá-los.

— Sethiel não é apenas um anjo — fê-lo lembrar-se. — E também nos embaralha os sentidos ao tomar por empréstimo o corpo de alguém até então situado em outra realidade.

— Sei por que viera, Gaunden — diz de súbito outra vez, pondo fim a qualquer coerência duradoura ao diálogo. — Quer-me do seu lado para seguirmos àquele lugar.

— Acaso virá, se pedir?

— Sethiel desaparecido, Náiade ferida, Erébia prevendo futuros sombrios e um Dheva planejando o regresso de seu mestre — ecoa; tão logo repassados à mente os últimos eventos. — Não me parece que tenhamos alguma escolha.

— Abaddon está agora distante do portal, e isso me preocupa.

— Façamos assim: — adianta-se — seguirei ao norte, enquanto ruma às planícies litorâneas de *Erghälia*. Prometa-me apenas que, se algo ocorrer...

— Espere — interrompeu o Guardião, como se não quisesse que palavra alguma além dessas fosse proferida. — Ele despertou.

Agnus nota Akira erguer-se num pulo ligeiro; com cabelos maiores e barba por fazer, caminhando então em meio ao turbilhão das pétalas. Tão logo esquadrinhara o lugar, parou de assalto perante ambos.

— É bom revê-lo.

— Olá, Gaunden — responde ao lhe retribuir o olhar afetuoso.

— Soube que agora faz frente aos Guardiões — brincou, rumando-lhe uma gargalhada das mais gostosas. — Fez até questão de pôr a pique um deles.

— Como se sente? — Adiantou-se Agnus (pouco dando a este instante de falsa leveza).

— Tanto confuso por conta do tempo atribuído, mas bem; ao menos descansado o corpo.

— Ouça, Akira — disse-lhe o outro Guardião. — Nós iremos...

— Não é necessário falar — faz questão de detê-lo —, pois estou a par do que nos acontece. Deixou-me entrar, seu descuidado!

Apesar da expressão silente, fez-se notado o fulgor de orgulho aos olhos de Agnus.

— Seguirão destinos diferentes — fala-lhes Akira. — E resta apenas decidir o quanto farão comigo. Enganam-se, porém, ao pensar que permanecerei como estou neste lugar.

— Não virá conosco; e tampouco ficará aqui, porque é chegado o tempo de concluir as jornadas iniciadas junto a Sethiel — Agnus prometeu. — Lembre-se, contudo: jamais permita que lhe invadam os caminhos (in)conscientes.

Sinalizou ao Guardião — querendo lhe tolher as intenções —, embora tarde (porque sem mais, encosta-lhe à fronte um dedo para envolvê-lo com aura enrubescida). Sumira que nem esperança! E às costas deixou bocados de umas tantas incertezas.

— É nossa vez — suspira Gaunden. — Porque atrasados, já que de quase tudo sabíamos desde o início e só agora nos aprumamos.

Quando os ventos reforçam seus entoos, afinal, evanescem em luz cálida. Resta apenas este estranho aroma — como sangue deitado à fragrância das flores —, o qual prenuncia, e de um jeito perigoso, a vinda dos novos tempos.

CAPÍTULO III
Presságios de sangue

Abrira os olhos com dificuldade, apalpando-se até notar o manto de friúra deitado à tez enrubescida. Acariciou seus braços nesse entretanto (abrupta e debilmente), conforme deslizam os dedos dos cotovelos às espáduas.

Porque faz frio. Esparramam-se rouquidões até ruir o quanto resta; e uma vez desperta, destemida, ensaia passos tímidos antes de degringolar sobre os joelhos.

Afunda-se de pouquinho, enconchando as mãos para apanhar bocados da neve e esfregá-los num desmanche que mal dura. No que se erguera, então, perscruta o quanto pode à volta de uma branquidão vazia; e turvada pela nevasca a tolher os rumos do olhar.

Mirara o céu, e, apesar do incômodo clarão por detrás das nuvens, notou-o carrancudo. Seus raios em peleja contra a senda que dá à terra; mas ao redor o aspecto de ser sempre noite neste lugar.

Por muito, Sophia caminhou; e envolta no próprio abraço. Seus cabelos foram tingidos pela mortalha da neve — e as pernas, coitada, mal a sustentam (porque bambeiam como se numa dança acriançada).

À medida que segue a esmo, soçobra mais às brancuras já no prumo dos joelhos, caminhando com braços em desalinho; ora estirados para se equilibrar contra os ventos, ora sobre si mesmos embaralhados. Quis deter-se, naturalmente, apesar de sobrestar por temer uma morte assim tão fria.

Deu com olhos à volta — desanuviados de não ter mais conta —, metendo-se a pensar em Akira, Henrique e Sethiel. Exclamara por seus nomes (sabe-se lá durante quanto!), mas cada vibrato da voz se lhe despontou inaudível.

Sente apertos no seio, aliás; despencando de quando em vez no mar do sangue das lembranças — embora saiba, esperta que é, como nadar por sobre cada uma. Permite-se até sumir, revelando as profunduras sem volta de um abismo inteiramente seu.

Seus vazios cedem ao frio. A neve encobre a cintura, impedindo-lhe novas marchas; e, pesadas as pálpebras, aguarda para que a senhora morte venha ceifá-la. Imagens lhe correm à mente, vertendo-se nestes olhos acinzentados, os quais das sombras observam com fulgores de quem em véu preserva uns tantos mistérios.

Tremeu antes de avistar, não longe, um oceano de sangue a afogar o que restara das vozes esquecidas pela escuridão. Vê ruas em chamas, e cadáveres à mácula do solo; consumidos por podridão.

Há medo inscrito em olhares já esfalecidos no seu apego ao vazio do nada, e pessoas correndo aos ventos nesta cidade, partilhando a matança. Coros fúnebres à consciência alquebrada (ouçam bem!).

Depara-se adiante com as ruínas do casarão dos Goldfeld, cobertas por chuvilhos de cinzas que do céu despencam. Vê, atemorizada, quando uma mulher com beijos de vento aos cabelos acastanhados caminha sobre os destroços. Um vestido escarlate lhe desce à altura das panturrilhas, e, descalços, os pés feridos rumam para uma longa trilha criada pelo sangue espargido.

Enrubesce-se o céu, parecendo-lhe anunciar uma tempestade de sangue; e tão logo apeia o olhar, vê a mulher já quase próxima. Se, sem mais, observa-a com muito pasmo, é porque, abrigada num manto escuro no conchego desses braços, há uma criança — cujos olhos, por sinal, são idênticos aos seus. Nota que, com exceção delas três, tudo é agora contorno de um mundo cinzento.

Os membros da mulher também sangram, a propósito, e nesse entanto lhe espia o rosto perigosamente semelhante ao seu. Regressam-lhe as memórias reclusas: da infância; dos pássaros em vozearia; do cair dum último orvalho nos bosques brenhosos do casarão; do pliqueploquear às telhas quando doutra tormenta.

Não demora para que uma lágrima se lhe desponte em idos curvos de sal à tez, indo a pique perante sua presença. Àqueles braços feridos, então, vê meandros de sangue, os quais aos pouquinhos são charcos sobre destroços.

Quando lhe toca os ombros, vão-se as unhas carne adentro, mas mal ouvira seus gritos; talvez porque recolhidos num tempo já distante, ou porque não mais amparados pela própria experiência sensória. Tão logo fitadas de pertinho tais feições, porém, soube enfim: a mulher é sua mãe.

Sophia sobresteve antes de outras palavras, porque confusa e porque ataganhada. Tossira sem jeito, guiando mãos ao pescoço para sublevar perante esta força que de si arranca rebentos rubros aos vãos dos dentes. O ar em beira, nesse entanto, custa-lhe muito; e escombros até congelam (mesmo as cinzas endurecem quando degringoladas como agulhas sobre o solo).

Eis que sua mãe se ajoelha com a criança ainda aos braços ensanguentados, removendo então o manto para lhe revelar as canduras. Os cabelos claros caem na fronte corada, exibindo-lhes, quando desperta, este olhar-sorriso de enfrentamento à escuridão. Deu-se conta, afinal: não é outra senão ela própria, vendo-a assim com trinta e poucos a menos.

Encara-as com doçura expressa em olhos mal abertos ao mundo, enquanto a mais adulta tirita por conta dos calafrios. Quando pousa o olhar à figura da mãe, porém, nota às feições um sem-número de veios protuberantes formando corpo afora esta nódoa escura. Seu rosto desaparecera, e daí despontam abismos entre pontinhos de luz, os quais valsam como estrelas num ido rotante que aos poucos se quer galáxia.

O charco sanguíneo à volta é logo oceano. Vê-se já distante de ambas, aliás, porque sumidas para nunca mais. Correra os olhos nesse ido, mas só avistou correntezas esparramadas na altura dos seios; e do céu surgem sete vultos encapuzados — os quais, solenemente, pousam às ruínas agora ilhadas. Uns curvados como se em reverência; e outros erguidos com mortalhas esvoaçantes.

Afastado num canto, um deles dá as costas aos demais, embora esguelhe Sophia; incapaz de lhes enxergar quaisquer indícios além das silhuetas. Outro, ao centro, parece encará-la com olhos saltados em clarão anil à penumbra densa do seu capuz. Dentre todos, vejam só, alguém empunha um violino, seguido de outra sombra com um guarda-chuva e também daquele que, se específicas as formas, usa cartola. Mais dois, afinal, dos quais não distingue sinais.

Esquentam-lhe as águas nesse entremeio; segundos antes da nébula deitar-se sobre um oceano até fazer o sangue evanescer para além dos estuários. Sublima por entre destroços, dando à rubridez do crepúsculo.

Procura às ruínas borrifadas o corpo de sua mãe, mas em vez, divisa um respiradouro de onde escoam os meandros terminantes. Quando o último penetra a saliência, fisgas serpeiam pela vastação para aos poucos formarem uma cratera.

Sophia flutua às beiras — embora sem indício algum de que cairá — e tão logo o vulto ao centro alteia mãos, destrói as ruínas remanescentes para tudo à volta também lhes desaparecer. Vê-se afinal em pó, partículas; e com vivas festejam sua morte.

Escapole-lhe um berro quando abertos os olhos. E assustada (debruçada à neve), uma vez mais sente o frio passear pelos contornos de si, deixando a nevasca lhe tomar as imagens daquilo que julgou ser apenas um sonho. Mal soube dizer por quanto então desfaleceu, vendo-se novamente, porém, nalgum recanto do Tenkhükai.

Soerguera o corpo — sem perspectivas além das que o acaso permite — e retomou sua marcha para errar durante sabe-se-lá-quanto. Inda parece noite, a propósito, embora haja uma luminescência recatada por detrás (e mesmo além!) de nuvens escuras.

Sentira uma força indicar veredas, instando-a a avançar por tormentas antes de, pouco adiante, entrever esta silhueta que às vistas se exibe em erguida altiva. Aproximara-se e notou a falésia esculpida no gelo — cuja beira mais esquerda abre para um grotão à frente. Deduções são tão ligeiras quanto suas solas, inclusive, as quais já seguem pelo útero da branquidão.

Se antes o fato de ser sempre noite lhe dera nervos, o escuro guardado nesta caverna solicita a constatação de que há trevas piores para serem desveladas. Porque guiara mãos à altura dos olhos, e mal enxergou seus movimentos ensaiados (pendulares, já fraquinhos).

Tateava penumbras quando sobresteve por sentir seus dedos trêmulos tocarem esta superfície sólida. — Uma parede — concluiu; aliviada e não menos esperançosa. No que pouco fizera da dor, recostou-se, indo a pique sobre cansaços e desesperanças.

Nota um clarão à entrada, o qual por muito quis abraçá-la, e distingue cristais varridos do firmamento ao solo frio. Repousa a cabeça em riba dos joelhos, rendendo-se neste duelo contra si mesma para só assim urrar ao ventre da gruta umas tantas palavras-dor.

Tão logo se ajeitam os ventos sobre hiatos escuros, grunhidos crescem em algum trecho próximo. Sophia enxerga criaturas que das sombras surgem — suas bocarras salivam, e compridas são as orelhas, vê? Com penugem qual a alvura da neve em troadas do lado de fora.

Desembesta num pulo trôpego à saída, ao passo que com brados incompreensíveis lhe seguem o encalço. Correra o quanto podiam as pernas, mas a neve, de menos pra tanto, fê-la lenta e desajeitada. E dos ombros, pois, vira uma dúzia ou mais se aprumar à carreira, enquanto outras muitas despontam no topo das geleiras.

Em passos para adiante, vê-se entregue às alvuras — no que tomam beira de seu corpo; e fariscam as vestes. Enquanto uma se adianta ao ver as outras recuarem (meio rudes, meio cautelosas), Sophia sente presas à garganta quando enfim topa com a morte.

Uivos compassados ressoam nesse ínterim, porque um lobo cinzento paira às fímbrias da geleira mais próxima. Feras à dianteira, a propósito, entreolham-se embasbacadas; tanto, com desconfiança e medo tais, que tresandam ao notá-lo acometer por entre as escarpas.

Os olhos são enverdecidos, diga-se logo, e às orelhas são vistas argolas plúmbeas. Na cerviz lhe há este lenço escarlate atado por três firmes nós. Eis então que o bando toma distância de Sophia para enfrentá-lo à sua maneira pouco sutil: investem com urros, mas conforme rumam em pares, recuam aos montes, pois lhes rasga o couro até enrubescer a neve.

O lobo, então, abeira-se mais de Sophia, esperando com isso tolher a cólera da nevasca. Enquanto criaturas desembestam num ido fugido, mira-lhe os olhos apequenados em boniteza só para observá-lo.

— Ela estava certa, afinal — ele diz, esquadrinhando-a às pressas. — Vieram mesmo a esta dimensão.

Desde que há pouco despertara, Sophia abriu os olhos com vividez, e pouco fez do gelo às pestanas. Julgou ser outra de suas ilusões, embora saiba que, neste lugar, mostra-se tudo — e tudinho mesmo — desesperadoramente real.

— Venha — dirige-lhe novamente a palavra. — Suba em minhas costas.

— Para onde iremos? — Quis saber, ainda incônscia se é aliado ou não. Quisera apenas, a bem dizer, arrancar-se do frio.

— À *Glaciamar*, o *Porto-de-gelo* — respondeu num tom gravíssimo. — Não estamos assim tão distantes.

Ainda que absurda a ideia, algo à voz do animal tranquilizou os temores, como se suas palavras soassem paternais. Por isso ensaiou alguns passos antes de lhe abraçar o dorso hirsuto para montá-lo em jeitos vacilantes.

Curvara-se de canseira, e ouviu nitidamente o batuque descompassado dum coração a lhe cantar vivas. Ele, em contrapartida, espiou-a uma última vez, rumando ligeiro ao destino que daí seguirão.

Sentiu às costas toda a esperança de seu mundo; logo mais em sono cândido, por sinal. O mais belo e perigoso dos fardos.

***

Pouco menos de dois quartos de uma hora durara a travessia; e Sophia ainda jaz inerte ao conchego dessa criaturinha peculiar. As mãos não mais o agarram, porque à medida que arremetem, estiram-se empalidecidas. Adiante há um lago por quase em degelo, aliás, saltado então para terminarem às abas doutro desfiladeiro.

Quando esquadrinhara as paisagens, distinguiu a cidade portuária: diáfana qual superfície gélida, estendendo-se reluzente para onde teimam os olhos. Casebres ovalados foram esculpidos na bruteza das eras, e torres erguidas como se no intento de ferir o céu — que devolve as ameaças ao deitar sua neve espessa.

Desce as escarpas do desfiladeiro; e em dorso ajeita o corpo frio de Sophia. Logo ao sopé, vê sombras no rebato dos dois grandes portões que se conectam a um píer sobre o mar.

Sinalizou para que uma atalaia lhes permitisse passagem por entre a estrutura cristalina, observando-os, porém, com astúcia antes de coçar sua barba — como se olhos e mente pregassem peças.

Ao mirar-lhe o fardo trazido, girou a manícula, tomando-a pelas empunhaduras até ver derreter seu gelo às grades dos portões — os quais serpeiam para formar um pórtico apressadamente transposto.

Pelas janelinhas de uns muitos casebres surgem rostos, mirando-lhes a marcha desatada. Despontam às ruas de gelo (aprumados em vestes pilosas), e nesse entretempo dera pra ouvir o refrão das crianças que os esquadrinham por entre vãos aos membros dos adultos.

— A profecia! — Esgoelou uma mulher à turba. — São verdadeiros os seus versos!

Palavras que então bastam para atiçar quem se conglomera próximo à marcha do lobo. Rosnou-lhes sem demora, porque tentaram (um ou outro) ter com a presença de Sophia. E tão logo os afastara antes de outro passo, forçou ao mesmo muitos mais, até abrirem passagem ao fim da trilha.

Parou às bases de uma torre cristalina situada no centro da cidade — a qual se ergue ao céu em espiral de poliedros. Com passos mais, dirige-se à entrada de umbral talhado em carvalho gasto nas vergas, deixando para trás o murmurinho intranquilo.

***

Muito possivelmente, três quartéis do dia ficaram pelo caminho quando Sophia abrira os olhos para sentir a luminância de um sol presunçoso — que, de pouquinho, deita raios às frestas dos vitrais.

Meio absorta, meio desperta, fitou a abóbada daquilo que à vista afobada lhe parecera um aposento, e nesse entanto peleja para se habituar aos detalhes. Vê-se debruçada num leito, envolta por lençóis felpados; e tão logo de si são desviados os olhos, nota escritas rúnicas talhadas às paredes.

Reparou que o cômodo sobe em curvas do rodapé à cumeeira, revestido com uma madeira já por demais enrubescida. Pelo vitral de uma janela, afinal, contempla a cidade estendida às vistas; e também nuvens carrancudas para lá das enfestas de montanhas.

Ouvira ruídos, afinal, no que demora os olhos àquilo que lhe deixou trêmula, porque sentada à poltrona de felpas, observa-a uma mulher — com fulgor tal, que faz Sophia boquiabrir-se por jurar nunca ter visto alguém assim tão imponente.

Tem ela cabelos acastanhados; e circundados por duas finíssimas tranças atadas com um filete metálico. Ao contrário da palidez imposta pelo frio, aliás, à tez se exibem tons corados, e nos olhos viça um brilho em idos para o azul acinzentado.

Veste-se com túnica alva sob um corpete argênteo. A manga cobre somente o braço esquerdo à altura dos pulsos, pois do outro lado uma anilha apeia do cotovelo aos dedos finos. Aprumara o olhar e viu sapatos esculpidos talvez no gelo bruto, os quais, por tantão de vãos adornados, revelam detalhes àqueles pés. Cordões sublimam em serpes aos tornozelos, afinal, entrelaçando-se num nó delicado.

— Quem é você? — Atalhou (como se já não soubesse a resposta).

— Isso pouco importa — seu timbre é áspero; e sequer faz força para espiá-la ao menos de viés. — Apenas descanse, e permita que este lugar se encarregue do quanto mais for.

Sente-se desapontada, verdade, embora enxergue algo para além da barreira de aparente rispidez. Uma tristeza de profundura indelével; e que nunca arreda. Fê-la imaginar quem é, mas respostas prontas não se abeiram à consciência já apressada.

Por quase não enxerga o vazio deixado à alma, e a bem dizer, fora-lhe como se, das coisas ou pessoas vistas, topasse agora com a mais humana.

— Não merece a dádiva da existência — ela diz, rompendo as quietudes de antes sustentadas como necessárias.

Estarrece-se porque, à exceção de poucos, todos pelejaram ao protegê-la (garantindo-lhe a longevidade para que encontrasse a saída). Em vez de se enraivecer, porém, sobresteve por notar o cordão no pescoço dessa mulher — pelo qual pendem dois anéis feitos dum ramo antigo e entrelaçado.

— Que a faz pensar deste modo? — Quis saber, digladiando contra sua própria voz em esforços para lhe irromper dos recônditos.

— Conheço-a dos pecados vistos, Sophia Goldfeld — fê-la afastar-se num ímpeto só, porque espantada. — Quem ferira a troco de essências mal compreendidas, ou quem assassinara para aplacar das volúpias os contornos mais secretos. Tanto ódio ajuntado; e repassado àqueles que, destas mágoas e apuros, não lhe conheceram bocados.

Viu-se às arestas dum abismo nesse entretempo (semelhante àquele do devaneio). E enfrentara fantasmas doutrora, sim — projetados à teima do olhar —, cujos gritos lhe ecoam mente adentro, segredando detalhes que não se sabem esquecidos. Bailam todos sobre passados coalescidos em espiral de sangue, e, dos maldizeres proferidos, distinguira uma única palavra traduzida por memórias:

— Assassina — fora-lhe então proferido, sem que ela própria o dissesse. — É insuportável, não? — Apressa-se na costura, vendo-a conduzir mãos à cabeça como se rendida àquelas maldições. — Rememorar os trajetos de si; e ser ao fim sentenciada.

Encarando-a com punhos que de tão cerrados lhe ferem bocados, Sophia reouvera os atrevimentos perdidos para arrostar o julgamento aos olhos dessa mulher.

— Como tem ciência de tudo isso?

— Enxergo o passado ao alcance do toque — fê-la saber, exibindo-lhe uma das mãos como se com isso explicasse em jeitos silentes que a tocara enquanto adormecia. — Tornou-se claro o teu, justamente porque Dai'ön lhe pusera aos meus cuidados.

— Refere-se ao lobo?

— Vi quando morria em meio à nevasca — diz sem responder —, e é um milagre, isto lhe asseguro, estar ainda viva.

— Se tanto anseia minha morte, por que então dera ordens para me salvarem?

— Sua vida pouco me importa, mas nunca permitirei assassinatos por aqui. Seja como for — ela ensaia, sobrestando para um suspiro demorado —, não sou capaz de matá-la, mesmo que assim desejasse.

TENKHŪKAI 111

Sophia distingue àquele olhar uma indulgência ainda incipiente, mas duradoura a ponto de entendê-la nem que seja pelas metades. E mesmo em bufadas por se sentir invadida, não medira esforços para admirá-la.

— Vê o passado sem a necessidade do toque? — Arrisca-se, como se não quisesse dar ao silêncio o que este lhes impõe de quando em vez.

— Se me permitir ao esforço, talvez. Que pretende?

— Sethiel e os outros — atalha a seu modo torto. — Acaso tem ideia para onde foram quando nos separamos?

— Se o anjo ainda estiver nesta dimensão, encontra-se num ponto que me escapa. E quanto aos demais, estão por hora seguros.

Sophia sentira um desaprumo no seio por não ter sequer noção do quanto caminhou nevasca afora (ou mesmo do tempo adormecido). — Teriam sido horas? Dias, talvez? — Matutou com seus botões, limitando-se a imaginar o que ocorrera durante esse lapso.

Tolhera nesse ínterim os pensamentos; em disritmia parecida à da brisa que transpõe uma beira ou outra dos caixilhos. Dá-se conta de que ainda traja vestes esquisitas, as quais, mesmo amundiçadas por histórias já deixadas, veem-se secas e mornas.

— Sei quem sou — falou à mulher —, porque sabida das dores causadas, ou do quanto fiz de mim; mas desconheço quaisquer sendas para retorno — assim remenda —, e mereciam a morte os que matei.

— Cabe-te o juízo dos vivos?

— Há muito está trancafiada neste lugar, não? — Quis então enfrentá-la. — Sequer faz ideia de outras realidades além desta; da imundície às nossas ruas, sobretudo, ou do horror que somos! — Chia com força impetuosa. — Fez-se talvez de cega ao quanto nos acontecia, e abandonada por Deus, o qual é ausência em jeitos de teoria!

Nesse entretempo por demais complicado — violento em prumo silente —, erguera-se num pé a mulher (para encarar Sophia e assim pressioná-la contra o parapeito).

— Jamais insulte quem, até o fim da própria luz, lutou para ajeitar esta existência — ela esbraveja, apertando-a às espáduas. — Mesmo que por vezes desesperadora, a realidade nascera do amor! E não há distorção à sua consciência que mudará as coisas como são!

Sophia lhe espia os vicejos de fúria (sentindo demorar nadinha para, ao fim, quererem-se pranto). E mesmo tentando, não tem por ela o ódio desejado; tanto que, intimamente, entende suas dores guardadas — porque antes de vê-la a partir de quaisquer parâmetros, enxerga-a como semelhante.

Eis que, da cabeceira do porto às veredas de *Glaciamar*, ouve-se um ruído altíssono devido à queda de um pilar cristalino.

— Vá! — Ela logo ruma (sem muita questão de não transparecer o temor na medida das vistas). — Porque talvez ainda haja tempo.

Erguera então uma das palmas para que, aos pouquinhos, desfizesse-se o gelo dos vitrais. Formou-se uma passagem até caber Sophia, empurrando-a num ímpeto só, por sinal. E a metros do rés-do-chão, porém, vira saltar um vulto — o qual lhe impediu a queda brusca.

Vê-se uma vez mais ao dorso de um lobo que já se põe em carreira desvairada por sobre os ladrilhos frios. Não antes, contudo, de mirar o alto da torre para distinguir das sombras a sua senhora.

— Leve-a à *Mata-dos-Sussurros*! — Vociferou dali de cima. — Mas tenha cuidado, Dai'ön, porque da tempestade vimos apenas os primeiros e tímidos ventos.

Tão logo lhe rumara sinais confirmativos, partiu em serpes ligeiras por entre a turba às vielas — pois outros mais daqueles pilares são então derribados. E com Sophia devidamente ajeitada ao conchego piloso de suas costas, põe-se à busca daquele cadinho de esperança há muito fugido.

***

Ela se aproximara de um estrado levadiço entre lâminas cristalinas à cumeeira da torre, e viu, não longe, este estranho homem sentar-se sobre uma das colunas ainda eretas.

— Abaddon...

— Quanta honra! — Fala com escárnio, apoiando a estrema do cetro ao pilar. — Sinto-me apequenado ante a mais poderosa dentre os Guardiões — costura em notas de mesmo timbre. — Por que não concede o prazer desta contradança?

Estende-lhe uma das mãos em sinal de convite, e nesse entanto escapole a risada mal cabida no íntimo. Vê-se ferido, aliás; e possivelmente por conta do que noutrora lhe fizera Sethiel.

— Que assim seja!

A Guardiã faz surgir este arco formado por cristais de gelo, o qual flutua até lhe pousar às palmas. Toca-o pelo encaixe com uma mão (estendendo a outra para que uma seta paire entre os dedos), e ao empunhar seu rêmige, um cordão de luz desponta das extremidades com chuvilhos adamantinos no espaço à volta.

— Não hesite — aconselhou o Dheva. — Abata-me!

A flecha arrebenta o ar com poeira cristalina no arrasto da trajetória. Bastou seguir assim para que, porém, fosse logo abocanhada em uma dobra espaço-temporal desenhada pelo cetro de Abaddon, que afinal dança aos ventos.

— Poupe-se dos esforços — ele murmura. — Mas sinta o torpor da escuridão que em breve destruirá sua existência e a de quem tanto protege.

Ela baixara o arco para espalmar a outra mão, mas nesse entanto o Dheva desaparece antes de ressurgir à sua frente, flutuando em pleno ar. Conduzira ao alto aquele cetro, arriando-o num ímpeto contra a Guardiã — que tresanda ao baque por se defender às pressas.

— Como pensei — diz ao provar do sangue em idos pelo cabo. — Melhor que o de teus irmãos.

No que sorvera a última gota, viu-a ajoelhar-se à superfície da passarela, enconchando as mãos — como em preces — pra moldar uma esfera conforme aí se ajuntam os diamantes poeirentos duma chuva de gelo.

Mostra-se um novo signo àqueles olhos opacos, enquanto às palmas centra sua energia (varrendo em sombras a cidade). Antes do confronto, porém, um aro incandescente cruza os ares para se aferrar ao corpo de Abaddon, prendendo-o e assim lhe chamuscando as vestes.

Viram-no chegar, então; com indicador erigido ao céu, e de solas firmes por sobre um dos pilares. Nesse entremeio deita os olhos à compleição do Dheva.

— Ora, vejam se não é Agnus, o cão fiel!

— Acaso enfrentará dois de nós duma vez?

Abaddon sorrira à Guardiã, no que se apressou com a costura:

— Não importa a quais estranhas vias o destino nos conduzir; seremos um à eternidade, minha querida.

E sem mais desaparecera, encarando-os com desafeição. Se não soubera porque lhe deixaram ir, aliás, também não entenderam o motivo de sua vinda.

— Peço desculpas pelo atraso, Kamonne — ele diz, curvando-se para ampará-la.

— Não se preocupe comigo — atalha a prosa, tomando distância de seus braços tépidos. — Que faz aqui, afinal?

— Vim buscar Sophia, mas vejo que se adiantou quanto a isso. E caso lhe seja da conta — assim remenda —, também para avisar: seguiremos ao vale de *Ar'khein*, porque talvez façamos frente à tempestade.

— Ele está vivo, Agnus — diz ao encarar a imensidade para além do quanto aguentam as vistas. — Como sempre dissera meu coração.

— Virá conosco?

— Lúcifer não é quem enfrentaremos ao fim.

— Entendo — assentiu; entristecido e derrotado, pondo-se já no jeito da fuga (pois à volta do corpo vibra uma aura escarlate). — Estaremos lá, caso mude de ideia.

Kamonne contempla o céu de tardinha, sentindo a bruteza dos ventos — os quais por aclives cerram punhos. Permite então que lhe acendam para nunca mais uma chama poderosa no seio gélido.

CAPÍTULO IV

Penitências no farol

— De onde ele veio, afinal?

— Difícil dizer — responde ao homem que, apurado, fita-lhe os olhos com a firmeza dos seus.

— Que então faremos com ele?

— Melhor levá-lo à *Toca* — disse a mulher. — Julgando pela maciez da carne, creio que haja aqui um bom guisado para mais tarde.

— Veja, Feodora! — Chama-lhe a atenção, no que se abaixa em desajeito para fariscar o corpo estirado ao solo. — Ele está vivo!

— Maldito seja — lamuriou-se. — Daria um bom almoço.

— Creio que não tenha compreendido o sentido emprestado às minhas palavras — retruca ao defrontá-la com temor à face. — Ele é humano!

Acocando-se nesse entrementes, esquadrinhou sem pressa o corpo inerte à superfície de uma branquidão empalidecida. Checara-lhe os pulsos, deslizou a beira da língua sobre seu pescoço e, no que se aprumara para tresandar um tiquinho, topou com as rebarbas do Tenkhükai.

— Lembra-se da profecia revelada por aqueles loucos? — O homem é ligeiro no trato das palavras, como se procurasse à lógica do próprio questionamento um sentido a ser atribuído aos temores que agora lhe domam as ideias.

— Sim; que tem ela?

— Bom… — sobresteve para um suspiro intranquilo. — Parece que não eram tão loucos quanto supúnhamos.

***

Em sal, beijam-lhe as ondas os declives; num vaivém que ruma para longe tantas dores com escumas alvas. Seus agrados de ressaca seguem às pernas cobertas por uma mornez prazível, e nesse entanto — meio inconsciente, meio desperto — sente conchinhas no entremeio dos sargaços aos cabelos.

Henrique notou cenários balançarem verticalmente quando abrira os olhos, vendo-se então nos ombros de quem agora o arrasta praia afora.

Fê-lo espiar com jeitos sonolentos a extensão de uma costa pálida em revolta contra as águas do mar, e assim distingue à dianteira seus coqueiros espraiados pelo litoral — arqueados como se numa reverência às brisas.

Bálsamos lhe vêm às narinas; trazidos por ressacas em mesclas de salina e carvalhinhos sobrepairados aos cimos dos penedos à beira do canal.

Recordou-se de si ao estremecer e uma vez mais abrir os olhos num lanço já próximo da mata cuja extensão corre pela encosta. A figura que segue adiante, aliás, detém-se sobre o rebato dum coqueiro imenso para entreabrir uma portinhola enrubescida talhada no caule.

As dobradiças até rilharam quando seja-lá-quem-for empuxa a maçaneta; e enquanto cruza o umbral incrustado na madeira, arqueia para que as pernas de Henrique resvalem com cuidado às vergas da abertura.

Veem-se então nesta toca absurdamente espaçosa para um coqueiro; e quem o carrega, afinal, deita-lhe o corpo em riba dum sofá que — tão mundano, olhem bem — fê-lo por hora regresso à Terra. Não demorou para distinguir tantos quadros emoldurados em ouro, e ânforas trincadas com nacos às pressas remendados. Também móveis do mogno esculpidos; mas de ponta cabeça, como se desrespeitassem padrões há muito comuns no seu mundo.

Deita olhar noutro canto para observar um sem-número de vasilhames esparramados sobre prateleiras às paredes — cujas fímbrias estão veladas por panos surrados. Garrafas com líquidos multicolores foram empilhadas sem nexo aparente (em jeitos de luz na opacidade do vidro), ao passo que latões e castiçais se enfileiram próximos de umas plantinhas suspensas.

Ajuntam-se lenhas em montantes num arranjo quadrangular, e postas sobre a chapa férrea seriada por furinhos pouco equidistantes para improvisar uma trancaria rústica. Noutro canto vê utensílios familiares: cordões nodosos à volta de tantas pás, cumbucas espedaçadas, mangueiras já gastas, tapetes embobinados, metade da armação dum guarda-sol e até mesmo o que resta desta bicicleta cuja sombra bruxuleia devido às luzes do lustre ao teto.

Meio desperto, meio entontecido, deita enfim seu olhar àquelas figuras peculiares sentadas agora em cadeirinhas. Reparou primeiramente no homem com cardigã abotoado até as alturas dos joelhos — por debaixo lhe há esta veste esfiapada cuja gola, de tão imensa, cobre-lhe a boca e as narinas. Olhos esplandecem viços amarelecidos, que nem folhas ressequidas; e à frente desbotada correm lacerações (de onde caídas as suas madeixas pretas). As calças são branco-peroladas; com rasgos aos montes em trechos não cobertos pelas botas que à mostra põem os dedos.

Logo empresta vistas àquela mulher. Os cabelos são curtos e acastanhados (eriçados no cocuruto). Dos olhos quase nada é visto, já que incógnitos por detrás das escuras lentes de seus óculos. A pele é mais corada quando comparada à do companheiro, verdade, e nela enxergaria as normalidades aparentes — não fossem pelas suturas aos lábios.

Veste um corselete magenta envolto à altura dos quadris por correntes azinhavradas; sobreposto ao mandrião de botõezinhos clariargênteos. As calças estão surradas pela gastura do tempo, porque esburacadas em trechos idos das coxas às sapatilhas marfim-empardecidas. E eis que, nesse entanto esquisito, observam-no com uma curiosidade sem conta ou volta.

Henrique reveza vistas entre ambos e as quinquilharias às arestas próximas, ao passo que do corpo se lhe despencam resquícios de praia com mar. Sente bocados da sua realidade preservados, vendo-se por demais acolhido em conchegos.

— Onde estou? — Quis saber (com voz a embaralhar-se num sussurro mirrado).

— Em planícies litorâneas do Tenkhükai — responde-lhe a mulher. — Nós o encontramos desmaiado na praia, e tenho pra mim que por muito assim permanecera. Agradeça à sorte, aliás, pois os mares não lhe guiaram ao *Oceano Oeste*. Nem queira saber das quantas pr'além daquelas beiras.

— Desgastou-se meu tino? Porque, dum jeito diferente, sinto-o vivo — comenta o outro; e com uma voz que se enrouquece tão logo lhe deixa a barreira da imensa gola por debaixo do casaco.

— Já não estou tão seguro quanto ao que sou — ele atalha, deitando-lhe os olhos lamuriosos. — Surgi, segundo Gaunden, com vida nesta dimensão; mas de resto pressuponho apenas coisas sem o menor sentido.

— Um dos Guardiões? — Pasma-se a mulher. — Os que vieram antes de mim lutaram contra ele noutros contextos. Eram dias avessos; tempos gloriosos e sangrentos, sabe? Havia propósito nas pelejas.

— Quem são, afinal?

— Chamo-me Feodora — falou a mulher, e com lábios livres apesar de atados pelas suturas. — Já este aqui — sobresteve ao apontar à figura do companheiro — é Rúfio, um demônio dos dias antigos.

Suficientemente desperto (ao menos para arrostar essa figura no mínimo peculiar), Henrique tem com seus olhos amarelecidos — que, em momento algum, remeteram-lhe a ameaças. Transparecem pacatez, a bem dizer; e uma meiguice por quase às raias da ingenuidade.

— Pensei que fossem seres de ações aleatórias e pouco racionais — arrisca-se após instantes tomados ao próprio silêncio —, porque como tal são desenhados nos cursos da nossa história.

— Assim como, em minha pequenez e arrogância, acreditei que vocês, dos conscientes, existiam apenas nos termos de quem não vê por detrás do véu; mesmo quando entre parênteses postas as vistas — retrucou com tom estranho (ora sisudo, ora ridente). — Vê quantas posturas tortas numa única tarde?

— Seja como for — quis então remendar; e compungido pela rudeza das últimas palavras —, não sinto maldade alguma vinda de vocês.

Permanecem com feições silentes nesse entretempo; e talvez pela estranheza de sílabas assim juntinhas (sobretudo quando proferidas por alguém tão diferente).

— O que são essas... — ensaiou Henrique, sobrestando por desviar-lhe o olhar e pousá-lo aos lábios de Feodora, como se aí fossem mais fortes os invites à sua atenção.

— Ah, isso? — Mostra-se desinteressada, passeando os dedos pelos contornos da própria boca. — Castigo há muito dado, sabe? Partilhamos este território com um Guardião, e certo dia, à minha desgraça, concluímos que falo de mais. O restante não é difícil pressupor.

Henrique não soube explicar o próprio estado, pois um bocado de raiva se lhe teimara dos pés ao entrelaço complicado das ideias, convocando-o a esquentar o sangue.

— Por qual motivo faria algo assim?

— Ora, meu bem — aprumou-se num sorriso-sutura —, sou descendente de renegados em companhia dum demônio — assim reforça o óbvio. — Como isso lhe soa? — E bastou dizê-lo, a propósito, para que os rumos seguintes à conversa fossem conduzidos pelo silêncio. — Nossos ancestrais lutaram contra os celestes, porque sob estandartes do próprio Lúcifer.

Outro momento, portanto, de reflexão calada; e seguido assim do último remendo:

— Por isso Elding nos odeia tanto.

— Elding? — Interessa-se ainda mais, no que tenta, à sua maneira, compreendê-los (são confiáveis, afinal?).

— Ele habita estas bandas — adianta-se Rúfio. — Sua sabedoria é limitada, porque incapaz de entender ou aceitar a maior das obviedades: o que existe se empresta à mudança.

— Cantaram-nos histórias, querido — completou Feodora. — Soubemos dos corpos empilhados à desolação; e muitos indignos desse fim, pois a malícia de Lúcifer os fez cair — apressa-se às costuras, na medida em que da voz lhe rebentam notas tristes. — Vivemos agora segundo as inconstâncias, portanto, aguardando os acordes finais duma profecia.

— Como assim?

— Eras após esses eventos — começou o demônio —, na dimensão mais baixa da Terra, dois irmãos revelaram uma profecia cujo tom parecia ditar os rumos de toda a existência — cerziu ao encará-lo com firmeza. — Das narrativas quase nada sabemos, mas é ventado que suas palavras traziam as vontades do Criador.

— Qual o sentido dos versos?

— À parte os enigmas que nos escapam ao entendimento, trata a respeito de sua chegada nesta dimensão; e se exatos os cursos interpretados, porém, viria então para morrer.

— É apenas uma profecia, bobinho — adianta-se Feodora, porque lhe espia o estado por demais confuso. — Estou disposta a crer que, se há vida, há também a possibilidade de escolha diante do quanto nos fora ou não escrito.

Algo ao âmago de Henrique se agita agora com uma força dos infernos, porque até então as circunstâncias lhe fizeram crer que somente a busca por Arious é importante e necessária para deixar o Tenkhükai. Vê-se, portanto, imerso à desgraça da incerteza.

Pouco após esse entanto, aliás, põem-se às pressas a preparar aquilo que, ao olfato apurado de Henrique, bem será o almoço.

— *Cozidinho-de-batatas*! — Disse-lhe Feodora (com sorriso pretensioso de tão largo).

Repara quando, com auxílio dum isqueiro, são acendidas as lenhas, ao passo que, do outro lado da toca, o demônio descasca uns tantos legumes ladeados por dentinhos (os quais até se agitam para lhe mordiscar as mãos).

— *Batatas Selvagens* — trata de remendar. — Mas não as julgue pela aparência, pois são saborosas mesmo com o aspecto rude.

Somente quando o bálsamo dos temperos lhe chega às narinas, a propósito, lembra-se de há muito não pôr algo ao ventre. Sequer sente fome, inclusive — atiçada nem mesmo quando Feodora acrescenta pimenta à caldeira sobre as chamas.

Firma seus olhos no preparo, mas logo os reveza entre valsas de neblina do fogo às cumeadas desse coqueiro e as quinquilharias aos cantos apinhadas.

— De onde veio tudo isso?

— De seu mundo, ora! — Responde ao lhe exibir as suturas tesas do sorriso. — De onde mais viriam?

— E como conseguiram?

— Temos uns tantos segredos, rapaz — arrisca-se Rúfio. — Nossa benevolência cabe no que lhe fora dado até então. Não nos peça mais do quanto havemos de conceder.

Pouco faz desses silêncios escandalosos, isto é certo, e tão logo dá de ombros, põe-se no leito urgente dos próprios pensamentos — porque aí ainda resta dor o suficiente para entretê-lo por horas a fio.

***

— O cozido está servido! — Esgoelou Feodora; e quase dois quartos de uma hora mais tarde, pousando ao colo de Henrique um prato de porcelana fina.

O talher empunhado por triz não lhe escorrega à descida de um líquido amarelecido. E tão logo desvia o olhar, deita-o sobre Rúfio, que se alimenta de costas para que jamais vejam a boca sempre oculta ao breu da sua gola.

— Acaso não provará? — Ela provocou, sorvendo o guisado com uma cabaça velha (a qual lhe empapa as suturas). — Garanto que está saboroso.

Henrique franzira o cenho ao divisar às beiras do prato os pedaços de batatas rubras. Mete força na empunhadura desse seu talher, e bastou provar um cadinho para o líquido lhe descer como se sumido num abismo íntimo.

— Aposto que sentiu, não é mesmo? — Atalha de menos a mais. — O vazio...

— Que está havendo comigo?

— É impossível rumar sem consequências para outras dimensões — Rúfio explicou; mas dos ombros, e sobrestando o ruído insuportável ao provar do ensopado. — Desde que surgiu, seu organismo lida com mudanças drásticas, e quanto mais estender passagem por aqui, tanto mais caminhará de encontro à morte, porque neste lugar os eventos correm de uma forma diferente.

— Que quer dizer com "diferente"?

— Entenda: — arrisca-se Feodora — estamos, num certo sentido, mortos na sua realidade, porque ali são traçados os cursos de uma dimensão que nos é alheia à experiência. Plano em simetria conosco, se assim preferir, mas com variações infinitas no entremeio do caminho; e separados por rumos onde valsam tempo e espaço, os quais arranjam tessituras equivalentes, embora distorcidas.

— Então, o que acabei de sentir...

— Fora uma das muitas sequelas a quem está situado no embaraço dos cursos desta realidade — ela conclui. — E se permanecer por muito, é provável que em algum instante seja convocado pelos espaços da não-existência.

Henrique mantivera a calma, porque tais palavras lhe confirmaram o que há algum tempo já desconfiava. Uma vez desfeitos os pensamentos, por sinal, defronta o casal a observá-lo em teimas de pesar e curiosidade.

Cala-se o bastante para lhes assegurar privacidade durante a refeição; e imagina onde estarão Sophia e Akira nesta sua permanência à toca dum coqueiro. Uma vez reavida a coragem, então, desmancha os silêncios criados:

— Levem-me até Elding — ele pede, o que por pouco não os faz engasgar com a sopa. — Quero trocar algumas palavras com este Guardião.

— Acaso ficou louco? Se for até lá, muito provavelmente...

— Deixe-o ir, Feodora — dissera Rúfio, no que lhe interrompeu outras notas à fala —, porque não o seguraremos para sempre; e talvez, com sorte, assim há de convir a todos.

— Como queira — consentiu a contragosto —, mas já adianto: — dirige-se outra vez ao humano — quando cruzar aquela porta, não nos responsabilizaremos mais por sua vida.

— Arriscaram-se mais que o necessário ao me socorrer, mas devo agora caminhar com as próprias pernas.

Foram essas as últimas palavras antes de desembestar à portinhola e ser assim seguido pelo casal. Cruzaram boa parte da encosta nesse entanto apressado, até avistarem uma sombra altiva para além das beiras dos coqueirais.

Permite-se Henrique à consolação de uma resposta sem prumo, a qual se finge sabida, mas que, a bem dizer, é jeito de verdade acanhada em entrelinhas de identissignificados.

Constata a desolação do quanto não se sabe óbvio; isto que nos penetra com violência até rasgar a quietez de todo conforto. Tira-nos daquele sossego dum olhar-juízo, sabe? O qual pouco tem com a realidade mesma das coisas — porque incipiente e porque reducionista. Perdura enquanto é projeção, (des)fazendo escândalos; e desabrigando o oculto por detrás de muitas aparências inférteis (construídas de outros rebocos às ilusões e intolerâncias).

Em pelejas íntimas, sua cegueira dá vez a uma sensibilidade maior, porque se lhe ateiam fogo às crenças! Vertendo em cinzas as concepções.

Erguera-se, contudo; de si, da escuridão, do não-tolerar. Viu-os à essência liberta das verdades ou dos quereres estranhos, pois é inteira em si, e não metade.

E então o gozo (de quem enfim enxerga), deixando-se aqui os silêncios dos idos.

— Não nos atrevemos a lhe acompanhar para além deste ponto — Feodora é ligeira com as palavras, tão logo às costas transcorridos muitos minutos. — Veja: — ela pede, estirando um dos braços para indicar um farol já por demais puído — ali vive o Guardião que procura.

Permanecem parados. Os grãos da areia lhes banham solas com toques mornos; e somente quando deitadas as mãos por riba dos ombros de cada qual nesse entretempo, permite-se Henrique à pretensão jeitosa das sílabas:

— Obrigado por tudo, já que, não fosse seu socorro, estaria agora ao útero deste mar.

— Jamais o esqueceremos — atesta-lhe Rúfio (com olhos fitos à boniteza danada dos seus). — E se um dia calhar de regressar, visita-nos — diz cordialmente; e banhado pelos raios de um solzinho ainda pálido.

— Não sabemos seu nome.

Adiantou-se, embora sem encará-la, permitindo-se a abertura doutro sorriso que não se quer inteiro, mas que é verdade por ser como tal em seus jeitinhos de muito a faltar.

Dera-lhes enfim as costas para rumar à direção do farol — num ido que não faz curva de olhares a quem, segundo esta lucidez consciente que com força é abraçada, desafia lógicas e abstrações artificiais projetadas.

Sentiu-se até feliz, mesmo que de passos à incerteza.

Conforme cruza a encosta, entrementes, cantam ventos para beber-lhe do suor que põe sal à pele maltratada. Defronta-se então com o farol, notando as muitas pedras àquela estrutura por idos até seu ápice — tendo aos vãos, vejam só, inúmeras arestas laminares (separando-as com uma simetria talvez desajeitada).

Erguera a face para perceber que, pouco abaixo da cumeeira arqueada, há esta guarita: ao centro a tocha de chamas bruxuleantes no interior duma redoma especular, e dos seus giros manhosos, faz-se clarão às águas desquietadas do oceano. Esquadrinha-o até ver avarias em serpes pela superfície, parando nesse entanto entre as vergas de um umbral com porta férrea já azinhavrada, na qual, à parte do meio, pendem duas aldrabas escuras.

Não muito acima da ombreira, uma ametista corusca às carícias do entardecer — vindas das rebarbas de onde desenhados os aclives de sobriedade desta estranha dimensão. E tão logo deita vistas àquilo que, já distante, concluíra ser a *Toca-do-Coqueiro*, pensa em Roberta (sobretudo agora, com memórias atadas aos bálsamos marinhos).

Escancaram-se as portas com um resmungo escandaloso quando penetra a quietez; e não fossem por vãos aos hexaedros da estrutura, aliás, tudo aí seria escuro. Vê-se entrementes num salão — cujo âmago é preenchido pelas figuras rúnicas à rocha fria do piso —, ao passo que, mais adiante, distingue pedrinhas em embaraço que formam hastes com grilhões dependurados dos seus píncaros.

Ao fundo mira uma escadaria com idos helicoidais à cumeeira; lá para onde o braseiro embranquecido dá conchego no coração dos nautas. Emprestou-se com uma prontidão absurda às venturas de seus degraus, embora tolhido pela voz cujo ressoo é gravíssimo:

— Estava à sua espera; e é no mínimo curioso, porque em vez de outros lugares, as forças dormentes no inconsciente de Sethiel o trouxeram justo a mim — atalha com desfaçatez. — Devo agradecê-lo quando mais tarde regressar.

— Acaso sabe onde ele está?

— Sei de tudo o que nos acontece — responde à pergunta súbita —, porque Elohim não é único na onisciência.

Enfurece-se uma borboletação ao ventre de Henrique, porque se acaso tem (seja quem for) noção do que ocorre, sabe talvez a respeito da sua filha. Mas houvera silêncio nesse ínterim; demorado, e guloso por demais.

— Não está em posição de pedir-me coisa alguma — retomou a voz, como se lhe adivinhasse dos anseios os tons mais abissais. — Carece da pressa, aliás? Porque teremos nosso tempo antes do fim.

Henrique rodopiou de beira em canto do salão; à procura errante por quem punha força àquela voz. Não demorou, naturalmente, para cabisbaixar com punhos cerrados (que nem castigo alentador).

— Vamos, apareça! — Esgoelou à escuridão.

Sente sobre si a pressão que o atira contra uma parede do farol, arriando em baque violento. Meio entontecido, meio desperto, viu-o enfim, pois das sombras um homem caminha à sua direção. Há-lhe à pele o esplendor preto, e no lugar dos cabelos, um fulgor ao cocuruto.

Traja uma loriga forjada de um aço rijo, e saiote com placas à malha do couro curtido. Sobre a armadura uma casaca arroxeada desce aos joelhos, tendo às pernas calças bordadas num brim acastanhado. Em cada canela, grevas são atadas por bálteos grossos; e semelhantes àqueles que também aferram o talim da espada cuja lâmina descreve curvaturas radiadas.

Henrique estremecera da base frouxa ao ponto de onde dos nervos começam as agonias, e viu o homem abeirar-se perigosamente.

— Você é Elding? — Arrisca-se, notando que seus olhos esplandecem um matiz púrpura.

Bastou lhe indicar com sinais confirmativos para costurar a prosa num retalho só:

— Por favor, diga-me se minha filha está bem, pois em algum lugar da Terra ela…

— Não me preocuparia com isso em seu lugar — detém-lhe o restante da fala —, já que pouco demorará para encontrá-la no abismo dos mortos.

Os olhos por quase não sobressaltam; e porque absorto, padece ante o Guardião. Apoiara palmas contra o piso, e assim permitiu que as lágrimas se lhe despontassem de uma desgraça íntima maior. Bem perde as esperanças há muito alimentadas, óbvio, enoitecendo vistas até recordar-se do sorriso-luz de sua filha.

— Mate-me…

Henrique sente uma força varrer-lhe o corpo, como se apanhado em torrente bela e poderosa. Perdera qualquer controle, tão logo dos braços de Elding emanou esta aura cálida que o fez flutuar à metade das hastes há pouco notadas. Colocou-o na superfície entre ambas, prendendo-lhe os pulsos para guindá-lo com grilhões entrelaçados.

Elding desenhara à face um sorriso de lamentação quando, com uma mão, firmou-se ao cabo da sua espada já brandida. Com outra, desliza os dedos por sobre as lâminas angulares.

— Seus instantes neste lugar hão de ser custosos — diz-lhe o Guardião. — *Penitência do Primeiro Raio!*

Súbito, acende-se na cúspide uma partícula radiante, a qual, por sinal, fora-lhe de encontro (e arrancando do âmago os urros guardados). Ecoou pelo farol e mesmo para além das encostas à praia dos coqueirais, até notar, ao ter uma vez mais consigo nesse entanto, que se esfarraparam as vestes — coisa parecida com seu corpo já em carne vívida.

— Qual o problema? Acaso a dor já lhe tomou os sentidos? — Erguera-se novamente a espada, e outro jorro de luz correu da lâmina ao botão para tangenciar uma miríade de rizomas sobre Henrique.

— *Penitência do Segundo Raio!*

Ouve-o exclamar, no que dá luz a mais berros esparramados pelo farol. E nesse entretempo pelejou contra as correntes, embora em vão — seja porque firme às hastes ou porque já de todo entregue nesta sorte miserável.

Seguiu-se o lanço de outras duas descargas; e às narinas um bafio insuportável. Enquanto os olhos se reviram para pôr sumiço no acastanhado das íris, o sangue lhe irrompe por cortes à carne. E vomitou ao ter com sombras em rodopios neste breu de sentidos.

— Erga a face, pois é cedo para desmaiar — fala-lhe o Guardião. — *Penitência do Quinto Raio!*

Fraco e já por demais empalidecido, Henrique sente deixá-lo a vida. Cabisbaixou para suportar o peso da maldição de si, no que bocados mais do próprio sangue se atrevem às beiras dos lábios, provando-os com plenitude amarga.

Avista em idos inalcançáveis a esperança — extinguindo-se preguiçosa —, até que de seu desconsolo lhe reste o desejo de reencontrá-la noutros rumos (aquém das fímbrias do desfiladeiro íntimo, o qual, sem branduras, dá vida às nébulas passadas).

126 Livro II Dos primeiros ventos da tempestade

Outras duas descargas, portanto; e liberta a consciência de quaisquer vontades suas.

Dera-lhe de algum vazio desperto a imagem dum vulto, o qual às pressas revelou esta mulher em abeiradas tímidas. O clarão acanhado torna compreensíveis os traços de Lara, que afinal desaparece mesmo antes de nascidas quaisquer palavras.

Virando-se nesse meio tempo, notou que Tália é agora vista do seu lado, afagando-lhe a tez com as extremidades suaves dos dedos (embora fugida, a danada). E enfim tremeu; chorou, porque tão logo assoma Roberta para abraçá-lo com apertos de quem muito costura saudades num tempo já sem cabimento.

Antes de evadir-se como as demais, teve brechas para um beijinho à fronte (o qual com luz traduzira mil amores requentados). Deita-se afinal sobre abismos, porque sumidos quaisquer pensamentos.

No farol; ainda de pé e a empunhar sua espada — cuja lâmina assume nuances dum roxo-vívido —, Elding o encara com bastante pasmo. Ajeita-se assim na costura:

— Por quê? — Questionou-se. — Continua vivo após tantas descargas? Que força é esta que o move e mantém acesa a chama de sua vida?

Somente o silêncio, porém, abeira-se às ideias, tornando-o uno com seu torpor.

— Dos que já enfrentei, todos imploraram no fim; e nenhum permaneceu para receber o último golpe. Mas sem forças, põe-se de pé este aqui — constatou ao vê-lo com mais afinco desta vez. — Quais escolhas tenho senão libertá-lo do sofrimento?

Henrique recobra a consciência furtada nesse entanto. Percebe paulatinamente a aura em luz que lhe vem ao encontro — ramificada numa miríade de raios sublimados das guardas à cúspide da espada do Guardião.

— Permitirei que morra com teu orgulho — ele falou. — *Penitência do Último Raio!*

Súbito, antes que as ramificações alcançassem Henrique, uma esfera de luz lhe abriga o corpo para esparramá-las à superfície da barreira então formada.

— Quem está aí?

— Sou eu, irmão — apregoou-lhe uma voz à penumbra. — E a única desculpa que ouvirá diz respeito ao meu lastimável atraso.

Henrique reconhecera — em seu estupor consciente — a figura de Gaunden, o qual se abeira num ido preguiçoso para guiar o olhar cor-de-aurora ao outro Guardião. Fitam-se até sem tenuidades; e com interesses disfarçados por fúrias.

— Que faz aqui?

— Vim para impedir tolices — responde-lhe. — Acaso não percebeu que este é um dos escolhidos de Elohim?

— Importa-nos, afinal? Ele provavelmente está morto a essa altura, o que faz da presença deste humano um perigo ainda maior.

— O fato de nunca encontrar nosso Pai com teu poder não significa que esteja morto — retrucou num timbre gravíssimo; e nesse entretempo Henrique se punha a calar (ocupado por demais ao lidar com as dores e umas tantas ulcerações à carne em sangue).

— Não seja ingênuo, Gaunden! — Adiantou-se com o trovejo. — Que importância há neste ser quando ao fim é perigo a todos nós?

— Engana-se, irmão; e de um jeito lamentável.

— Lúcifer precisará do sangue de apenas um para regressar, e caso não esteja a par da situação, posso lhe assegurar: isso ele já tem! Seu ritual, porém, exigirá outros mais, o que nos força a matar ao menos este aqui!

Gaunden franziu o sobrolho, como quem sabe da validade de um raciocínio.

— Não me concede outra escolha — Elding, ao vê-lo parado, adianta-se; e faz força para transparecer o amargor que sublima à goela. — Terei também de impedi-lo!

— Estou bem aqui — provocou, descruzando os braços para adotar postura de quem não deseja menos que enfrentar ou ferir. — E se o quer tanto assim, venha pegá-lo!

Ele ruma, então, e apeando a espada num ímpeto contra Gaunden — que empunha seu machado para conter o golpe. Este encontro fora bravo com tal jeito, aliás, que ruiu parte do piso, estilhaçando-o em fragmentos por pouco não somados à face de Henrique.

Circundam o salão para trocarem fúrias; e mensuram os movimentos, pois talvez feneçam quando de um descuido. Correntes de ar — logo criadas por Gaunden — levam embora o corpo do irmão, arriando-o num desajeito só.

No que soerguera, baixou os punhos — e eis que um feixe de luz ricocheteou; quase fendendo ao meio a estrutura do farol. Por isso se afastou Henrique, aliás, rasteando pelo piso até rumar ao umbral de acesso à escadaria.

Gaunden investira contra Elding. Acertou-lhe a fronte, e assim, de menos a mais, fê-lo titubear ao chão. Enquanto um baixa o braço, rasgando a calmaria que do ar paira, o outro repele com socos cruzados em encontro de iras mútuas resguardadas.

Tão logo Gaunden se ajoelhara, recebeu à boca um chute dirigido pelo irmão; com tal sanha, por sinal, que o fez vomitar ao piso esguichos rubros. Aferrou-se às suas pernas, contudo, rodopiando-lhe o corpo até arremessá-lo contra as paredes (as quais já capengam ante a fúria dos golpes).

Extravasa desgosto aos olhos de Elding nesse entremeio; e assim se apruma para, com o peso dos punhos, entrechocar a face do irmão à rocha puída. Aí mesmo, porém, erguera-se Gaunden, golpeando-o com um soco ao ventre — quando é expelido mais sangue nos charcos já bem compostos.

Dá-se então a contemplá-lo; e já por demais ferido.

— Por que, Gaunden? — Quis saber (com tons para além do quanto suporta a própria tristeza). — Ataca-me para proteger alguém que o conduzirá à morte? Isso é loucura!

— Ambos então feneceremos enlouquecidos — profetizou. — Você, por desprezar aquilo que os seres têm de mais belo, e eu, por entregar-me à crença nessa direção.

— Encare-os de vez, seu tolo! E veja o que se tornaram! Pois sua essência é distorcida por muitas violências.

— Acaso somos assim tão diferentes? — Questionou, no que desta vez lhe encara as vistas com fulgores que não se sabem bravios ou apanhados em compaixão.

— Somos deuses! Acima das pequenezas de toda a existência. Eles sim são produto do ódio e do desequilíbrio da Criação! — Presta-se aos brados. — Vis, fracos; corrompem-se facilmente, porque orientados por egoísmos.

— Se acaso pudessem, viriam a esta dimensão apenas para destruí-la! — Reouve o fôlego. — Quer-me realmente lutando por algo assim? Espera que derrame ou dedique meu sangue à sua proteção?

— Se lhes tem tanto amor — continuou —, por que deixá-los morrer para proteger os escolhidos? Entregará outros à própria sorte devido a uns poucos? Como pode haver nisto um sentido?

Reclusou-se à quietude cômoda de um silêncio, então. Ainda assim, contraditoriamente, quis lutar para sentir aquilo pelo qual os corações de Sophia, Akira, Henrique, Ethan e Victor tão fervorosamente clamam. Porque egoísta, sem dúvida, embora convicto de que algo no âmago se agitara com força nesse entretempo.

***

Num pedaço àquela praia — mais ou menos afastados da imponência vigilante do farol —, Rúfio e Feodora sentem a batalha dos Guardiões. Firmam vistas às chamas tremeluzentes encubadas ao cimo, constatando que seu fulgor mirra de pouquinho após eras em passeios à superfície do oceano.

Rúfio guia as mãos à gola do casaco, mas sobresteve por acreditar ser ainda cedo para loucuras assim tão descabidas. Em vez, afinal, cruzara os braços, inclinando-se ao sentido da sua companheira; sentada nas areias com olhos fitos sobre vaivéns de ondas — tendo o sol refletido às lentes escuras dos óculos, e madeixas valsantes contra tantos ventos roufenhos.

— Será que ainda vivem? — Ela freia o silêncio. — Está quieto.

— De fato, mas sinto a presença dos três. Fracos, sim, embora suficientemente acordados para que se possa tomá-los como vivos.

— Os Guardiões lutam agora por causa de Henrique. Que tempos são esses, Rúfio?

— Olhe ao redor — adiantou-se no pedido, convocando-a a aceitar novas valsas comunicativas. — Diga-me então o que vê.

Fitou-lhe os olhos, porém; e talvez porque, nestes, escondida a resposta à indagação.

— O que se apanha em vida, ou ao menos aquilo que é também atribuído às suas notas, um dia deixará de existir — retomou. — Estes grãos de areia sob nossos pés; as espumas do mar, as plantas, e inclusive os Guardiões (com todo o seu poder). Até mesmo Deus, porque tudo regressará àquele vazio essencial; e suas cinzas aguardarão o recomeço.

— Desde o princípio, aliás — ele diz com voz mais firme —, sabíamos que este instante chegaria; apenas não o queríamos assim.

Feodora pousara o olhar ao cume do farol, e, por instantes — os quais o próprio tempo fez força em não medir —, perdeu-se de si, no que ondas lhe beijam uma última vez as solas já umedecidas. Recolhera suas botas, afinal, erguendo-se para ajeitar os óculos tombados pelo nariz arrebitado.

Deitando mãos à cintura, pois, resfolga o ar de entardecer para dizer:

— Venha, querido; por que não adiantamos o jantar?

Seguiu o encalço ao vê-la arremeter, marchando pelas areias para ter às costas as quietudes roucas das brisas quando cruzam o jângal que dá à *Toca-do-Coqueiro*. Porque lá dentro, com um cadinho de sorte, os medos serão silêncios antes do fim.

***

Henrique reclina a face em rasteadas contra o piso do farol, buscando às cegas tateá-lo. Porque já diante da escadaria, soergue-se com o reforço das paredes; e avança poucos metros para escalar seus primeiros degraus.

Conforme cambaleia, ergue os olhos para contemplar aquele lume servido como coração ao farol, desejando em desespero alcançá-lo; e tornar-se parte do que o fizera tão eterno.

— Seu precioso humano está fugindo, Gaunden — fê-lo constatar, e pressionando com força o próprio ventre.

— Não irá muito longe; e admito que por hora me preocupo mais contigo.

— Ora, Guardião! — Vociferou. — Não careço de tua solidariedade.

— Se tenta me convencer assim tão mal como o faz a si, é capaz que até você não creia — diz aos sorrisos. — Partiremos ao sul; e toda ajuda será bem-vinda — acrescenta. — Mesmo diferentes as nossas experiências de mundo, cada caminho permanece costurado por uma única tendência.

— Que seja — dá-lhe as costas. — Pegue-o e suma daqui — aponta para Henrique. — Lembre-se, porém, do quão devastador é o poder de Lúcifer somado ao dos próprios asseclas. Está me ouvindo, irmão?
— Chiou por vê-lo afastar-se em direção à escadaria. — Seus queridos humanos matarão a todos nós! Está me ouvindo, Gaunden?

Some assim do alcance, deixando às costas os ecos que, preguiçosamente, evanescem.

TENKHÜKAI **131**

Conforme as chamas bruxuleiam à redoma, Henrique percebe enfim que têm por função não só guiar os navegantes, mas lhes indicar cada caminho possível aos próprios corações. Esquadrinhou daí a imensidade ida para outras beiradas, encantando-se então com a beleza da tardinha. E das sombras, pois, sente quem o espreita:

— Pensei que estivesse morto.

— E acaso não estou?

— Ouça, Henrique — começou o Guardião. — Imagino as coisas ouvidas, mas, por hora, permita-me comentar: Elding realmente enxerga os idos de outros lugares, embora jamais quando situados em realidades para além desta aqui. Se vira algo, então, é provável que não tenha sido real.

Fita-lhe os olhos com viços de pranto ensaiados dos seus; mas sorri, mirando as arestas do horizonte — estas que, atrevidas, escondem esperanças no limiar de dois mundos.

— Agora, se der liberdade... — fala-lhe num prumo só. — É tempo de partir. Com muitas desculpas por não me adiantar quanto a isso à vez em que estiveram no deserto. Das coisas, afinal, sequer previ o óbvio: embaraçam-se os nossos laços!

— Virá comigo?

— Receio não haver esta possibilidade, porque, neste lugar, estarão à sua maneira sós. Sem contar que nosso destino talvez seja outro.

Toca-lhe as espáduas, e nesse entanto uma luz cobre seu corpo antes de deixar para trás a última das lágrimas desbotada pelo poente. Nalgum ponto deste entrelugar confuso, porém, jurou que encontrará sua filha ao evanescer à calidez dum clarão.

CAPÍTULO V

Lâmina do vento

Um lobo salta os outeiros, tendo aos pelos uns tantos beijos de brisa conforme investe, ao passo que novas paisagens surgem com a força de silhuetas a balouçar. Assomam-se também arbustos espinhados à trajetória, os quais vascolejam folhas grossas como se para deter-lhe o ido.

Furtou-se sobre os pedregulhos de um riacho, espiando tudo às beiras para distinguir quaisquer perigos e assim cruzar a correnteza. À margem oposta nota penedos arqueados em renques jeitosos para outros cantos; coisa que por sinal lhe deixa desconfiado. Alguns imitam formas singulares; de guerreiros há muito esquecidos — ou coisa parecida —, como se desde então espiassem as marchas de quem aí pede passagem.

Recurvam-se os paredões, e nesse ponto espia aves às fímbrias das enfestas — as quais sobrevoam a carniça dum *Taurilo* deitada à vermelhidão ressequida de vincos ao solo. Segue então a esmo, até que, pouco adiante, detém-se para descortinar os detalhes doutro cenário.

— Falta muito? — Quis saber Sophia, agarrando-o firme.

— Não mais que o bastante, senhorita — ele assegura. — Estamos quase lá.

Dai'ön passeia olhares nesse ínterim, avistando outro riacho cujos meandros serpeiam por entre um vale. Abeirara-se para observar à ribanceira o próprio reflexo, e sinalizou a Sophia que de seu dorso arriasse, porque provará da correnteza.

Fora imitado, e quando uma vez mais erguida com mãos à fronte para proteger suas pestanas do sol, fita as rebarbas de adiante — de onde divisa sombras àquela paisagem.

— Que é aquilo?

Enchera-se do flume, alteando o focinho para fariscar a tarde desbotada.

— Creio que chegamos.

A sombra revela as orlas de uma floresta com árvores ingentes, cujas folhas reboleiam à disritmia dos ventos — estes que, em carícias doídas, esparramam-se para outras beiradas. Dança bonita, a bem dizer.

Dai'ön pediu que tornasse a montá-lo, acomodando-a em seguida por lhe notar o desajeito na tarefa. E uma vez abeirados do linde frontal segundo o seu avanço, sobrestiveram tão logo vistas as raias barreiradas com um sem-número de galhos embaraçados duma estrema à outra.

— Espere — adiantou-se Sophia —, este é o lugar em que vive Arious?

— Ao menos se não me falham os sentidos; ou se falsas as histórias contadas — ressalta —, pois esta é a *Mata-dos-Sussurros*, e quem procura habita um canto qualquer das suas sombras.

— Mas como entraremos? Não vejo frestas por onde meu corpo há de atravessar!

— Aproxime-se um cadinho mais.

Acata-lhe a sugestão, notando que de súbito os galhos se espaçam em serpes para arquear cada qual numa reentrância folgada. E nesse entrementes ouve sussurros para além do ponto de onde julga ser o seio deste lugar.

— Deixe-me adivinhar: — atalha-se na costura — não virá comigo, estou certa?

— Sinto muito — ele confirma ao deitar vistas à natureza umbrosa. — Não me atrevo neste lugar, pois farejo a morte em idos soltos às suas entranhas; e além disso, devo agora regressar, antes que se confirmem meus pressentimentos. Desejo-te sorte, senhorita.

Porque desesperançosas, suas palavras robusteceram os temores. E uma vez recobrada a serenidade, contudo, acocou-se ao lado de Dai'ön para lhe meter um afago gostoso no dorso que há pouco o destino tivera como fardo.

— Se acaso não nos vermos outra vez — arriscou-se Sophia; e em ensaios de vibratos quase inaudíveis —, que seja este o nosso adeus.

Meio relutante, meio tomada por valentia, foi-se de uma vez. Atravessou seu arco folhoso — que, aliás, desmanchou-se tão logo posta do lado de lá —, deixando o lobo às sombras ao regressar para *Glaciamar* num pulo ligeiro.

Sentiu-se nanica, porque raízes, ramos e troncos parecem colossais se comparados ao tamanho das coisas de sua realidade. Sob os pés, então, a maciez úmida dum solo arroxeado; encoberto por sujeirinhas e folhas-pirangas ressequidas.

Erguera os olhos para ver pálios formados a partir do entrelaço sem jeito de muitos galhos tortuosos, os quais sombrejam pela noite. Ao descê-los novamente, percebeu que quase não há clareiras adiante, pois o caminho é impedido por raízes e cipoais dependurados em alguns trechos.

Confunde-se o restolhar das folhas a cochichos que esparramam vibratos pelo escuro conforme avança, sendo-lhe lamúrias já quase silenciadas por tantos éons de esquecimento. Porque temerosa, nesse entanto, forçara solas ao supor ouvir sons dum canto esquerdo, e fora quando viu este imenso inseto cuja couraça refulge enrubescida quando agita os córneos do tórax, descansando próximo às raízes imbricadas.

Fê-la mover-se instintivamente, aproveitando que não lhe notara a presença para transpor uma abertura entre duas árvores pouco mais à dianteira. Adensa-se então o mato do outro lado, como se os galhos, sem dó, sufocassem-na conforme seguem seus pés.

Enquanto sombras surgem aos rodopios, avista esta pedrinha beirada à senda (observada com mais atenção). Senta-se sobre um canto da sua superfície, pensando em como encontrar o caminho que guiará àquele a quem procura. Habitaria algum buraco entre as árvores? Nuns galhos cobertos por ramos? Ou aí mesmo, na fria e úmida terra?

Não encontrou, porém, respostas às dúvidas, mas vira um evento no mínimo curioso: a pedra tomada como assento se move brusca e desesperadamente, forçando-a ao sobressalto. Dos vincos nota patinhas surgidas por saliências, sendo que à mais larga a cabeça duma criatura acomete para reaver os ares selvagens. Acúleos cobrem a dianteira, ziguezagueando pela couraça pétrea servida de extensão aos ocelos rubros. Tão logo Sophia fizera das suas para apalpá-la, então, agitou sua carapaça até desembestar em sombras.

Vagueou pela escuridão nesse entretempo, palmilhando gravetos aos cantos esparramados — os quais de quando em vez lhe arrancam quenturas do sangue. Vai-se para onde se avoluma a floresta, então, porque lá unidas as árvores por folhas e raízes servidas como túnel.

Dera o primeiro dos passos a sabe-se-lá-onde, e não fossem por frestas ao dossel, nadinha enxergaria das próprias palmas se acaso as rumasse à face. Conforme avança pelo corredor, tornam-se nodosos os galhos, no que impedem sua travessia às clareiras.

Pontos claros surgem aos olhos já aturdidos de tanto mirar a treva. Com força e teima tais, que acreditou serem vaga-lumes — mas tão logo se achegaram, nota fadinhas voltearem seu corpo para espiá-la em jeitos de luz.

Bailam nuas de um lado a outro; e tanto as comas quanto os olhos esplandecem este fulgor dourado crescido das asas ao dorso desfolhado. Sophia ameaça espantá-las com uma mão, mas sobresteve por ouvir murmúrios que ressoam até mesmo nos seus recônditos:

— Não vá por aí! — Disse-lha alguém dentre as fadas. — É perigoso! — Falou outra. — Volte! — Aconselhou uma terceira.

Antes de espantá-las, porém, nota-as em idos já velozes às trevas da floresta. Direção oposta à qual desembesta, como se temessem o que há ao fim do caminho.

E mesmo cansada, prosseguira com a marcha, até que, por instantes, sentiu fremir o solo. "Tola impressão, talvez", ecoou-se; apesar de atravancar os passos ao constatar confirmadas suas suspeitas.

Parou de assalto ao sentir as vibrações tamborilantes da terra e um som peculiar às costas, detendo-se para espiar dos ombros o que seja. Vê então quando uma centopeia imensa surge esfaimada, solicitando-a à carreira desvairada pelas trilhas (e tanto quanto lhe permitem as pernas já por demais cansadas).

Tropeçou, porém, ao topar com uma raiz logo adiante, e impetuosamente vai a pique. Tateia às pressas o dorso da terra para buscar as forças que lhe ergam novamente, embora tarde, porque já alcançada.

Algo avança então à cabeça da criaturinha (na falta de um termo apropriado), e tão logo Sophia dera por si, viu-a agonizar até prostrar-se às carícias do solo; debruçada enfim sobre um líquido viscoso e arroxeado, o qual sublimou duma saliência feita pelas cúspides de adagas.

Avista por detrás dos arbustos próximos a figura de Henrique, que, ferido das solas à face, estende as mãos para erguê-la.

— Você está bem?

— Pode-se dizer que sim — diz sem muita certeza. — Como chegou aqui, afinal?

— Longa história — esquiva-se como bem pode. — Você o encontrou?

— Ainda não, mas faz pouco que surgi. Quando nos separamos, acabei num lugar...

Nesse entretempo, porém, tolhera a fala para um suspiro danado, porque sentiu ao âmago as tantas dores disfarçadas de lembranças.

— Esqueça — ela murmura. — Também é esta uma longa história.

Dera-lhe os ombros, afinal, importando-se muito pouco com seu paradeiro nos últimos dias. Caminhou então à direção onde a criatura estertorava para retirar da moleira as lâminas que há pouco lhe arremessara.

— Onde está a sua?

— Não faço ideia — responde ao tatear a cintura. — Provavelmente a perdi em algum trecho do caminho até aqui.

— Tome, pegue esta — pede ao arremessar uma delas, enquanto embainha a outra no talim atado à túnica. — Melhor partirmos logo, pois há alguém que desejamos ver.

Atravessam o túnel nesse entrementes, até que, a poucos passos para além, veem-se diante de um trecho onde a selva parece menos densa, embora haja apenas duas maneiras de avançar (porque aí os vãos dos galhos e raízes formam passagens custosas).

— E agora? — Quis saber Sophia, mantendo-lhe fitos os olhos. — Em qual deles?

— Seguiremos o da direita — arriscou-se sem firmeza ou perícia alguma.

— Por que não o da esquerda? — Questionou. — Parece-me menos escuro e malcheiroso.

Mas rumam afinal pelo da direita, atravessando-o até o ponto em que a brenha dá num paredão de galhos — os quais desirmanam caminhos de onde alargadas as gretas no dossel. Henrique mete lâminas à frente nesse entanto, golpeando barreiras para compor passagem por entre muitos azevéns.

— Tome cuidado — diz ao vê-la parar de assalto perante os entrelaços complicados de uma teia viscosa. — Quanto mais caminhamos, mais odeio isto aqui.

Ajuda-o a cortar os ramos; e enojada por notar as feridas trazidas de sabe-se-lá-qual-lugar. Não perguntou nadinha, aliás, pondo-se em silêncio à dianteira — lá para onde arranca já com ímpeto as folhagens e raízes metidas pela clareira.

Ouviram um rumor às costas (que os fez até aguardar em sobressaltos), mas é Akira quem irrompe por entre o labirinto de ramos, encarando-os com temor. Tão logo baixaram cúspides ao vê-lo, sorriram — algo então desmanchado quando lhe espiam os viços.

— Depressa! — Ele trata de esgoelar. — Corram!

Eis que avistam o sem-número de galhos surgidos ao encalço, serpeando cada qual para compor muralhas. Repartiram caminhos em segmentos espaçados, ameaçando-os com a violência das suas ricocheteadas. Por isso, uma vez mais, separaram-se os três.

Sophia vira os ramos, afinal, cercarem-na de uma beira à outra, e quando puxa com força um montante dos galhos para em vão quebrá-los, constata que mesmo a adaga há pouco dada por Henrique de nada servirá à sua rigidez. Também não pôde escalá-los, aliás, porque encobrem o dossel.

Deixa-se pelo medo dominar; e nesse ínterim os galhos de um dos lados no labirinto serpeia até que uma passagem seja logo desenhada por entre os hiatos. Sequer pôs jeito nos pensamentos — ao menos não com mesmo esmero dado às solas já em carreira. Bastou então mirar as costas, de umbrais enfim cruzados, para notá-la sumir num ímpeto antes de outra lhe ser aberta adiante.

Porque estranhamente, indica-lhe as sendas o mato, como se orientasse cada uma das suas ações; e mesmo que manipulada, contudo, ela acede, pois nunca é sabido quando outras mais abrir-se-ão. "Melhor segui-las a ter de aguardar", disse-se.

Cruzando o outro lado, porém, desequilibrou-se antes de despenhar num barranco, faltando-lhe tempo ou jeito para se prender em algo (ainda que a ideias vãs). Por instantes desliza encosta abaixo, com pedregulhos sorvendo bolhões rubros dos cortes de onde sublimam já sem muita tepidez.

Caíra então às profunduras dum lago escuro que dá ao fim do barranco, cujas águas lhe enregelam cada bocado. Em segundos — nos quais pouca coisa enxergou —, sobrenada à superfície, mas somente quando se virara, notou uma miríade daqueles galhos aprisioná-la, arrancando-lhe quaisquer possibilidades de deixá-lo.

Nadara à margem oposta para se atar aos galhos que em nós benfeitos compõem estorvos, e clamou pelos nomes dos demais, tendo por resposta, porém, silêncios cúmplices.

Fantasiou seu paradeiro — se reclusos como ela, porém, não soubera responder. E ainda ofegante pela queda, constatou nesse entanto que o lugar lhe toma o ar, embora agitações num ponto desse lago tenham solicitado com mais força sua atenção.

Ondulam-se as águas para levá-la ao fundo numa torrente que de pouquinho ganhou força. Fê-la tatear as paredes, prendendo-se logo a um vão qualquer no ventre da desgraça.

138 Livro II Dos primeiros ventos da tempestade

Sente a água penetrar os sigilos de si, rodopiando para chocá-la contra a parede do fundo, abrindo-lhe entrementes uma chaga no braço — escarlate, malcheirosa. Fez-se ouvido o seu grito, embora tão logo calado ao receber à goela os beijos úmidos.

O frio assola, sentindo-se já incapaz de segurar o pouco do ar conquistado. Guia mãos em desespero ao pescoço; às debatidas no útero do remoinho que muito fez para tragá-la mais.

Algo se enrosca perna acima para trazê-la aos puxões à superfície, notando que um dos tantos galhos o fizera — e quando enleada num destes, vê cada raminho tomar jeito até expulsá-la do lago. Ainda suspensa, aliás, percebe quando outra passagem é aberta, pouco antes de ser então arrojada para além daí, debruçando-se contra a terra do outro lado.

Gotejando sobre folhagens servidas de manto para o solo, Sophia grita ao fitar o próprio braço, pois os cortes se estendem em filetes do cotovelo à mão barrenta. Pousa o olhar àquelas paredes — sem saber, por qual razão, regressaram-na. Soergue-se nesse ido e avança, apoiando o membro com a palma oposta para estancar o sangramento. Recusa-se a ser outro sussurro no colo desta escuridão.

***

Akira vaga em meio ao labirinto da floresta, o qual segue até sumir às vistas. Mede passos e logo vê quando lhe são bloqueadas as sendas pela mesma barreira de galhos que há pouco os separou.

Esmurrou-a com impaciência, até comprovar que jamais travessá-la-ia. Por certo a solução é regressar de onde viera, pois seja ou não insensatez, concluiu: assim como uma passagem some, outra possivelmente abrir-se-á adiante. Mas se enganou; o caminho de retorno fora também interrompido pela muralha, aprisionando-o neste corredor.

Parara por instantes, sentando-se então à terra macia. Coisas tantas em peleja às ideias, sim, porque se acaso permanecer, soçobrará aos poucos. "Maldição", sussurrou-se.

Guia os olhos ao dossel como se à busca de uma saída, embora nada encontre. Por isso esbravejara antes de pontapear a terra até sulcá-la num ímpeto; apanhado no desespero, coitado. Caminha então a uma das extremidades para esmurrá-la, importando-se em grau nenhum com a loucura.

De uns socos lhe vêm pequenos cortes com filetes mornos à pele. Sente algo em idos por entre a parede, distinguindo um dos galhos se desprender para atingi-lo às alturas do peito — coisa que, aliás, fê-lo enfim recostar-se ao solo.

Chicoteou-o à dorsal, mas se erguera logo para tentar em vão conter outro galho que o atinge pela dianteira. Fê-lo novamente tombar, óbvio, vendo muitos mais valsarem com seus idos de clausura ao mato.

Parecem aporreados por há pouco receberem seus golpes. Conforme se desgarram da parede, aliás, outros encobrem os vãos deixados, até forçá-lo a abandonar qualquer esperança de atravessá-la. Põe-se firme, e fora tal que, atemorizado — embora não o bastante para recuar —, viu-os tomar beira em movimentos sinuosos, demorados.

Rumam-lhe ao encalço, circundando-o para remover a adaga trazida.

Esquivara-se e parou próximo a um canto onde não o alcançam, mas bastou recostar contra os ramos para sentir algo lhe privar os movimentos. Apercebeu-se que outros galhos irrompem do paredão até envolvê-lo num abraço sufocante.

Um deles lhe atinge à altura da espádua; e assim tropeça. Caído nesse entanto, pois, vê quando outros em riste descem velozes.

Desvencilha-se dos ataques conforme cruza e recruza o corredor, resistindo repetidas vezes, até que, sem mais, aprisionam-no enfim. Recuam para arremessá-lo adiante, enquanto outros lhe atingem à espinha, vendo-se assim entregue ao próximo.

Debruçara-se ao solo para abocanhar a terra coalescida à vermelhidão sublimada pelos hiatos dos dentes. Viu-os deslizar outra vez, rememorando às pressas o treinamento no vão da montanha. Por isso caminhou sereno neste corredor — imitando-lhe os galhos, claro —, mas quando sobresteve, sente-se enfim desligado do espaço circundante.

Também cessaram os movimentos; desnorteados quanto à presciência das coisas. Mas ainda resta lhes direcionar as ações, o que não será fácil, porque quando da luta contra Agnus, limitou-se a ludibriar sua lança e acertá-lo com um golpe fraquinho.

Suspira enquanto destrói coisas dentro e ao redor de si, unindo-se à própria mente até transmutá-la num clarão cuja intensidade não se apaga; nem foge àquela boniteza furiosa que lhe dera vida.

Os galhos à espreita recuam; e a flâmula no âmago de Akira atinge o limite crítico. Ao passo que se lhe despencam, contudo, param por senti-lo nessa forma singular (feita pra ser presença ausente).

140 Livro II Dos primeiros ventos da tempestade

Enfim manipulados, recuam em ricochete; enroscados uns nos outros e obedecendo às ordens de retroceder com serpes mansas para formar aberturas. Quando abrira os olhos, portanto, notou que tombam todos numa reverência à sua figura.

A floresta permite a passagem, porque os galhos lhe têm agora respeito com distâncias recatadas — temem-no, sim; porém não sem razão. Afastam-se para outras tantas aberturas surgirem às sendas, cruzando-as então à busca pelos demais.

Foi-se às entranhas, e nesse ínterim uns tantos uivos segredam ecos para além de onde suportam os seus sentidos.

***

Não longe, Henrique peleja contra o galho que lhe prende a cintura; e liberto somente quando das suas debatidas. Uma passagem surge aos ramos imbricados antes de atravessá-la, e do outro lado vê caminhos se abrirem em sulcos desregrados — os quais dão às fímbrias dum penhasco.

— Ao menos há saídas — lamentou-se.

Tomara assento numa das tantas pedras próximas, e permaneceu quieto por algum tempo, tracejando à mente um mapa do terreno. Constatou que, desde a aparição de Akira, andou em desajeitos — como se, com muito esmero, empenhasse-se o mato para lhe anuviar os sentidos.

Deu-se a pensar em nada, desejando sossego após tamanhas desventuras; e divisa esta árvore retorcida num ido rebelde, a qual por quase não beira o solo. Fez força pra resistir, sim, mas pouco suportou, escapulindo-lhe risadas ao recordá-la — porque cônscio de que às cegas foram suas investidas mata adentro.

Ouvira restolhos de sabe-se-lá-qual-canto, afinal, e clamou para que fossem Akira ou Sophia. Mas por terra as suas apostas, pois em meio aos ramos acomete uma mulher.

Descrera das vistas, porque sem fé frente às lembranças, e porque à frente jaz a figura de Lara, encarando-o com fulgores tristes. Pálida que só; e encharcada por inteiro.

Aproximou-se até sobrestar diante de si, e antes das primeiras palavras, abraça-o com um aperto cálido. Tanto, que o faz matutar: ilusão alguma distorceria desta forma os parâmetros da realidade!

Deita-lhe as mãos ao tronco, e aí finca fundo suas unhas pútridas, forçando-o a recuar como bem pudera. Nota bolhões de sangue agora em sublimadas vorazes, pois por quase não lhe transpassa o coração.

Seja quem for, não há de ser a mulher que, no passado, deixou-o à própria culpa. Entrelaçam-se os galhos, então — e inebriados pela valsa da natureza —, formando novas paredes para aprisioná-los.

Lara avança com seu sangue ainda às beiras dos dedos. Esquivou-se ligeiro, o danado, vendo-a numa segunda investida, quando então lhe empurra sem brutezas para o solo (de onde, aliás, contorce-se em espasmos conforme ao avesso lacera a própria pele).

Finda a transformação, vê-se frente à própria imagem noutro corpo além do seu, pois no que lhe assumira trejeitos e feições, golpeou-o por mais bocados antes de outra modificação reconfigurar seus contornos.

Ouviram-se novamente estalos, até surgir Tália, que, alteando mãos, fez crescer as unhas para fincá-las à sua carne. Deixou-se ferir sem cerimônia alguma — muito do próprio sangue ainda macula o farol de Elding, ora! E por isso pouco se importa em salpicar este cadinho que lhe restara ao fim.

Tanto mais se lhe espargia conforme acolhida em sua violência. Lembrou-se então dos instantes à *Toca-do-Coqueiro*; e também da tortura de Elding, que, seguramente, ensinou-lhe a lutar pela própria vida — pois é esse, e não outro, o propósito das tais penitências.

Por motivos óbvios, jamais se extinguira a chama do farol: o fogo digladia pelo direito à existência. E ao crer ser aquele um espaço pleno em dor ou desolação, sequer parou para compreendê-lo enquanto terra de esperanças.

Recobrou a consciência ao ver-se próximo do penhasco por detrás da rocha, e sem mais raciocinar, encara Tália — ou quem lhe imita as feições —, fincando-lhe no ventre a adaga trazida. Em contrapartida, vão-se peito adentro suas garras, notando estarrecido que, desta vez, aquela diante de si é Roberta, soçobrando-o enfim à orla. Assim caíram juntos; sintonizados pela desgraça dum último adeus.

Tê-la sequer visto antes corroeu até o que em si é metade a se descobrir; e nesse entanto os fios restantes de seu sangue escorrem das beiradas do penhasco ao útero da escuridão. Fria e doce escuridão.

***

Galhos nesse entretempo tresandam em valsa atrapalhada. Sophia apoia um dos braços com a firmeza do outro para estancar o sangue ainda sublimado de cortes salientes; e erguendo olhar, vislumbra o céu — pois a umbela da floresta não mais impede sua visão.

Nota estrelas em dança ao redor dos luares do Tenkhükai, cabisbaixando novamente para mirar as beiras da floresta, a qual lhe parece modificada; e menos funesta, talvez.

Vê quando as árvores recolhem galhos para desengendrar o labirinto, restando sussurros que se intrometem nos sons de passos com restolhos próximos.

— Espere! — Pediu esta voz ao vê-la já de adaga em punho. — Sou eu.

Sophia, porém, permanecera imóvel. Permitiu-se mais às esquadrinhadas.

— Akira!

— Você está bem? — Apressa-se em perguntar; e os olhos lhe procuram chagas mais severas que as já visíveis.

— Quase isso; um pouco machucada, apenas.

— Onde está Henrique?

— Não faço ideia, porque também nos separamos quando surgiu. Mas afinal, que eram aquelas... — o medo, porém, fê-la sobrestar para uma pausa desajeitada — coisas?

— Provavelmente a floresta tentando nos matar.

— Algum sinal de Arious?

— Longe disso — ele murmura, ao passo que se embaralha o olhar com fulgores de cansaço já bem definidos. — Melhor sorte que eu?

— Seria mais fácil encontrar a morte — confessa ao pôr às claras alguns fardos aos quais já não lhe há forças para carregar.

— Venha — arrisca-se no pedido. — Melhor procurarmos por quem ficou para trás.

E assim consentiu, embora lhes seja mais sensato prosseguir com a busca por Arious.

Veem-se à brenha escura, de onde clarões enluarados se atrevem para além dos regalos de terra desse lugar; com o mato em danças às passagens da História.

Os olhos de Akira teimam sobre pedrinhas que agora marcham por entre muitas raízes, bastando então para detê-lo.

— Mas o que...

— Deixe-as — interrompeu-o. — Não queira cruzar seu caminho.

— O que são?

— Criaturas antigas; alimentam-se aqui de sangue e de memórias.

— Como sabe?

— De onde acha que viera isto? — Pergunta ao exibir o ferimento cujo sangue sublimado ainda serpeia membro abaixo. E conforme desembestara, segurou-se para conter as gargalhadas, pois há muito não chacoteia alguém. Sente cócegas gostosas, as quais, sabe-se lá por qual motivo, dão-lhe rumo outra vez.

Não demorou para alcançarem um descampado evitado por árvores próximas (como se prescientes de alguma desgraça). E aí, aliás, tantas trilhas seguem em forqueaduras sem nexo, porque a mata os força às próximas escolhas.

— Aonde vamos?

— Vejamos: — principiou Sophia — quando há pouco opinei, Henrique escolhera um caminho contrário, e os eventos nos direcionaram até aqui. Prefiro calar-me desta vez, pois ao menos assim não terei o prazer de lhes dizer que estava certa.

— Acaso não tem sido assim desde então? — Provocou, recebendo em troca a doçura dum sorriso de há tempos sepultado. — Se isto lhe desapoquenta, melhor dizê-lo logo, creio haver uma solução possível ao problema.

Emprestam-se os olhos ao escuro, pois à mente intenta um novo estágio da *Enublação*. Orienta o mato para que retroceda com seu labirinto, arrancando-lhe dos segredos até mesmo respostas a respeito de Henrique.

Sem nada mais a ver ou ouvir, abstrai-se de si para, somente então, vindicar à floresta o caminho que logo lhe surge dos nós inconscientes. Guia-o às fímbrias de um penhasco não longe, no qual avista dois corpos deitados em charco sangrento.

— Vamos, Sophia! — Adiantou-se, rumando aos trambolhões para o lado oposto desse descampado. E mesmo a contragosto, teve de segui-lo, deixando pendentes as perguntas que fará noutra ocasião.

Saltam adiante uma vala, e veem, debruçado às beiras do penhasco, Henrique arfar num vaivém custoso. Correm para lhe virar o corpo, notando então seus vincos fundos — pois por triz (à sorte a justa recompensa!), as garras daquela coisa próxima não transpassam o peito já surrado.

Enquanto Akira o bofeteia à face, abaixa-se Sophia para examinar a criatura cujo sangue escorre do ventre ao solo. Nota sua pele em jeitos cada vez mais rijos; e guelras que se entreabrem pouco acima de uma reentrância servida como boca.

Henrique recobra a consciência nesse ínterim — desperta por tantos tapas doídos —, pois quando enfim desnoitados os olhos, percebe-se cuidadosa e paulatinamente erguido. Com a força dos próprios pés, portanto, mira o que jaz à maciez do solo, cuspindo em seguida àquele trecho.

— Já tive piores — sussurra, e transparecendo em sílabas as amarguras guardadas. — Mas na próxima vez — remenda ao dirigir-se a Sophia —, lembre-me de seguir seu palpite.

Abatidos, riram aos ventos do mato, sentando cada qual sobre as pedras para saudar a miséria. Encontram-se quando mais perdidos, afinal, e enquanto o curso dos eventos os faz crer não haver estradas de regresso, põem a fé no aflorar desta amizade surgida da desolação.

— Ouçam: — retomou (e reavendo cada sentido desviado) — elaboremos os planos, porque em algumas horas estaremos possivelmente mortos ou no conchego dos nossos lares — fê-los lembrar. — Chegamos até aqui desafiando lógicas e derramando o sangue a faltar, mas nesta noite encontraremos Arious, ainda que, para tanto, apenas um de nós o faça.

— Tem razão — Akira concordou —, mas a floresta há pouco nos impediu, e não sabemos o que tentará desta vez. Sem contar as incertezas sobre qual direção seguir, porque tudo aqui desorienta os sentidos.

— Repassemos isso desde o início — adiantou-se Sophia, apanhando então um graveto com o qual trata de betar em sulcos a terra sob os pés. — Estamos agora neste ponto — diz ao apontar para um círculo que às pressas desenhou —, e viemos por ali — outro remendo para outra direção. — Se meus sentidos não teimam, demos voltas durante todo esse tempo.

Assentiram porque, a bem dizer, comprovaram há pouco os seus apontamentos.

— Com exceção daqueles três caminhos — continua ao lhes indicar os rumos do território à direita —, há apenas um que ainda não trilhamos.

Às pressas — com um jeito besta que só —, entreolham-se; tão logo mirado o ponto desenhado abaixo e pouco adiante.

— Essa é realmente a única saída? — Quis saber Henrique, apontando então para um abismo que os separa da orla oposta. — Como atravessaremos por aqui?

— Talvez haja uma maneira — atalha Akira; mas sem muito transparecer o sorriso. — Permitam-me tentá-la.

Cerrara os olhos, e uma vez mais se concentrou para que a floresta lhe obedecesse às ordens. Súbito — surgidos de onde estala o mato —, galhos irrompem das copas em contorções sinuosas. Assusta-os, evidentemente, porque temerosos por outro ataque.

Em vez de salteá-los, porém, ondulam-se até formarem uma passarela entre cada lado da floresta. Compreenderam ser Akira quem os orienta quanto aos comandos; constatação que lhes viera, por sinal, não mais improvável ou menos absurda à mente.

— Como fez isso? — Sophia aplacou silêncios, os quais, em dança presunçosa, dão no olhar. — É a segunda vez que o vejo agir desta forma; pondo ordens à floresta. Além do mais — intercalou —, por que diabos sua aparência mudou tanto em tão pouco tempo?

— Quando nos separamos — ele põe retalhos à narrativa —, conheci um Guardião, o qual, em dobra (ou dimensão paralela a esta, tanto faz), ensinou-me isto que agora posso fazer. Mas essa é história para outra ocasião; e uma mais segura, talvez.

Sugeriu então que partissem, metendo-se a escalar o emaranhado de galhos às abas da passarela formada. Seguiram-no desconfiados, é óbvio, e assim chegaram ao trecho oposto.

Lá, como não deixaria de ser, pareceu-lhes perigoso o cenário; volteado por árvores que ao solo se emborcam. E conforme vão os pés, dão num descampado pouco adiante, no qual, com raízes há muito fincadas, contemplam a mais anosa dentre todas.

Seus galhos e haste são tortuosos; acinzentados por receberem os banhos de luz das luas. Pendem-lhe frutos áureos, teimando contra forças que de quando em vez os metem a pique. Bem quiseram tocá-la às pencas para provar dos néctares, embora um estranho evento lhes tenha atravancado as atitudes.

Ventos vergastam de muitas beiras o mato, ululando eras trazidas. Seus corpos são então arrastados a sabe-se-lá-onde, até que os faz cavoucar a terra afofada à busca por arrimo.

Correntes são de súbito interrompidas; e revelam este vulto surgido detrás da árvore antiga. Caminha em direção aos três, afinal — envolto por aura enverdecida, a qual clareia hiatos fundos à floresta.

— Admiro-os por terem chegado até aqui — disse-lhes um homem surgido do escuro quieto. — Não esperava tanto — absteve-se então em sua pausa longa e penosa —, porque nunca valorizei para além da conta o seu pretenso poder.

— Você é Arious?

— Suas inferências são projeções dos quereres mais íntimos e absurdos — respondeu à pergunta de Akira.

— Ele é um Guardião — diz Sophia; e com um timbre que muito lhe teimara.

— Estou aquém das abstrações, e além de quaisquer ideias — apressou-se em corrigi-la. — Tomaram-me um dia como *Guardião renegado*, sim, mas para ser-lhes franco, dirijam-se a mim segundo suas próprias percepções, pois há tempos não há nisto importância alguma.

— Neste caso — atalha Henrique, cujos olhos se deitam com força aos dele —, devo então presumir que está aqui para nos impedir?

— Eis um pensamento reducionista, pois nada quero contigo ou com Lúcifer — revela para espanto dos três. — Permitirei até que partam, embora não antes de testar seu potencial, escolhidos — prestou-se assim à última costura. — Fazem ideia do quanto aguardei por este instante?

Entreolham-se, e logo observam quem, para os primeiros vieses, parecera-lhes o mais estranho dos Guardiões visto até então; porque é bem jovem. Seus cabelos acastanhados lhe descem revoltosos como ventos aos ombros, tendo no olhar um fulgor verdejante. Traja-se com uma sobrecapa empoeirada, e por debaixo há esta clâmide feita às pressas dum pedaço de trapo qualquer; caída sobre os pés descalços.

Notam à cintura a espada de botão e guardas douradas presa ao couro de um talabarte que no trecho às costas abriga outra — coruscando, diferentemente, em tons argênteos.

Flutuam-lhe então às palmas as espadas; e por pouco até não lhes tira a vida ao descê-las num ímpeto que rasga vazios — salvos talvez pelo susto, o qual os pusera apressadamente em esquivas. Quando Akira espia o espaço próximo, nota a brenha com uma trilha erma formada.

— Suas tentativas de *Enublação* são inúteis — disse-lhe à mente; e já defronte, por sinal. — Mesmo Agnus não o faria em minha presença.

Quando a lâmina lhe alcança as beiras do peito, então, sente o sangue em serpes já ligeiras. À consciência um incômodo, aliás, o qual ainda não mostra para quantas viera:

— Quem é esse homem, afinal?

A passos de Sophia, desliza-lhe as cúspides ao braço ferido, arrancando tantos gritos dissipados pelos ventos. — Pobre criança — diz-lhe no pé do ouvido. — Cada chaga neste teu espírito fora escondida até mesmo para si; e por isso ninguém as vê.

Fê-la ajoelhar-se, então, indo em seguida ao encalço de Henrique — que faz das suas para detê-lo, ainda que lhe seja muito às vontades.

— Acaso crê ser mais veloz que os ventos? — Sussurrou antes de cruzar-lhe ao pescoço as espadas gêmeas. — Enxergo através da tua mente e muito além. Aliás, permita-me um segredo: — ele propõe — sua filha está morta.

Vê-se preso numa ventania parida em mero assopro; recostado aos sabores da terra batida. E assim, desamparados os três, entendem que o sangue posto no caminho servira apenas para padecerem perante este homem.

— Isso é tudo? — Troveja-lhes. — Tanto alarde por isso? Como ousaram chamá-los de escolhidos? Sua prepotência só não supera esta fraqueza mal disfarçada!

Viram-no erguer as espadas antes de então juntá-las com um clarão que por bem pouco não os cega. Empunha agora uma terceira; surgida das gêmeas — cujo cabo é escuro, e às guardas se entrelaçam metais segmentados (imbricados do bojo ao vértice).

— Que tenha ao menos preço a minha decepção — ele diz. — *Lâmina do Vento*!

Quando baixa a espada nesse entretanto, uma luz dourada lhe doma o golpe para correr com calidez jeitosa às costas das histórias do mato, aquietando a última teima de muitos sussurros.

CAPÍTULO VI

O encontro com Arious

Branda a luz que dourou as rebarbas do mato, cala-se até o vento perante quem, agora à frente dos escolhidos, de súbito surgira.

— Você? — Murmurou o Guardião, vendo-o próximo e com um sorriso besta de quem deita orgulho nos vicejos do olhar tristonho.

— Como ousa intrometer-se por estas bandas, Këion?

Encara-o, afinal, sendo então correspondido por este estranho homem: os cabelos já embranquecidos lhe arriam em cachinhos à altura das orelhas, confundidos com a barba sobre a tez rugosa. As calças descem aos tornozelos encobertos pelas botas marrom-carameladas, e o mandrião não é mais roto ou menos puído.

No que detivera o golpe, a propósito, espiou-os dos ombros cansados. Escapole-lhe um risinho caprichoso, mas logo regressa os olhos à figura de Këion.

— Empenha-se em protegê-los? — Questionou-lhe o Guardião. — Elohim quis um dia salvar a existência, mas por acolher desgraças como vocês, condenou-a miseravelmente! — Remenda com brados, tresandando para fitá-los ainda mais enfurecido. — Mesmo que Lúcifer não regresse, estarão fadados ao fracasso.

— Do que me importa teu parecer, se este não emerge como verdade sensível às coisas?

Tão logo se aprumara, fincou ao solo a espada áurea que trouxera, e por riba do cabo tratou de descansar o corpo — como um fardo teimando contra tantas histórias corridas.

— Seres como você jamais compreenderão as essências — permite-se à costura —, e por isso o que disser pouco surtirá nestes tímpanos cansados.

Viram-no altear a lâmina para uma vez mais trazer à luz as suas espadas gêmeas. Guia sem pressa uma às costas; e reinsere a outra ao talim da cintura, encarando-os com certo desamor.

— Não compreendo uns tantos conceitos, verdade — ele diz. — Medo, ódio, dor, angústia, solidão — deu-se aos retalhos. — Que sentido há em tudo se morrerão um dia? Restarão apenas cinzas de si e sobre si, isto é seguro. Como conseguem amargar uma existência tão miserável?

— Bom... — sussurra-lhe o homem. — Insisto nas palavras há pouco deixadas aos afagos dos ventos: pouco me importa teu parecer.

No que alteia as mãos, Këion faz sumir o ar à volta; e de suas correntes sequer resta os cânticos mais quietos. Sophia, Akira, Henrique e esse estranho homem pressionam suas goelas, porque ataganhados pelo Guardião.

— Que há de errado? — Apressou-se com a pergunta inoportuna e sem graça. — Vejam como manipulo suas vidas, afinal, porque são apenas fantoches às palmas de um deus!

— Basta! — O homem vociferou (com desespero e agonia explícitas). Arroxearam-se as faces, mas fora quando Këion tratou enfim de baixar a mão para que os ventos regressassem às entranhas do mato.

— Desisto — disse-lhes de uma vez. — Não importa o quanto faça para convencê-los, pois jamais compreenderão. Se tanto anseiam o sofrimento, que assim seja — costura ao pôr-se de costas. — Seja como for, muito dos cursos já nem é real.

Quanto mais lhe ouvem a voz, aliás, tanto mais o temor cresce ao íntimo.

— Pouco farei da tempestade — assegurou (com pressa, aliás, pois sua presença aí perde o propósito) —, e assistirei do alto de meu santuário aos tomos finais desta história, já que serão vocês, não Lúcifer, os responsáveis pelas últimas notas à sinfonia.

Deixa-os enfim, desmanchando-se tão logo à penumbra do mato; e tomado por carícias de ventos que embirram contra as forças da existência.

— Espero que estejam bem — fala-lhes o homem. — Peço desculpas pelos percalços da floresta, aliás — remenda com risinhos. — Está agitada nestes últimos dias, não sabem?

Algo curioso lhe acompanha a voz; ao menos às primeiras sensibilidades. Tristeza em teimas de acordes por demais sustenidos.

— Como tudo o mais neste mundo...

— Arious? — Sophia é então mais destra e ligeira no trato do encontro.

— Engraçado — ele murmura, e sem ao menos fitá-la. — Há tempos não ouço esse nome.

— Finalmente o encontramos — desabafa Akira, mirando-o com interesse descabido. — Acaso faz ideia do que nos ocorreu até aqui?

— A julgar por seus ferimentos, sou capaz de imaginar.

— Este é o ponto em que tudo termina? — Adiantou-se Henrique (e súbito, como se pouco fizesse do diálogo então transcorrido).

— Não exatamente, porque nos vemos agora onde muitas coisas se iniciam.

Trocam olhares cúmplices, e eis que, atônitos, dão-se imersos às desilusões de há muito alimentadas. Deitam vistas em cada canto dessas sombras, enquanto Arious descrava do solo sua espada para apanhá-la com força à empunhadura.

— Sigam-me — ele pede; e descortês que só, o danado. — Temos de conversar, mas não aqui.

Deram os três uma espiada às beiras próximas antes de aceitarem a proposta, porque em virtude das inúmeras e indesejáveis desventuras, suas respostas serão alento. Viram-no já, aliás, à dianteira para avançar escuridão afora.

Conforme acometem, galhos e raízes bailam como se por respeito à passagem de Arious — que aliás coxeia com uma das pernas. Reparam que, em seu ido pachorrento, apoia o corpo contra o cabo da espada para sulcar a terrinha macia e malcheirosa.

Com a mão desocupada tateia a escuridão para amover algumas folhas intrometidas à senda, e tão logo os vê dos ombros, diz-lhes enfim:

— Por aqui.

Dão com solas sem contestá-lo, porque lhe há algo que os tranquiliza e apruma a rebeldia de seus espíritos.

Cruzaram outro corredor com árvores quase ao solo curvadas em reverências — tendo nos galhos crisálidas de seixos viscosos; meio arroxeadas, enegrecidas. Viram-nas balangar nesse ido, embora não permanecessem para confrontar o que já por triz irrompia dali.

À mente de Sophia são repassados os últimos eventos para compor tecidos coerentes ao entendimento das coisas ainda não desveladas. E nesse entretanto, Akira esvazia as ideias até unir-se às daquele que segue adiante.

Tão logo se dera ao esforço, porém, foi frustrado, porque Arious conhece os engenhos da *Enublação*. "Manipulara toda uma floresta, mas agora é inútil diante de um único homem", ecoou esta voz à consciência. Enxerga-lhe algo familiar, a propósito, sendo mesmo o timbre — antes nunca ouvido —, um vibrato de lembranças boas.

Arious passeia olhares, sem muito transparecer sua desconfiança; e talvez por temer que, das sombras, tantos mais perigos os espreitem. Veem-se agora num trecho onde a mata se permite ao escuro; mas de pouquinho desconjuntado pelo clarão dos luares e das estrelas em valsa às frestas dos pálios.

Sophia sente lhe pairar com força o desejo de bailar junto aos astros; e envolta por abraços de braços cálidos cintilantes. Mas em vez, defronta a realidade — porque prefere provar do seu amargor a ver-se imersa noutros sonhos.

— Chegamos — diz Arious, no que lhes interrompe a marcha com a brusquidão da voz roufenha. — Entrem em silêncio os três — presta-se ao remendo, e endireitando o olhar para uma última espiada esparramada sobre muitos cantos.

Precisam de instantes para obedecê-lo, naturalmente, porque adiante escrutinam a cabana pelo tempo castigada. Desgastam-se suas paredes e janelas devido às serpes idas das faldas à cumeeira composta por pedrinhas. Aos vãos despontam pedaços bem cortados de parga seca, os quais em veios partem da chaminé com nébulas tênues cuspidas ao sereno.

Espiam a horta à entrada — que, cercada por piquetas baixas, mostra-lhes leguminosas em saltinhos quando de sua passagem. Pouco fazem da esquisitice, porém (talvez porque já habituados), e assim se apressam ao rebato.

Lá dentro, correm olhos em ziguezagues acanhados, distinguindo aos poucos o cenário precário e humilde: há pergaminhos às prateleiras empoeiradas contra os idos do tempo; ao centro se ergue uma poltrona sobre dois carpetes com remendos de dar dó. Sophia nota à mesinha escorada num dos cantos este mapa amarfanhado cuja superfície é banhada pelo lume mirrado dum lampião.

Instrumentos de orientação há séculos em desuso no seu mundo são também vistos aí, solicitando-lhe o olhar para uma bússola já azinhavrada. A agulha, por sinal, oscila depressa entre os polos, e lhe parece não ter ciência do que indicar.

O mapa mostra os contornos da Terra, embora divida espaço com outras regiões cujos detalhes cartografados escapam às suas experiências. Vê traços em derredor de países, setas sobre oceanos e anotações grafadas numa língua estranha aos olhos por demais habituados à pretensa normalidade das coisas. Qual então não lhe fora a surpresa ao distinguir algumas ilustrações idênticas àquelas que fizera quando tenra!

"Melhor nem comentar", sussurra-se.

— Sente-se — ele pediu, como se para afastá-la daí. — Logo tratarei desses ferimentos, porque neste instante, minha atenção é sua — vira-se bruscamente à direção de Henrique, que ainda sangra para além da conta, coitado.

— Se deseja começar por mim, devo então concluir que é grave o meu estado?

— Tanto quanto parece, mas reversível, porque tais feridas lhe foram dadas por um *Anthëlos* — diz sem costuras. — Corre-lhe agora pelas veias o veneno àquelas garras, embora seja incipiente para matá-lo, acredite. Em relação às queimaduras, contudo, prefiro nada saber.

Ao passo que os deixa a par, umedece com a própria saliva uma porção de ervas anis, as quais parecem há pouco colhidas se considerado seu frescor cheiroso. Usa-as para lhe tapar as cissuras, derramando então à pele o unguento de uma ânfora próxima.

— Que diabos é um *Anthëlos*? — Quis saber Sophia, sentindo-se única, afinal, quanto ao interesse pela prosa.

— Uma criatura já quase esquecida, a qual habita os imos dos lagos dessa floresta — esclareceu, pondo olhares em encontros jeitosos. — Fora há muito chamada de *Trocaessência*, e lhe é da natureza vasculhar o inconsciente para assumir a forma daqueles que mais amamos.

— Que significam aqueles desenhos e anotações? — Persistiu apenas porque abertas as brechas, estirando um dos braços à direção daquele mapa sobre a mesinha. Ansiosa, aliás, por saber bem mais do quanto lhe é da conta.

— Apenas o que já constatou, pois não são mais que cálculos e rabiscos. Este mapa é parte daquilo a que chamam de — sobresteve para uma ponderação — curiosidade humana.

— Vamos logo ao que interessa, Arious: — Henrique é ligeiro (e ríspido, talvez) no trato das palavras — como saímos deste lugar?

— Da floresta? — Pergunta com um risinho. — Amanhã, pouco antes do alvor, mas terão de esperar bem mais caso queiram deixar esta realidade.

Entreolharam-se novamente, pois fora essa a segunda vez que às claras punha o óbvio: permanecerão no Tenkhükai. E enquanto trata os ferimentos de Henrique, esguelha Akira, que por quase não sobressalta ao lhe ouvir a voz à consciência.

— Impressionante — ressoou-lhe no íntimo. — Agnus lhe ensinara a *Enublação*, mas em vez de desperdiçar truques comigo, por que não oculta este lugar? Esqueceu-se do tal Victor?

Ninguém ouviu essa conversa, é claro, porque fora uma singularidade à consciência (e apenas por ambos partilhada). Do silêncio seguido desse entretanto, afinal, teima a voz de Henrique:

— Conte-nos a respeito da profecia.

— Do que está falando? — Perguntaram em uníssono os outros dois.

— Disseram-me que nossa presença neste lugar tem a ver com eventos há muito revelados — esclareceu (à sua maneira desajeitada), conforme resgatadas as palavras de Rúfio e Feodora.

— Ah, lembro-me bem — disse-lhes; e do olhar lampejam fulgores dirigidos ao vazio de coisa alguma. — Recitava-me seus versos minha mãe, nas noites mais escuras. Eram tempos de medo e incerteza, sabem? — Endireitou-se numa cadeirinha, elaborando assim o remendo:

— Vivíamos em sombra, mesmo banhados por estranha luz; e os contornos das nossas vidas foram alterados quando dois irmãos, em algum lugar, anunciaram que uma vez chegados escolhidos ao centro de toda realidade possível, as notas de uma sinfonia (as quais nos aprumam na existência) comporiam novos refrãos.

— Era uma criança à época — ele costura, no que contempla pela janela o mato em suas tantas esparramadas —, mas as memórias me assustam desde então.

Deixam que silêncios ditem os rumos, afinal; e envoltos às espirais de muitas dúvidas sem fins ou princípios coesos.

— Há quanto tempo está aqui?

— O suficiente — respondeu à pergunta de Sophia. — Ao menos para que um homem se esqueça da própria passagem.

— E como veio a este mundo?

— Essa parte ainda é confusa — ele admite. — Sei apenas que uma luz dourada tomou meu espírito antes de ver-me pouco depois desperto nesta maldita floresta; e aqui vivo desde então.

Fitaram-se os três, porque desesperançosos e porque aturdidos.

— O restante é esquecimento. Como os cursos da existência...

Akira sente à mente uma pressão, porque Arious, da sua, não o deixa entrar de jeito maneira. Soube então que ele mentia — ou talvez forçava costuras arbitrárias; e inéditas em tanta peleja benfeita.

— Pode nos tirar daqui? — Henrique se mostrou uma vez mais ligeiro com a fala, ao passo que do timbre lhe rebentam fúrias, desesperos.

— Reparem bem neste velho à sua frente; se acaso fosse capaz de deixar o Tenkhükai, acreditam mesmo que permaneceria aqui por tanto tempo?

Enquanto cabisbaixam, aquieta-se Akira, pois da janela espia o horizonte para além do escuro selvagem. A consciência está noutro lugar, por sinal, onde de um caos distingue punhados de imagens ainda distorcidas; e mesmo incerto quanto ao que lhe revelam, sente daí algo importante emergir.

Erguera-se Henrique, caminhando então em semicírculos acanhados.

— Estamos presos neste lugar até que nos leve a morte? — Rumou com olhar deitado sobre o assoalho da cabana.

— A noção de morte é relativa — ele ressalta —, pois não sei para onde iríamos deste ponto em diante.

— Por que não descobrimos? — Propõe Sophia; e nesse entretempo arranca sorrateira e subitamente o cordão de uma das mangas para enforcar quem agora lhes tira as esperanças.

Sentiu, porém, tocarem-na aos ombros, tendo então com a figura de Akira em seu silêncio preguiçoso deitado no olhar.

— Não faça isso — adiantou-se com o pedido. — Por favor...

Afastando-se de pouquinho, portanto, notou quando Arious o espiava com orgulho.

— Acaso confia neste homem?

— Nem um pouco — respondeu à pergunta de Henrique. — E a bem dizer, ele mentiu em quase tudo o que dissera até então.

— E como sabe disso?

— Porque como eu, este rapaz é um enublador — diz-lhes de súbito, recompondo-se da peleja contra Sophia.

— Deixarei as explicações para outro momento — prometeu Akira —, porque agora — ressalta ao virar-se à direção de Arious —, responderá às minhas perguntas.

Tão logo se ajeitara à poltrona para mirar os três que ainda lhe dirigem vieses, tratou com mais cautela as palavras:

— Pois bem; que deseja saber?

— Lúcifer — fala-lhe sem volteios. — Até o ponto em que compreendi, precisará do sangue de apenas um dentre nós para libertar-se; e evidentemente, isso ele já tem.

Henrique se alembrou do duelo entre os Guardiões no farol; e ensaiou palavras, aliás, mas sobresteve para prosseguirem:

— O sangue daqueles escolhidos a sabe-se-lá-quê é o único modo de arrebentar portais entre dimensões, bastando assim uma mísera gota — Akira os deixa avisados. — Abaddon tem Victor para essa tarefa, mas suponho que, tão logo regresso, Lúcifer nos fará algo.

Fitam-no assombrados desta vez, porque desde a entrada na floresta já demonstrava um comportamento que de algum modo o faz sensível às coisas. Ecoam-se então sobre quem é, e fora quando notaram sequer conhecê-lo, afinal.

Arious coça sua barba nesse entanto; e entregue às curiosidades ao meter-lhes em seguida a gravidade da voz:

— Pouco me preocupa o regresso de Lúcifer, pois sabíamos que isso ocorreria cedo ou tarde. Na pior das hipóteses, com outro Guardião vagando por aí, duelarão entre si.

— Que então lhe tira o sono?

— Uma vez em sintonia com seu sangue, terá poder suficiente para romper o nexo da realidade — respondeu ao questionamento de Sophia. — Por isso os medos e desvairos desde que chegaram.

— Temos forças ou condições para impedi-lo? — Quis saber Henrique.

— Dependerá do instante, pois seu regresso é inevitável apenas se seguirmos os cursos já definidos às coisas — afirma-lhes. — Há chances de determos Victor, mas assim serviremos como selo para afundar o Tenkhükai. Nada garante, porém, que regressaremos ao lar.

Deitam-lhe olhares sobressaltados; e mesmo Akira, que, aparentemente, permanece com sua consciência voltada para outro lugar. Apesar de compreenderem pouco apenas do que lhes dissera, um único pensamento despontou — reificado por Sophia, aliás, porque mais ligeira na apanha das próprias palavras:

— Somente agora somos avisados? Se há possibilidades, afinal, que diabos fazemos aqui conversando em vez de seguirmos?

— É assim tão simples? — Desfez-se então o breve silêncio de Akira.
— Porque para selar uma dimensão, isto se não me falham as inferên-

cias, serviremos sem exceções. Victor nunca consentirá — assegurou mais a si desta vez —, já que seus planos são distintos dos nossos.

— Além disso, o corpo de quem Sethiel toma por empréstimo está agora para lá do alcance — fê-los rememorar. — Mesmo que nos esforcemos, restará o sangue deles dois, e isso basta ao fracasso.

Súbito, então, Arious coxeia à trancaria para apanhar a caldeira, vertendo água às lenhas. Sentou-se em seguida ao lado de Sophia, e no que tira do bolso um carretel, ata com linha a agulha tão logo exibida.

— Venha cá — pediu com jeito. — Estique o quanto puder seu braço.

Enquanto lhe sutura sem ressentimentos as feridas, a propósito, ventos esgueirados pelos vãos das janelinhas troam à disritmia de muitos vibratos. Fê-los lembrar em notas tortas (quando decifradas, naturalmente) que, uma vez ingressos nesta dimensão, rumam ao incerto para sangrar por algo não menos sabido.

— Terminamos por hoje — ele diz; tão logo tratadas as chagas de Akira.

E ressaltou: nascida a aurora, partirão ao lugar onde escondido o portal — ainda que para tanto tenham de entregar suas vidas; ou aceitar sem pelejas os nós dos próprios destinos.

***

Uma pedra em chamas cruza o céu para meter a pique as tantas criaturas de sombras acometidas por detrás das colinas.

— Preparar trabucos! — Esgoelou quem os assiste sem que as mãos percam firmeza à empunhadura de sua espada. Dos cortes lhe sublimam sangue até tingir a pele já besuntada por suor e glória amarga.

— Atirem! — Remendou aos que investem à noite. — Protejam os portões; e cubram o norte!

Obedeceram-no, saltando cadáveres aos sabores da terra; cada qual à rubridez do charco de seu próprio sangue. Às ruínas, pois, falecem memórias, e nesse ínterim sobresteve para remover o elmo a lhe pesar.

Desliza os dedos pelas madeixas revoltosas e sente ao peito o temor (somado às outras coisas ainda não sabidas nesse cantinho por demais complicado). — Arqueiros! — Trovejou em seguida à cumeeira de um outeiro, ao passo que saraivadas de setas manteiam o firmamento.

Criaturas próximas são desfeitas que nem fumo por quem às lágrimas acomete num coro de chios e gargalhadas. E onde dão com vistas, nada senão sombras sobre vazios. Mas ao longe a esperança; cujos braços se estendem em luz jeitosa nessas bandas.

— Comandante! — Chamou-lhe alguém daí pertinho, apontando-o à direção em que acometidos outros punhados. — De onde vieram, afinal? A passagem por entre as montanhas da Cidade Murada no leste já não é segura?

Toma-o então pelas vestes antes de lhe erguer o corpo trêmulo.

— É estratégia daquele Dheva, possivelmente (sobretudo por mostrar-se agora ausente a nossa senhora); mas pouco importa o ponto de partida quando somos nós seu destino — fê-lo recordar-se. — Lutaremos antes que nos leve a morte, e sucumbiremos apenas na desgraça do último instante!

Clamam entrementes os demais — com alaridos reverberados para além das dorsais de campinas. E assim rumam (de espadas em riste); atentos às costuras do seu comandante:

— Arpões! — Urrou àqueles que desembestam para onde se estende a retaguarda, conduzindo ao braço lançador os ganchos logo ajuntados às chispas pela noite.

Próximo aos pórticos do palácio, então, distingue-se a silhueta de quem em instantes os alcança para sobrestar perante o comandante. Trocam olhares, afinal, e no que lhe toca a face com jeitos acanhados, permite-se à teima das palavras:

— Jamais me impeça a luta, como se dependessem as coisas da tua aprovação, ou como se, por mim mesma, não fosse tão bem capaz de fazê-lo — disse-lhe com toda meiguice e angústia cabidas no prumo das vistas. — Além do mais, é desnecessário este combate, pois ela logo vem.

Beijam-se então como quem em clarões trata as bravezas do instante; e por tudo entregues a ternuras inconclusas. No que uma vez mais lhe prova da mornez dos lábios, afinal, pontua os dele com carinhos curtos de assinatura.

— Tenho-lhe amor pr'além da conta, Casciän — ela sussurra (com mãos embaraçadas às suas em afagos demorados) —, mas dividirá o peso dos fardos, porque há diante de ti uma semelhante em honra e bravura!

Outro beijo antes de lhe pôr o elmo com carinho e assim tomar distância para apanhar do solo uma lâmina qualquer. Ajunta-se Lívian, portanto, aos que agora compõem frente às investidas das sombras.

— Por nossos irmãos! — Apregoou um guerreiro com ponta em riste. — Por Erébia! — Chiou outro. — Pelo Tenkhükai! — Ouviu-se então da turba o brado de Lívian, que à frente já tropeia ao som dos alaridos e das espadas brandidas. — Avante, celestes!

Lâminas e lágrimas em teimas, esgueirando-se já pertinho a senhora esperança (metida que só!). Arremetem então pelas corcovas do solo, como maldições fugidas da noite.

Casciän evita o golpe apressado de uma das criaturas, mas é Lívian quem a desmancha por sobre as graminhas. Conforme assaltam à luz dos primeiros raios de um sol desbotado, notam brumas em derredor, coisa que os faz baixar as armas e sorrir como nunca nestas terras.

No cume da mais alta colina, viram-na surgir com abraços ternos de nevoeiro. Erébia caminha serena e descalça ao trazer o frescor de uma manhã agora branqueada; e erguidas as palmas para tomar do ar o seu leque imenso.

— Peço-lhes perdão pelo atraso e egoísmo — disse de um jeito que daí a ouçam todos. — Estava reclusa, antevendo eventos ainda incipientes, mas creio saber agora como tudo terá fim. Por isso não permitirei sequer outra gota de seu sangue derramada!

Chacoalhara o leque como se para si conclamasse as forças duma tormenta, pondo então a pique cada qual daquelas criaturas. Em clamores de vitória, abraçam-se homens e mulheres à volta, embora Casciän tenha se resguardado o silêncio, pois ao ter com os olhos da Guardiã, soube que ela também cairá tão logo descidas as cortinas do último ato.

***

— Vamos, levante-se!

Henrique desperta confuso; e sacudido por Arious. Deitara-se noite a fio sobre panos em fiapos, correndo agora olhares para ver Sophia e Akira já de pé, encarando-o com desafeição.

Cumprimentara-os e em seguida tomou assento frente à mesinha poeirenta para ouvir num desajeito de não ter jeito os últimos remendos:

— Tome, lave-se com isto — pediu ao lhe entregar em palmas uma bacia de fímbrias eruginosas, por onde fita logo mais à superfície da água o próprio reflexo (vendo então saradas suas feridas).

Enconcha mãos, guia à tez a mornez de um enxágue apressado e, por fim, enseca-se com pano velho. Sobresteve apenas para mirá-los, cedendo ao pigarro que lhe aprumara a voz:

— E então? — Dirige-se a qualquer um. — Para onde iremos agora? Porque não esperarei outro minuto! Tenho minhas tantas dúvidas sobre esse plano sem jeito; e isto se de fato nos há algum, já que sequer me convenceram do contrário.

— Nossa senda segue a horas de passos deste ponto — Arious é mais ligeiro com a resposta. — Mesmo não sendo assim tão custoso, o percurso tem alguns estorvos impostos pela natureza do Tenkhükai.

— Como chegaremos sem que nos vejam? — Quis saber Akira, cuja mente ainda meneia entre os eventos agora experimentados e a batalha em *Lithiûs*.

— Há um atalho que não oferece riscos, embora retarde a nossa chegada. Consideremo-lo, ao menos por hora, a única opção — deu-se à costura. — E se acaso Victor insistir para além da conta, lembrem-se de que é nosso dever matá-lo!

— Isto se antes não nos abater esta dimensão — Sophia completou, ao passo que uma vez mais deita vistas no mapa sobre a mesinha de canto, onde, qual a luz dos dias vindouros, afracam-se também as chamas do lampião.

Percebeu somente então que há próximo um retrato, o qual exibe imagens já quase esmaecidas no amarfanhado do tecido. Aproximara-se mais para ver quão antigo é, pois parece há séculos pintado a óleo e esquecimento. Põem-se aos rasgos as extremidades, embora ainda seja possível distinguir os sorrisos entrelaçados de um casal.

Lembrou-se do sonho à nevasca — quando próxima de *Glaciamar* —, pois os olhos deste homem são idênticos em fulgor aos daquele que lhe "tirara", por assim dizer, a vida.

— Este é você?

— Sim — confirmou sem demorar vistas àquele retrato —, mas fora há muitos anos; e tanto, que mesmo o tempo já não se lembra.

— E quem é ela?

— Isso pouco importa — esquiva-se. — Agora ponha isto de lado e prepare-se para partirmos.

Rumara ao rebato, sendo então seguido pelos demais. À frente a resplandecência do alvor que lhes desvela as clareiras de escarpas íngremes por montanhas erigidas para lá dos lindes da floresta, solicitando-os ao último fado. Estrada custosa, porque na essência é morte.

CAPÍTULO VII

Desenredo do que resta ao fim

Caem-lhe cinzas às palmas, e no que as esfrega sem jeito, permite-se à teima dos muitos prantos, porque memórias regressam de pouquinho aos áditos da consciência — cada qual em recapitulação de uma vida já quase esquecida pelo devagar depressa do seu tempo.

Sendas e histórias marcadas à nudez da pele são agora aviltadas. Tão logo em idos as lembranças, pois, quis por tudo tomar distância da culpa, porque perante sua força inevitável, há muito a esvair-se.

Põe-se de pé, então; e com olhos firmes para além das curvas de adiante. E meio relutante, meio decidido, ensaia os passos, rumando ao rochedo para trepar às escarpas. Assenta-se em seguida na cima, esquadrinhando toda a paisagem.

Limpara com suas vestes umas muitas sujeirinhas à pele, e, com uma das mãos, da fronte demoveu as madeixas que lhe caem revoltosas. Dá-se então às venturas de não pensar em mais nada.

Aprumara-se para esvaziar a mente e assim conectá-la à dos outros escolhidos, mas por alguma razão, faltou-lhe jeito. — Foram-se os poderes, afinal? — Ecoa-se estarrecido, embora saiba que, assim como sem mais lhe vieram, também sumirão quando convier.

Seja como for, deu-se conta de que algo ou alguém lhe turva as vistas, porquanto não pode mais penetrar as brumas do mundo. Em vez de desespero, porém, apenas silêncio; e aí, ao alto da pedra, Victor tem com a própria solidão.

Notou a lira que Abaddon deixara há pouco na superfície seixosa, apanhando-a para sentir sua desgraça — porque pesou como fardo à palma, e até lhe provou do sangue ao tocá-la às cordas escuras.

Se sangram as mãos, basta um único filete corrido pelas escarpas para Lúcifer regressar. Deitará sobre si, contudo, a miséria do destino; e perdido àquele limiar que aparta o errado da retidão, porque aprisionado (quando não disperso!) às lembranças tecidas.

Arria às costas do rochedo, onde mirados os símbolos por sobre quatro círculos concêntricos — os quais revelam uma saliência no interior de um aro metálico. Alteia as mãos à beira do olhar para ver seu sangue ainda escorrido, embora não tenha penetrado a reentrância (porque sussurros lhe detêm os passos em acordes de réquiem ao chamá-lo pelo nome).

Fê-lo gritar, afinal; e de joelhos à terra batida. Fugira-lhe até a alma nesse ido, e então somou maldições ao que por fim lhe restara, pois desmanchar-se-ão tão logo no ar.

Notou trilhas pétreas corridas para outros cantos, emprestando-se à mais próxima para tomar distância do portal. O caminho dá adiante numa ribanceira, onde cinzas beijam a superfície de um lago escuro. Chega devagar, aliás, espiando às águas o seu reflexo vazio de destino.

Um estranha força lhe chama dessas profunduras, imergindo sua face à direção de onde vêm os sussurros. Inúmeros pontinhos luminosos, afinal, põem-se lá dentro em valsa jeitosa de estrelas que logo dão forma a galáxias ajuntadas num só feixe.

Habituam-se as vistas à claridade (não sem pelejas, é óbvio), dando coerência às imagens surgidas quando da agitação das águas desse lago. Nesse entretempo avista casebres em ruínas ao longo de vielas ermas, e acima, nebulosas de um céu carmesim.

Sinos de uma catedral soam ao fogo do fim dos tempos; e nesse meio tempo demora o olhar sobre destroços para ouvir o crás de corvos à cumeada das casinhas. Também sobrepairam cadáveres empalidecidos, pois todo o sangue sublima àquele céu. Tão logo quisera regressar, porém, sobresteve por entender que permanecerá até seu último ato.

Cai-lhe à extrema do nariz esta gota viscosa, pois o sangue dos mortos segue agora por esquinas abaixo; em fúria com meandros de tempestade alimentados. Num ponto da rubridez, a propósito, abre-se uma fenda para revelar as ruínas de uma antiga construção.

Entrevê uma mulher cuja face se esconde por detrás de um hijab, embora tenha lhe visto os olhos acastanhados teimando contra as forças da tormenta. Conforme o sangue-mar penetra a frincha, põe-se sobre a escadaria dada à cumeeira do templo já descortinado.

Outra mulher alteia os degraus para ter com quem por muito lhe aguardou a vinda, e fora quando Victor reconheceu Sophia, porque antes vasculhara algumas das lembranças suas. Tais imagens, porém, desapareceram tão súbitas quanto vieram, como se chapinhadas as superfícies do lago até desmanchá-las.

Conduziu-o para outro lugar, afinal, onde contempladas as silhuetas de uma metrópole em ruínas. Deita-se o olhar e nota ao corpo uma armadura escura; e às palmas filetes de sangue, como se do íntimo brotasse a tempestade escarlate.

Outra vez, porém, figuras escapolem às vistas, sentindo quem dos ombros lhe traz de volta à superfície. Vê um homem esquadrinhá-lo, e eis que ele apruma as sílabas:

— Não é sensato vagar sozinho por este lugar, Victor. Os anseios das sombras são aqui mais fortes, e talvez deva esquecer o que tenha visto nessas profundezas.

— E quem é você?

— Um dos Guardiões do Tenkhükai — assim atalha sua resposta —, mas creio que a este respeito tenha já conhecimento.

— Isto é outra ilusão? — Questionou, ao passo que regressas as faculdades.

— Para saber, terá de ir fundo na realidade, e nem sempre é possível florescer perante projeções. Que enxergaremos, porém, uma vez acordados? — Provocou, convocando-o ao mesmo. — Haverá algo a restar?

Levantando-se de onde está, então, parou para desafiá-lo com teimas no olhar.

— Sei por que está aqui — adiantou-se, e baixinho. — Teme o destino de meu sangue.

— Não vim para direcionar tuas ações ou lhe impedir os quereres admitidos como corretos. Se tanto anseia pelo regresso de Lúcifer, que parta logo àquele portal!

— Que então deseja de mim?

— Instantes de prosa; e talvez, com sorte, bocados mais da sua compreensão.

— Penetrou minha consciência enquanto estive no interior deste lago? — Rompeu com a lógica do diálogo ao sentir-se de pouco em pouco desabrigado pelo Guardião.

— Sim, partilhamos esta parte, mas duvido serem ilusões as coisas mostradas lá dentro, porque não há aqui poder para tanto. Veja — aproximou os dedos à superfície do lago, onde então sublimam espirais d'água logo aderidas às mãos.

Uma aura enrubescida, porém, emana do Guardião; e assim retrocedem os veios.

— Ficou nítido agora? — Presta-se ao remendo. — Este lago, de um jeito próprio, convida-o à sua escuridão guardada.

— Que eram as coisas vistas, então?

— Uma visão partilhada — assegurou. — Todos ocultam as vias para conexão com suas mentes, mas é certo que o descuido de alguém lhe tenha permitido acesso àquelas imagens.

— Sabe, Victor... — costurou após instantes para um suspiro demorado. — Por vezes, nossas atitudes escapam àquilo que se toma como real, e a verdade vista pode não passar de mentira em véus de encanto.

— Desviam-se as pessoas, bem sei, mas são também capazes de atrair a si todo ódio possível, fingindo ser quem não são à essência. E fazem isso para proteger aqueles que amam em seu silêncio, pois carregam fardos alheios mesmo quando mal suportados os seus.

Distante, porém, Victor corre olhares à paisagem, e inicialmente não se atreve ao ensaio das palavras (pois que primeiro faleçam serenas nos silêncios de si!).

— Teme quem sairá daquele portal — ele diz, e recobrando sua consciência a ponto de confrontá-lo; quase como se, juntos, bailassem agora numa trama composta por retóricas e guardas baixadas.

— Não posso fazer por ti as escolhas, mas sou capaz de lhe indicar caminhos possíveis à quietez das muitas angústias, ainda que jamais preencham vazios ao peito.

— Se nada for feito — Victor retorquiu (com punhos trêmulos, por sinal) —, a energia de mim sumirá para nunca mais! Acaso será este, e não outro, o resultado das minhas histórias?

O Guardião, em contrapartida, deixa que seus chios façam amor com as quietudes do vale. Vê então quando se lhe abeira a loucura, pois à carne finca fundo cada unha.

— Acabaram-se os propósitos nesta conversa — a falta de tino para com as palavras, portanto, desarticulou o que ainda resta da sua paciência. — Agradeço por salvar-me agora há pouco, mas isso não nos põe em dívida.

Dá-lhe as costas, afinal, rumando para outros cantos com idos tortos ao escuro da paisagem.

— Sinto por isso — diz o Guardião; entanto às alturas eleva sua aura escarlate. Com indicador em riste, ameaça impedi-lo, embora detido ao notar uma corda de luz no caminho.

À direção de onde vêm as notas tiradas duma lira, Abaddon lhes enviesa; e sorri com malícia antes de aprumar-se às sílabas:

— Espero que estejam em floreios as suas sensibilidades, Agnus, pois há pouco preparei uma melodia — ele assegura, e assim costura a Victor: — Regresse ao portal e aguarde por meu retorno; mas não ouse despertar o mestre antes do crepúsculo.

Sem contestá-lo, afinal, virou-se para rumar ao rochedo de onde partira, espiando as cordas estendidas à presença do Guardião. De Abaddon ouve os trovejos:

— *Réquiem Sinfônico das Sombras!*

Com luz e silêncio deitados sobre os cantos de *Ar'khein*.

***

— Acorde, Sophia! — Clamou Akira, sacudindo-a com as gentilezas cabidas neste instante.

Encara-os de uma só vez, tão logo aprumadas as vistas para corrê-las à paisagem.

— Que houve? — Procurou saber, teimando-lhe com tudo a voz.

— Você desmaiou — Arious explica; e de seu olhar sente clarões cautelosos. — As visões estão mais frequentes, não é mesmo?

— Como sabe...

— Quanto tempo desde a última? — Deixou-lhe às quietudes o restante da fala.

— Não sei... Eu... — atrapalhou-se; e besta ao considerar que, de menos a mais, são-lhe adiantados os detalhes do futuro. — Possivelmente em *Glaciamar*.

Sem certezas por hora, contudo, entregara-se às dores — as quais com tratos nada sutis crescem mente adentro em compassos de latejos insistentes.

— Quanto falta para chegarmos? — Quis saber Henrique, que do diálogo pouco faz.

— Não muito — adiantou-se Arious. — *Ar'khein* fica logo atrás daquelas montanhas — aponta então para uma cadeia que se estende escura e majestosa às rebarbas do sul.

Enquanto Sophia retoma as faculdades, preparam-se para partir. Deixa-os à dianteira por instantes, aliás, porque com seus passos vai também o assombro de quem tem em si as desgraças do mundo.

Seguem os quatro para onde continuam as clareiras; acima da orla que afunila os limites do mato. Conforme investem, pesa-lhes o ar, e miasmas desaprumam as narinas.

À frente a paisagem ganha novos tons, porque cruzam agora um descampado que dá ao estreito de escarpas pelas montanhas. Arious coxeia mesmo às partes mais tesas da terra desfolhada, e nesse ínterim desembestam, notando cinzas caídas do céu.

Qual a esperança, ao fim também chega o trecho. Metem-se os cursos à beira dum vale escuro, de onde se erguem próximas as faldas das cordilheiras. Às trilhas de pedras imbricadas, aliás, seu manto se esparrama para oprimir os intentos da vida.

No que Arious finca a cúspide de sua espada ao dorso da terra, guia mãos à fronte para mirar o caminho desenhado para lá das penhas do vale.

— Como desceremos? — Questionou Henrique, cujos olhos passeiam para lá de onde segue o fim do desfiladeiro.

Chegou-lhe óbvia à consciência a resposta, pois quando se aproximara da beira, viu às escarpas uma escadaria talhada na pedra bruta — de onde plantinhas trepam aos degraus puídos. Terão de saltar alguns, naturalmente, caso queiram prosseguir com a marcha.

Porque perigosamente estreito, não é visto ao trajeto algo no qual apoiem as mãos. Ou recostam contra o paredão, ou saltam à morte. Pediu então para avançarem — sendo ele próprio mais ligeiro, pois tem maus pressentimentos —, e conforme descem, redobram a cautela por sentir, de quando em vez, desfragmentarem-se os degraus.

Sobrestiveram cada qual por mirarem um vão à escadaria (não muito largo às vistas, embora custoso para saltar), e antes até que notassem, porém, Arious avança em segurança ao lado de lá, dando-lhes mais dessa estúpida coragem.

Fora imitado pelos três, que também poucas dificuldades tiveram para atravessar. Uma vez arriados em meio ao tantão de ramos crescentes às encostas, afinal, deram no último dos degraus.

— Melhor deixarmos este lugar — disse-lhes logo mais, ao passo que os olhos se metem às liças contra os barlaventos. — Com cuidado de agora em diante — costura ao rumar à trilha rochosa corrida sem intervalos sobre *Ar'khein*.

Seguem-lhe o rasto à volta de espinheiros surgidos para lhes beber do pouco sangue preservado — os quais, curiosamente, recuam tão logo sentida a sua presença.

— Está diferente — atalha Sophia, dirigindo-se a Akira. — Evita meus olhos desde a chegada na cabana, pois é como se me escondesse algo (agora sentido ou previsto).

— Pouco antes do nosso reencontro na floresta, houve instante em que, sem querer, vi-me à consciência de Erébia — ele sussurra. — E mesmo sentida a minha presença, as imagens foram coerentes o bastante para concluir que ao fim desta estrada você cairá.

Viu-a sorrir, porém, como se também adiantasse para si mesma o futuro cuja desgraça vem disfarçada de destino. Dão com solas e alcançam os demais nesse entretempo, deixando ao colo de outros ventos o silêncio na alma para cruzarem um portão entre ruínas de uma antiga muralha.

CAPÍTULO VIII
Do resultado de nossas más escolhas

O sangue escorre à face de Agnus, e enquanto apoia um dos braços com a mão do oposto, chamas seguem pelo solo para rumar aos arvoredos já desfalecidos.

— Dá-me pena a tua fraqueza, Guardião — disse-lhe o Dheva, notando o círculo de fogo com símbolos de luz à própria volta.

Ensaiara os passos, então; e cativo pelas linguetas alevantadas de runas ardentes. Da lira ameaçara tirar umas tantas notas para fenecê-lo com colcheias e semínimas sôfregas por sangue em sustenidos, mas sobresteve, dizendo-lhe que isto não o segurará.

Eis que, ferido, põe-se de pé o Guardião. Encarara-o com desamor, e ajuntou:

— Se a vontade do teu mestre for assim tão poderosa e verdadeira, cairemos para nunca mais. Até lá, porém, não pense que deixamos de respirar!

Explodira sua aura em valsa de fótons — tão logo espalmadas à frente as mãos para criar correntes ígneas sobre o Dheva. Espalharam-se para além do vale, e quando branda a luz, viu-o uma vez mais erguido.

Antes de outras investidas, Abaddon vê sulcada à terra cinzenta uma espada áurea — a qual arrebenta as cordas da sua lira. Também distingue o homem que, não longe, dirige-lhe o olhar.

— Arious...

Volta-lhe um sorriso ao compreender quem também toma beira, porque sua presença é o tomo restante à conclusão de muitos enredos. Fora assim, não de outro jeito, que se emprestou com força às notas da sinfonia do fim.

***

Uma brisa terna valsa por entre a coma caída aos olhos avelanados.

A tarde chega preguiçosa — como quem anuncia, com afagos auripálidos de calidez, cada contorno dos dias que logo vêm (os quais ocultam o verdadeiro das coisas à primeira vista). Guia mãos ao seio para enconchá-las em preces, mal notando quando se lhe apeia por meandros uma lágrima pelos declives da tez.

Quis saber até que ponto os efêmeros lutarão para manter a essência de todo o ciclo; e debruçada à tepidez das ameias, deixa os ventos lhe tomarem muito dos rogos silentes. "Cheguem em rouquidão aos corações alheios!", ecoou-se.

Eis que passos a espreitam. Fê-la dos ombros encarar quem se abeira acanhadamente.

— São estes tempos estranhos — diz Erébia, cujas mãos descansam às costas —, porque o Tenkhükai é também guardado agora pelos pequenos.

— Não sou mais que uma protetora sem jeito deste deserto — retorquiu. — Mas diga: — acrescenta, no que tenta conduzir a prosa para outros rumos — quantas desgraças nos trará o futuro?

— Imagine-o como uma bruma densa, porque mesmo sentidas as superfícies, escondem-se por detrás algumas muitas projeções; e o que se vê é a sombra do quanto os olhos avançam em seus anseios.

— Meus olhos nada querem neste instante — Tália diz tão baixinho quanto convém às carícias dos ventos —, embora teime o coração.

— Eis o essencial — pontuou a Guardiã. — Somos domados pelo olhar; e esquecidos de que, por vezes, as únicas tendências possíveis emergem das estratégias mais sensíveis.

— Morreremos todos, não? — Rompe uma vez mais com a lógica de palavras emprestadas ao desconsolo das circunstâncias.

— Há um distúrbio na energia que mantém a sinfonia de tudo — viu-se forçada às explicações. — E não há como prever com nitidez os aspectos ainda pouco desvelados das coisas, pois as notas se alteram devido ao desequilíbrio.

— Talvez tenha errado ao não conduzir os escolhidos de uma só vez à presença de Arious — dá pontos miúdos na conversa —, mesmo sentindo desde há muito as coisas tenderem para um único rumo. Mas como tirar do abrigo aquilo que nos escapa? É possível alterar o quanto fora já determinado?

Nesse entretanto, deita as teimosias do olhar às costas do sul, onde os *Alacium* avoaçam sem rumo acima de dunas e histórias.

— Suponho que, por vir à busca de quem já não está aqui, também seguirá a *Ar'khein* — constata o óbvio, partilhando das paisagens miradas.

— Mesmo com sombras deitadas, os aspectos do que virá permanecem nítidos; e por isso a pressa de nos encontrarmos àquele vale.

— Se acaso puder, diga ao mestre Gaunden que... — sobresteve para uma pausa; perdendo-se em suspiros. — Esqueça — conclui. — Faltam-me as palavras.

Nota-lhe então um sorriso de esperança — o qual desenha novos contornos aos lábios. Toca-a também às mãos, sumindo envolta por clarões intensos. Do que se esconde no seio, porém, silêncio; e cá também deixada a quietude das horas.

***

Doa-se a pensamentos uma outra Guardiã; com dedos em passeios em torno dos lábios. Sua mente cruza o limiar do espaço-tempo, demorando o olhar sobre os estilhaços da claraboia.

— Ainda não a encontraram? — Ruma para uma das sacerdotisas, que suavemente desponta do rebato.

— Procuramos em tudo, senhora Náiade — assegurou com temor e desesperança —, mas não creio que tenha...

— Deixe-me só — ela pediu, porque carece do silêncio. Vendo-a sumir, portanto, regressa cada pensamento às figuras de Têmis e Sethiel, os quais permanecem em sombras.

Ergue-se para circular o salão, notando às lâminas do tridente o sangue de Sophia coalhado em serpes.

— Como algo tão insignificante será capaz de destruir a realidade? — Questionou-se. — Quem assegurou, porém, serem eternas as nossas existências? E por que não alcanço as respostas? Por quê? Às vezes me esqueço o quão terrível é uma eternidade.

Enquanto crescem as aflições, Náiade cruza o rebato para apear os degraus com a força ainda convinda aos pés. Vê-se logo num corredor para adiante do umbral arqueado da saída, onde correm dum lado a outro as sacerdotisas à procura pelos demais.

Rumara as vistas ao céu com chuva em teimas de beijos doídos à frieza do mármore, e divisou às passarelas daqueles quatro oceanos o charco de sangue dos anjos varrido por ondas enverdecidas.

— Aonde vai, senhora? — Pergunta uma dentre as sacerdotisas ao notar que do templo toma distância.

— Ouçam: — arrisca-se, atravancando as sílabas para suspirar — se muito desse à razão, permaneceríamos com espíritos atados; mas obedecerei àquilo que me dita o seio, e lutarei ao lado dos meus irmãos. Sigam ao oeste conforme for, porque lá encontrarão ajuda.

— Mas, minha senhora! — Falou outra dentre as sacerdotisas. — A *Coroa Marinha* pouco fará diante do que vem vindo, pois nada os preparara para isso!

Sem respostas, porém, viram-na partir. Sabem que, a contar deste instante, dúvida e medo serão postos à deriva quando enfim vierem as tempestades. Porque lutarão, isto é seguro; seja agora ou quando ao fim as centelhas de sua existência.

***

— Ele logo regressará...

Disse ao ter com os idos incoerentes das próprias ideias. Sentado por sobre as areias, permite-se às ressacas que lhe vêm aos pés descalços em beijos de mornidão e consolo.

— Há quanto tempo está ali? — Quis saber Feodora, tão logo abrira a portinhola da *Toca-do-Coqueiro*.

— Há algumas horas — responde Rúfio, deitando o olhar para lá dos idos da encosta.

— Em que está pensando, afinal?

— No mesmo que nós, suponho.

— Sinto-me estranha — doa-se ao desarranjo da prosa —, porque não é desta forma que imaginei nosso fim.

— Talvez, as curvas da existência sejam inalcançáveis, pois tudo é nota à melodia de há muito composta; e sabemos que cedo ou tarde será esquecida por conta das novas partituras. Até lá, porém, cabe-nos aprender com os ditos dos seus refrãos.

— Espere, o que pretende? — Perguntou por vê-lo rumar aos rochedos em idos pela orla (com cócegas devido ao bocado de grãos espalhados, aproveitando-os às singularidades).

Conchinhas trazidas por vaivéns espumosos indicam sendas ao homem perante o palor do horizonte. Sinalizou sua chegada com uma esparramada nas areias, observando as ôndulas acima da cabeceira do mar.

— Olá, Elding.

— Demônio...

— É bonito, não? — Atreveu-se, indicando o oceano com danças às costas do Tenkhükai. — Dele há tempos provei, e ao crer que morreria, guiou-me à vida a luz de seu farol.

— Que quer de mim, afinal?

— Nada que tenha condições de conceder, já que aqui tenho tudo — ele atesta. — Permita-me apenas contar esta história, porque há tempos um demônio cometera o mais grave dos crimes.

Desinteressado, porém, Elding permaneceu sem lhe rumar as vistas, como se presciente da moral que traz sua prosa. Quis-se bocados mais de ausência.

— Apaixonara-se por uma humana — continuou — e, devido a tamanha traição, condenara-o Lúcifer. Chegado o dia, que seja pela benevolência ou vontade de humilhá-lo, forçou-lhe as últimas palavras. Em vez da clemência esperada, porém, do demônio ouviram isto: "Tragam-me um punhal!".

— Como é? — Espantou-se o Guardião, encarando-o pela primeira vez desde que chegara. — Se a morte lhe era certa, então...

— Não pense que encontrará em tudo uma justificativa aparente — acrescenta-se à sua fala, vejam bem, o risinho besta com viços atrevidos no olhar —, porque nem sempre ela se constitui como a essência.

— Um sacrifício disfarçado de insolência — ponderou ao ter com seus botões, no que também percebeu para onde ruma o diálogo.

— Fez das suas até provar que mesmo um deus não tem controle absoluto do destino alheio. Mas sacrificou tudo — remenda com tristeza — pela fé naquilo que teima para existir.

Resguarda-se das pelejas íntimas o Guardião, ao menos enquanto tem com os silêncios postos sob rasura. E tão logo erguido nesse entanto, sacode os grãos às vestes antes de encarar por última vez as fímbrias formosas do horizonte que dá para além-mar.

— Lembro-me de tê-lo visto na noite em que se afogava neste oceano — confessou. — Tive àquele instante uma breve noção a seu respeito, mas por piedade ou capricho, mantive acesas as chamas do farol, dando-lhe forças para chegar à encosta.

— Escolhas emergem mesmo diante da inevitabilidade — retorquiu ao vê-lo sorrir e tomar distância. Indo-se praia acima, ventos tragam em rouquidão seus espaços; e segue assim por mais bocados, porque do que cantam distingue enfim a nitidez.

— Para onde irá desta vez?

— Apenas ele encontrará as respostas — diz a Feodora, que, acanhada, abeira-se para ter com seus olhos tristonhos.

— Devemos segui-lo?

— Melhor deixá-lo ser — arremata. — Por vezes, precisa um homem caminhar solitário para pensar a respeito de tudo; ou de nada, talvez, pois só é possível encontrar-se nos instantes em que se vê mais perdido.

***

Ela abre os olhos antes de guiá-los aos cantinhos desse cômodo; e cabisbaixa para espiar o sangue em serpes no assoalho. As mãos se firmam à empunhadura do seu arco, aliás, dedilhando e observando o cordão estendido de uma estrema a outra pela mira.

Kamonne vê imagens de um passado projetadas ao caos da consciência. Revisitou a queda de Sophia — somada à chegada do Dheva, cujas risadas ainda reboam pelas memórias. Aproveita esse vislumbre para lhe estudar os movimentos.

Ergueu-se, porém, desembestando ao parapeito da janelinha — por onde contempla pela diafaneidade gélida as ruas à Cidade Portuária. Quis o vento sem comedimentos pra deitar seus mimos com blandícias de pensamento-vida, e lá para onde dá a quietude intranquila, fazer amor com a luz que em teimas desfaz as trevas do mero ser.

Para lá do rebato, nesse entretempo, um ruído de marcha cresce aos poucos, até revelar quem se esgueira pelas portas entreabertas. Viu-o surgir, então, atendo-se às suas feridas.

— Que houve?

— *Chacais-da-Neve* — respondeu o lobo (e arfando enrouquecidamente). — Ansiavam vingança, creio eu. E pensar que escapei por sorte…

— Sinto tanto por isso — disse a Guardiã; com voz em gasturas tímbricas.

— Preocupe-se menos comigo, minha senhora, e mais com o que está por vir, porque chegados os prelúdios de tempos sombrios.

— Ouça, Dai'ön — apressou-se, no que lhe cortou pensamentos com palavras sinistras. — Sophia… Ela…

— Está segura; deixei-a à orla da floresta. E soube por outras criaturas que os três, ou quatro, se incluirmos Arious, rumam agora para *Ar'khein*.

Entrementes — porque apressada —, põe força nas solas para arriar a torre dada às ruas de *Glaciamar*, onde crescem murmurinhos.

Uma vez alcançadas as calçadas frias, a Guardiã espalma mãos ao céu para lhes exibir o arco agora envolto por chuvisco de diamantes em pó, emprestando-se assim às palavras:

— Ouçam todos — encara cada homem e mulher abeirados de man-sinho para ouvi-la. — A estas alturas, sinto terem noção do acontecido.

E ao dizê-lo, notou-lhes os sinais confirmativos.

— Bem conhecem a profecia; e por isso vos digo que pouco importa o quanto há séculos fora escrito com sangue ou loucura — costurou, tão logo raiva e determinação lutaram ao âmago para saber qual ven-ceria. — Mesmo vindas as tempestades, não cairemos sem antes lutar!

Um alarido ressoou, e com paixão de quem não se dobra às volúpias da sorte. Veem então nascer a esperança indômita, tornando-se a prova do quanto ascenderam quando tudo teimou contra o existir.

***

Noutro lugar, algo rasga o céu. Move-se em meio ao algodão das nu-vens, voando sobre o Tenkhūkai até avistar a cumeeira de uma serra e às suas beiras pousar.

Descortina a vermelhidão de um sol que, preguiçosamente, permite-se ao sereno. Ventos ziguezagueiam sem coerência para ter com seus imos; e nesse entanto lhe cai à fronte um respingo, o qual logo cede passagem a tantos outros, pois uma garoa preenche agora as ranhuras pelo solo.

Avista uma planta trepada à rocha bruta, a qual com braveza resiste ao toque das solas.

— Por que algo tão insignificante lutou para nascer num lugar como este? — Indagou-se. — Trata-se de esperança? Desespero disfarçado de teimosia, talvez?

Këion fechara os olhos e uma vez mais ergueu a face, entregando-se às incertezas vindas com as lágrimas do céu.

— Por que não findar o sofrimento? E por que pelejam todos como esta planta?

Sem respostas, porém, dá silêncio aos ventos — tão logo partilhados os segredos das carícias suas. E sentira sangue pelos sabores do ar, es-praiado com pouquíssimas branduras no crepúsculo.

— Lúcifer — entoou-se. — Finalmente virá...

***

A rouquidão de uma voz rompeu com a constância do silêncio:

— Olá, Abaddon — disse-lhe Arious, ao passo que é estranhamente observado, porque parece conhecê-lo de outros cantos.

Akira desponta à frente para apanhar a espada fincada na terra desfalecida. Toca-a então com força ao cabo, e pouco faz da presença de Abaddon, porque caminha até parar diante do Guardião; sereno que só.

— Você está bem?

— O suficiente — ele responde com arfadas bruscas. — Por que os trouxe, Arious? — Remenda ao virar-se num ímpeto. — São completamente dispensáveis neste momento!

— Não tenho certezas a este respeito, pois creio estarmos no lugar em que deveríamos.

— Arious — sussurra aos ventos. — Seu tolo...

Gozando do entretanto, Abaddon se apronta àquela direção — e com o cetro surgido dos recônditos da sua cartola, por sinal. Ergueu-o ao ver o Guardião criar com sua energia dois aros incandescentes (cujas chamas crescem conforme somem os minutos).

No que parou frente ao círculo, soube o quanto custar-lhe-ia atravessá-lo, mas pouco fez das dores, pairando olhar sobre os demais antes de desaparecer envolto por nébulas escuras. Ressurgira para cá da barreira, e baixou seu cetro à face do Guardião, que, aturdido, cuspiu bocados mais de um sangue às violências arrancado.

Tomado então pela fúria, Akira guia a cúspide da espada ao peito do Dheva, vendo-o outra vez sumir. Sem perceber, porém, surge-lhe logo às costas para sorrir com atrevimento.

Eis, contudo, que um leque lhe detivera o golpe, convocando a névoa esparramada de mansinho pelo vale. Caíra no solo ao ter com as lâminas que agora rasgam sua carne em cortes tépidos e malcheirosos.

— Espero que meu atraso não tenha lhe custado, irmão — disse Erébia, acocorando-se ao seu lado. — Akira — advertiu, porém, quando em seguida o espiou de viés —, saia já deste lugar, pois a todos é inseguro!

Sem contestar — porquanto lhe saíram ríspidas as sílabas —, obedeceu como se temesse as iras àquele espírito, juntando-se então aos demais. Abaddon bem quis impedi-lo nesse entretanto, embora é tolhido pela Guardiã, que outra vez abanara o leque para espraiar suas brumas em frenesi por *Ar'khein*.

— Vá depressa! — Ela urra, pondo-o para correr o quanto ainda servem as solas. Detivera-se, porém, logo adiante; e próximo aos que pouco poderão, porque perante deuses, constatam a miséria da própria incapacidade.

Desaparecem e ressurgem conforme rui o vale à sanha dos encontros. Erébia invoca um nevoeiro para que daí se espalhe esta tempestade, a qual, violentamente, traga-o inteiro. Logo mais erguido, todavia, conjura uma esfera escura, partindo-lhe então ao encalço.

Os que assistiam mal notaram quando surgiram dois vultos com palmas erguidas à direção de onde, há pouco, viu-se a energia concentrada — eram Náiade e Gaunden vindos ao socorro. Enquanto ela se abeira de Agnus, afinal, ele defronta o Dheva na altura dos olhos baços.

Tanto pelejou, mas não resistira: desferiu-lhe um soco no ventre, forçando-o a recuar para vomitar sangue aos seus pés.

— Erga-te, maldito — ordenou; e nesse entretempo teimam as vistas contra a violência do encontro, desvelando o que não se vê à escuridão de ambos. Mas Abaddon sorri, sobretudo por mirar Náiade logo acima.

Concentra às pressas sua energia, e pare uma explosão de fótons que a faz cair sobre o charco rubro esparramado. Viram-na aprumar-se devagar, cambaleando para alcançar Erébia — como se àquele colo lhe aguardassem os ralhos carinhosos de uma mãe.

Abaddon e Gaunden trocam cóleras nesse ido apressado; e quanto mais se entrega o Dheva, tanto mais sorri, desenhando com seu cetro um círculo ao ar. Dobrou-se daí o espaço, aliás, engolindo os braços do Guardião.

— Maldição — ecoa ao distinguir bocados do seu sangue em serpes sem coerências, sentindo nesse entrementes as vibrações duma assinatura de energia tão bem conhecida.

— *Penitência do Último Raio!* — Troveja alguém próximo, dirigindo ao Dheva um sem-número de rizomas elétricos.

— Acaso é imortal? — Ao vê-lo cambalear e ir a pique sobre as cinzas, dá-lhe as costas para socorrer os irmãos. — Perdoem-me o desatino — fala-lhes entristecido; e por resposta este silêncio que muito revela ou custa.

Antes de se dirigirem ao Dheva para enfim matá-lo, contudo, ouviu-se a voz que os fez sobrestar, porque deram com a presença de um homem aprumado em vestes clericais. Do olhar viram escuridão; e às mangas o sangue prorrompendo-lhe dos pulsos.

Tão logo mirado o sol no oeste, Abaddon sorriu — e nesse ido os aros do portal giram em ressonância com filetes de sangue há pouco derramados por Victor. Da reentrância sulcada àquele rochedo, portanto, reluzem runas. Chegam ao fim suas esperanças.

CAPÍTULO IX
Sub umbra alarum tuarum

Achega-se a manhã, raiando mansa por imensidões descoradas. Crianças enchem às bordas seus baldinhos com a areia do bosque, enquanto os pais revezam olhares entre sua presença e as colunas dos jornais apanhados para leitura.

Meninos correm ao encalço do senhor bigodudo que às mãos empunha um tantão de balões atados com cordõezinhos. Violetas, vermelhos, anis; flutuam como se ansiosos por tocar a limpidez do céu e ir pela imensidade para lá das vistas.

Num dos assentos aos balanços da pracinha, a propósito, há este garoto cujos olhos, com lampejos anis e bonitos, esplandecem o fulgor de sua felicidade instantânea.

— Mais alto, mamãe! — Pede àquela que o acompanha. — Mais alto!

Ergue-se o sol do levante nesse entanto; e tudo segue um curso, afinal — como se há muito determinado ou imposto com equilíbrios frágeis. Mas que força é essa que a tudo controla? E por qual razão as coisas têm de seguir para um único sentido?

Enquanto tais questões passeiam às mentes das estranhas figuras sobre um dos bancos, mãe e filho permanecem em seus papeis já compostos pelo destino. São observados por duas mulheres, a saber — sendo que, à face de uma, nota-se o pasmo de quem já nada compreende da realidade.

A mulher de jeitos serenos, por sua vez, recebe com afagos acanhados um dos cães à solta nesse bosque, o qual toma beira para se enroscar às suas pernas. Disse-lhe algumas sílabas às orelhas compridas, vendo-o então partir em ladros para abocanhar as alças da bolsa escorada próxima ao balanço.

Indo-se por entre as pernas dos desavisados, é seguido pela mãe do garoto deixado perante aquelas duas. Outro cochicho, aliás, mas desta vez à mulher de olhos ainda assustados, que logo se empertiga ao seu encontro.

Espia-o às pressas — correspondida com um sorriso encabulado; e com mãozinhas em entrelaço custoso de quem não sabe onde metê-las. Tocou-lhe os ombros, então, abaixando-se sem jeito para acrescentar ao vozerio da praça uns tantos suspiros, os quais, como uma sinfonia, fê-lo cair no réquiem dos seus bemóis.

— Os ventos estão mais agitados, não acha?

Ela logo desvia o olhar para emprestar-se à solitude da consciência já cansada, embora não dá minuto e se ajeita na costura ao encará-lo uma vez mais:

— O que você vê, Ethan? — Provocou, convocando-o de um modo estranho à prosa. — Quero dizer... — apruma-se no ajuste. — Além deste instante, há algo sendo vivido?

Mal compreendera o sentido emprestado às suas palavras; mas matutou, e temeu pelo segredo agora posto em jogo, embora lhe faltara força para tolher uma voz mais ligeira e sabida se comparada ao recato dos pensamentos.

— Eu... Eu vejo... — atrapalhou-se; porque tímido e porque ainda confuso.

Apruma suas palavras, então — as quais despontam como uma epifania. E assim, na manhã que mesmo hoje lhe passeia à memória, Ethan mostra àquela mulher um vislumbre do fim:

— Vejo você — ele sussurra —, mas não aqui, porque falta alcançarmos um ao outro. Estamos juntos no desfecho, sabia? Por que está chorando?

Ela sorriu ao ter com seus olhos ingênuos. Dá-lhe então uma última espiada, embaraçando as solas para sumir às vistas como se fugida deste pedacinho de tempo.

Quais as daquela mulher, afinal, caem-lhe as lágrimas em serpes oblíquas pela tez. Das tantas profunduras pouco enxergou — mesmo sentindo-as à essência, já que lhe acompanharam os passos para o resto dos dias.

***

Abrira os olhos para se emprestar à mornidão da luz.

Esparramam-se as nuvens em intervalos incoerentes num céu enverdecido, correndo para onde não se achegam as vistas. E recostado contra o dorso da terra, sorri ao ter com bálsamos dulcíssimos de flores à volta.

Sente-se em paz com seu novo corpo, redescobrindo-se à palidez dum sol preguiçoso, conforme tateia a própria face para sentir mistérios e sabores de história desenhados.

Provou da graça de ver-se entre os vivos, espiando as palmas para constatar o quão belas parecem à primeira mirada em seus contornos sóbrios. Ergue-se logo do vazio, mas desapressado, porque não soubera se suportaria a afobação dos primeiros passos.

Conforme passeia o olhar — onde a luz da manhã descansa sobre os outeiros —, sente os ventos correrem em beijos cálidos, esparramando memórias às rosas com resvalo por entre suas solas. E de pé, já confiante, demora-se o exame, notando que veste um terno desgastado. Sorri como quem revisita as delícias de uma vida surgida do esquecimento, porque há muito fadada à subserviência da espera.

Uma lágrima logo lhe surge para despencar nos entremeios dos seus caminhos. E fora assim, em prenúncios de manhã jeitosa, que um anjo ressuscitou. Doou-se enfim às primeiras marchas, errando sobre pétalas (as quais trazem signos cheirosos). Conforme rumam os pés, por sinal, dá valor à pequenez das coisas.

Segue tendo ao corpo os toques ternos de um nevoeiro esparramado para além dos cantinhos esquecidos desse jardim. E mesmo em sombras, aliás, Sethiel nunca se permitiu com tal cólera à luz que teima e faz a existência vibrar.

Avista ao longe uns tantos blocos rochosos, os quais lhe parecem a ruína de um templo antigo; e trabalhado em lembranças sangradas. Senta-se então por riba duma pilastra curvada no colo da terra cheirosa, espiando a chegada de quem com passos acanhados o espreita.

— Seja bem-vindo ao Tenkhükai, anjo caído — disse-lhe uma Guardiã, pouco antes de também tomar assento. — Vejo que encontrou a brecha há muito procurada.

— Quanto tempo até que cheguem a esta dimensão? — Adiantou-se, deitando os olhos à vastidão longínqua.

— Em poucas horas, não mais que isso, os outros quatro virão — Erébia confirmou. — E então nossos destinos serão enfim entrelaçados.

— Sinto-me diferente — ele murmura, rompendo com as harmonias da prosa —, porque há mais de uma tessitura à essência deste rapaz — remenda ao deitar sobre si um olhar quieto. — Que deixamos passar, afinal?

Sorriu, porém, ao cavoucar à imensidade distante as respostas que teimam, perturbam e tão logo falecem ante a impavidez da consciência indócil.

— Há um Dheva por estas bandas — apressa-se com a costura malfeita, pois à mente há toda sorte de eventos desbravados.

— Escapam-nos os detalhes, mas sua centelha arrebentou correntes entre as realidades da existência; e por isso caminha entre nós. Seja como for, porém, nada faremos em relação ao regresso de Lúcifer, porque somente assim romper-se-ão os selos, até que tudo flua num único sentido: o do arbítrio.

Ergueu-se para caminhar por bocados sem rumo, afinal, embora logo tolhesse os passos ao ouvir a voz da Guardiã:

— Preciso que permaneça um pouco mais, porque quando vierem os escolhidos, dois deles despertarão neste território, e será tua a missão de guiá-los adiante.

— Ficaria decepcionado se não fosse.

— Há mais outras duas questões: — ela acrescenta — antes do fim, seguirão cada qual um rumo, porque você dará jeito de separá-los para os proteger. Quando acontecer, procure quem do ponto onde se afunda o mundo enviará uma mensagem. Isto servirá aos eventos de um futuro próximo; sem contar que ela lhe aguarda a vinda para um último adeus.

— É engraçado, não? — Ele sussurra uma vez mais; e espiando-a dos ombros. — Nossos caminhos nunca dependeram tanto de humanas mãos.

Sem jeito, porém, apenas sorriu, dizendo-lhe então o restante do que tem de saber:

— Agora que partilham do mesmo corpo, estão também unidos pelos laços benfeitos de um só destino.

Sethiel guiou os olhos ao céu, permitindo-se à boniteza de muitas lágrimas que se enamoram dos ventos. Jura que Ethan permanecerá eternamente sob a proteção das suas asas.

CAPÍTULO X
Os dois portais

{PRIMEIRO ATO}

Imagine um lugar onde não beiram quaisquer dores. Um vértice de encontro entre incoerências.

Forçando mais, pense em como seria se aí fossem dadas as chances para recomeçar do ponto em que, como um vento fugaz, desfizera-se tudo.

Sacrificar-se então ao crer ser possível corrigir os estragos das escolhas que são sofrimento à essência. Enxergar a coisa não posta às vistas num primeiro pasmo, e em tudo compreender o sentido às notas da existência.

Talvez sejam admissíveis os alentos da redenção; e somados a assopros de vida que, tão cálidos, rumam-te às sutilezas com clarões que banham destinos.

Por que tamanho esforço, afinal? Não se ponha no prumo de tanta imaginação, pois um lugar assim, mesmo em detalhes visíveis aos sentidos, jamais existirá...

***

— Estão todos bem? — Adianta-se Arious, enquanto as vistas se ajeitam perante a luz que já vai embora.

Sophia abre os olhos para distinguir quaisquer coisas além das sombras tremeluzentes à volta; e recostada contra um montante de gramas e de cinzas, soerguendo-se num pulo só. Cambaleia um cadinho, verdade, mas logo sente as mãos que a amparam antes do tombo.

— Ainda não — diz Henrique, sem encontrá-la na altura do olhar. — É cedo para cair.

Com sangue em serpes, os Guardiões miram a direção de onde há pouco viera a luz, no que notam sua energia adensar-se mesmo para além do vale. Próximo de duas árvores desfalecidas, há um homem — o qual aos pouquinhos se ergue nu e majestoso. Teimam os olhos contra clarões, enquanto as costas arqueiam (talvez porque maltratadas pelo fardo das eras).

Lembranças se lhe regressam à consciência, forçando-o o quão bem pudera dar a isto qualquer atenção. Tanto então rememorou, que, malquista, a vertigem o faz querer do peito arrancar seus muitos signos silentes, porque chegados os instantes para desvencilhar-se de si.

Permitiu-se, porém, ao sorriso bobo quando enfim convocado à luz. Fulguram seus olhos em viços prateados; qual estrela matutina que se achega e assim deixa queimar.

Guia mãos ao rosto empalidecido, passeando-as de linha em curva para se redescobrir por sobre tantos sinais cravados. Os dedos sobem um pouco mais, no que afasta sem pressa as madeixas negrejantes deitadas à fronte.

Nesse entretempo o vento entoa angústias, como presságios dum futuro esquecido de sangue. Um último questionamento lhe vem atroz à mente com a pretensão de uma ideia que invade, que teima e que morre no esplendor da sua essência:

— Quem sou?

— Curioso — remenda-se em toques por detalhes à face. — É tão quente aqui.

Os pensamentos se arranjam em vozes íntimas que lhe despertam memórias presas no encontro de muitas dicotomias.

— Quem sou? — Insiste, e assim sua consciência cede à torrente de informações desconexas.

Abaddon, que até então permanecera imóvel, ensaia os passos antes de se prostrar diante do mestre para reverenciá-lo; e quando a malícia de um sorriso lhe regressa à face, deixa que as palavras sigam o rumo dos ventos:

— Seja bem-vindo, milorde — diz com fúria de quem há muito aguarda pelo instante; e nesse entretanto o mestre se empresta às singularidades do que à volta teima para ser notado.

Regressa o olhar à própria nudez e estende em preces as mãos para que nébulas cubram seu corpo até assumirem a forma de uma mortalha alva. Descalço sobre as cinzas, então, aproxima-se do servo antes de lhe tocar a fronte com os dedos, curando-o das feridas.

Explica-lhe quem são os que agora espia com sombras no olhar, e conforme se aclaram as coisas, nota enfim o estranho homem daí pertinho parado.

— Interessante — fala em timbres roufenhos. — Há tantos remendos de tempo neste teu espírito, que já não consigo lhe enxergar à essência. Quem é você, afinal?

Victor, contudo, resguarda-se o silêncio, pressionando os pulsos que ainda sangram por há pouco os ter rasgado às lascas sobressalentes do rochedo. Empalidece-se sua pele conforme somem os minutos, a propósito, e porque sem forças, cai de joelhos ao solo; entregue à miséria das próprias escolhas.

Sente aos ombros as mãos frias de Lúcifer, pouco antes do fim. Deita-se o exame e vê seus ferimentos às pressas cicatrizados — coisa que o faz se erguer num pulo para encarar os olhos pairados com força sobre si.

— Descreia das aparências, pois um juízo apressado não toca o ser autêntico — ele diz. — São verdadeiras muitas das coisas ditas a meu respeito, sim, mas para além do quanto se esconde nos detalhes (escurecidos num primeiro instante), jaz o que faz de mim quem sou.

Victor espia quem ao longe os observa, e por isso, talvez, tenham-lhe custado as palavras quando uma vez mais se dirigiu à presença de Lúcifer:

— Você os matará?

Antes de quaisquer respostas, porém, sente à fronte a gelidez daqueles dedos, até perder-se num silêncio inconsciente, sossegado — pois Lúcifer o fez desmaiar, tomando-lhe em seguida aos braços para então deitá-lo gentilmente às terras escuras do vale. Erguido nesse entretanto, lança ao servo um olhar inflexível, seguido de outras palavras:

— É tempo de concluirmos o que há muito iniciamos.

— E quanto a ele, milorde?

— Retornaremos mais tarde para buscá-lo — assegurou ao esquadrinhar por última vez a presença inerte de Victor —, porque lhe reservei os tantos planos de um futuro próximo.

A contar deste instante, tudo é desgraça vertida sobre o sangue dos dias vindouros.

***

Entrementes, uma estranha figura espia os vaivéns enverdecidos de um dos oceanos do Tenkhükai. Vê-se da face só o breu projetado pelas sombras dum capuz, e, descalças as solas, sente os passeios efêmeros de muitos grãos. Mas logo lhe regressam as atenções, porque às costas ouvira passos desapressados.

— Continua por perto? — Pergunta dos ombros a quem insiste nessas bandas, ao passo que da voz se lhe desponta uma meiguice alentadora. — Nossa mensagem ainda não foi enviada — apressa-se com o remendo —, porque resta abrirem outro portal. Somente assim teremos brechas na História.

— Uma ruína entre as realidades — falou à mulher sob o capuz.

— Um distúrbio necessário — corrigiu; ao passo que os olhos, por detrás de sombras benfeitas, parecem insistir em carreiras firmes para além das dorsais do oceano.

— Esta tempestade é inevitável desde que nascera Arious — disse ao partilhar das paisagens enquadradas. — Tornaram-se então parte dela cada escolhido (e isso inclui você); mas me escapa o motivo da sua serenidade, ou porque não os ajuda, afinal.

— Não estamos alinhados no tempo — mais meiguice para outro remendo. — E tampouco quanto às urgências. Além disso, em nada serve a pressa se, pouco antes do desfecho, um deles dará seu jeito de vir até mim.

Sequer enxergou com a devida nitidez, mas uma ínfima movimentação às sombras do capuz dessa mulher lhe parecera um sorriso.

— É chegado o momento — ele diz, porque cada indício do finzinho de crepúsculo os faz encarar a realidade. — Adeus, velha amiga.

Segundos antes do sumiço, porém, Sethiel sorrira uma última vez — imagem esvanecida à branquidão deste seu lume. Nota-lhe da ida as plumas que bailam em brilho forte às constâncias dos ventos, traduzindo o que não se vê nas assinaturas dum anjo de Deus.

**

— Elding!

O urro de Erébia morrera aos poucos quando um feixe escuro atassalhou a escápula do Guardião. Despontam das corcovas próximas, nesse entretanto, duas silhuetas em andança mansa.

— Lúcifer... — a voz de Agnus não fora mais que um sussurro mirrado ao ajuntar forças para caminhar com as próprias solas. Mas cambaleou, porque exausto e porque pouco lhe restara das energias, caindo então num ímpeto só.

— Enfim nos alcançamos — Arious fora mais ligeiro na saudação, encarando-o com feições difíceis de serem desveladas. — Noutras circunstâncias, bem fingiria não ter sido uma eternidade.

Espia-o com afinco, cônscio de que nunca o vira antes — embora incomodado quando próximo da sua presença, pois algo lhe soa por demais familiar.

— Há traços curiosos à assinatura da sua centelha — fê-lo saber; e quando Abaddon ensaia os passos para se dirigir aos demais, atém-se a reprimi-lo, porque um tantão de coisas lhe inquieta os sentidos por vê-los todos aí.

— Detenha-se — costurou ao Dheva. — Permita-me adivinhar: — vira-se a Arious novamente — algo me diz ser um dos sete a quem Elohim escolhera, embora um indício ou outro escape à sua essência. Parecidos, verdade, mas não iguais.

— Sete? — Surpreendem-se os outros, porque se somados a Ethan, Victor e talvez Arious, são seis. Afinal (pensam eles), quem então será o sétimo escolhido?

Recuam passos ao vê-lo ainda mais próximo, então; e os Guardiões se interpõem no caminho para criar uma barreira a partir da energia de suas vidas.

— Quanta ingenuidade! — Vociferou ao lhes espiar as tentativas. — Porque me basta um pensamento para que sumam da existência!

Antes de atacá-los, porém, pusera-se Elding no entremeio, alteando palmas para mirá-las tão logo àqueles que vinham. Mas Abaddon desaparecera envolto por uma nébula escura, e ressurgiu ao feri-lo à altura da face com seu cetro.

Enseca o sangue para partir ligeiro ao confronto, ainda que já sem muitas esperanças de detê-lo por muito. Valsam sob cinzas chovidas; cada golpe uma ruína, e nesse ínterim os Guardiões — com braços estirados — formam um círculo.

Do clarão emanado, fez-se logo estouro, e caíram feixes ao solo, assumindo cada qual a forma de símbolos agora tatuados às beiras próximas.

— Bocados inteiros de tempo não bastaram para lhes tomar a arrogância — ele murmura ao espiar os idos das runas de luz. — Acaso creem que refarão o selo?

Deixando o círculo nesse entretempo, rumou-lhes ao encalço, sobrestando por distinguir no céu a vinda duma flecha envolta em cristais de gelo logo fincada perante seus pés. Eis que, esperançosos, viram-na chegar com um arco fortemente empunhado; e dos olhos lhe notam clarões severos.

— Obrigado por vir — adiantou-se Agnus ao vê-la se abeirar com uma tristeza de timbre semelhante à do olhar. — Tive certezas que...

— Cale-se — Kamonne sequer lhe permitiu ir além com as palavras. — Se cinco Guardiões não derrotaram um único Dheva, então são dignos de pena — costura sem ao menos encará-los, porque dos ombros os esguelha.

TENKHŪKAI **185**

Avança em seguida à direção de Lúcifer, e alteia uma das mãos — quando por fim, sobre a palma, surge-lhe outra seta guiada às lâminas do arco para pressionar o rêmige.

Abaddon quedou nesse ínterim estranho à consciência, lidando com pelejas sem conta; pois apesar de venerar seu mestre, nutre um estranho sentimento por Kamonne.

— Vamos, faça!

Detiveram-se os pensamentos quando cristais em pó mantearam o corpo da Guardiã. Antes que ao peito lhe rumasse a flecha, porém, caíra de joelhos às cinzas, cuspindo bocados do próprio sangue — porque aprisionada pela pressão criada duma energia sombria à volta.

— Mate-me de uma vez — pediu ao vê-lo achegar-se. — Antes morrer com honra a ter de experimentar uma realidade regida por teus grilhões.

Lança-lhe ao seio, então, um feixe de luz retilínea; mas desafiando as coerências deste instante, eis que Abaddon se ergue à trajetória para desviá-lo com a estrema do cetro empunhado.

— Como ousa? — Trovejou-lhe o mestre, ao passo que engrandecidos os olhos de Kamonne, pois não anteviu tal afronta vinda do mais leal dentre seus asseclas.

— Rogo-te o perdão, milorde — apronta-se o Dheva em reverência demorada —, mas tenho a obrigação de advertir que vossa tarefa é outra — remenda ao virar-se à Guardiã para esguelha-la. — Concentre-se no ritual; e dos demais cuido eu.

Dos olhos reina a cólera, mas não punira o servo tolo, dando-lhe então as costas por saber que tem coerência seu raciocínio. Deixa-o ao encargo dos Guardiões, afinal, rumando quieto à direção de Sophia, Henrique e Akira.

— Arious! — Chama-lhe Agnus, que se encontra próximo e ferido. — Leve-os para longe, porque ganharei tempo até que desapareçam.

— Malditos humanos — Náiade os deixa a par do seu resmungo; e à própria volta cresce uma aura em jeitos de luz anil.

— Vá ajudá-la! — Urra Erébia (tão logo vista e compreendida a cena), porque Kamonne se arriscava mais que o necessário por eles. — Cuidaremos de Lúcifer!

Partira às pressas e cerrou punhos ao cruzar a presença do irmão, que por sinal sequer lhe mira os olhos (porque solicitado apenas à presença dos demais Guardiões, os quais logo vêm de encontro).

Quando Erébia ensaia seus primeiros golpes, vê-se arremessada pela repulsão da energia extravasada por Lúcifer, até topar com Náiade e serem postas de ímpeto ao solo. Os outros foram apenas imobilizados com uma facilidade assombrosa.

Parou perante os escolhidos, então, permitindo-se à gravidade dum primeiro encontro:

— Nas eras em que estive aprisionado, sempre os imaginei... — sobresteve para uma pausa ponderativa. — Como direi isto? Mais ameaçadores, talvez?

Nada disseram, porém, porque apreensivos quando notada a postura de Arious (que, com força, ergue sua espada).

— Poupe-se do esforço e da frustração — disse-lhe Lúcifer, espiando-o com pena. — Não há nesta lâmina poder a ponto de me ferir.

— E quem disse que é essa a proposta?

Estarreceram-se por vê-lo direcionar a cúspide ao próprio ventre, sangrando então sobre umas tantas pedrinhas amontoadas nessa trilha. Tão logo ensaiam brados desajeitados, contudo, veem que sua lâmina lhe rasgara apenas as superfícies da pele — porque tomado o corpo, afinal; e negadas as regências dos seus movimentos.

— Não é deste modo que teu sangue há de ser útil — diz em tons serenos. — Tenham paciência, aliás, porque logo saberão o propósito da sua existência.

— Que pretende, afinal? — Quis saber Sophia, não mais suportando o próprio silêncio.

— Acaso lhes escapara? Algo os trouxera para me libertar, e o desejo desesperado de seja lá quem for o fez usá-los. Quaisquer eventos daqui seguidos pouco importam, afinal, pois não sois escolhidos a coisa alguma. Ao contrário, até: — salientou — são peças descartáveis às mãos dos deuses.

— Não lhe deem ouvidos! — Arious fora ligeiro com a exclamação; e do corpo ainda lhe foge o domínio.

A expressão de Lúcifer rumou da raiva à curiosidade, sentindo enfim aquilo que se agita com força às centelhas dos escolhidos. Quando alteada uma das mãos, portanto, sorriu sem jeito por emprestar-se aos retalhos:

— Sinto-me disposto a rearranjar as notas no sangue de cada qual; e especialmente no seu...

Sophia grita em desespero; e ao vê-la se arrastar sobre as cinzas do vale, correm os demais para alcançá-la. Tarde, porém, pois seu corpo é suspendido pelo poder de Lúcifer, assumindo a forma de uma crucificação.

— Depressa, Akira! — Arious suplicou ao lhe indicar à mente a imagem da espada daí pertinho fincada. Bastou apanhá-la, contudo, para notar que se desfragmentava o seu metal, restando partículas às cinzas.

— Acaso creram que não perceberia? — Sua voz é então abafada pelas esgoeladas de Sophia. — Esta humana é a resposta para destrancar os hiatos esquecidos entre as dimensões!

Miram Arious (e enraivecidos!), porque lhes escondera muito mais do que suportariam. E uma vez regressas as atenções a Lúcifer, viram-no erguer a outra mão, separando os dedos em equidistância para se abrir ao seio de Sophia um corte pelo qual prorrompe esta esfera de sangue composta; e logo pousada à sua palma.

O mesmo a Akira, Henrique e Arious, já que dos corações outras três esferas rubras se dirigiram à palma de Lúcifer. Fim semelhante tivera Victor, ainda inerte sobre a terra dura.

Girando a mão como se forçasse uma chave num cilindro, as cinco esferas sublimam ao céu para dobrar o espaço-tempo e deitar sobre *Ar'khein* uma coluna de luz — esta que, sem demora, toca o solo em fúria.

— E agora — ele sussurra ao sentir as vibrações em luz do portal aberto —, é tempo de ser-me útil...

No que cerrou o punho para assassiná-la, distorceu-se ainda mais o espaço, pois é esta, afinal, a forma segura de cruzar barreiras e então reconstruir seu corpo quando do outro lado.

— Vá, Kamonne! — Agnus clamou ao subjugar o Dheva com a ignescência de seus aros, espiando-a (dos ombros) partir às pressas.

— Será mais cômodo e inteligente se desistirem — disse-lhe Abaddon —, ou encararem de vez a realidade, porque estão todos mortos.

Do íntimo lhe vêm ajuntadas as forças para contra-atacá-lo, e assim, mais sangue os deixa, tingindo de horror o vale das sombras.

Henrique questionou o sentido em tudo nesse entanto, pois vê agora a valsa da morte pela perspectiva do caos particular. Quando presenciara o estado de Sophia, aliás, ergueu os olhos para guiá-los ao norte, aonde as lágrimas suas buscam alento e redenção.

Idos salgados em beijos tépidos pela tez escorregam aos lábios; e por crer então ser o fim, deita olhos sobre a adaga à cintura. Não se demora para pressionar sua cúspide contra o peito — porque talvez desperte deste sonho mal-arranjado. Vê Roberta projetada às teimosias da memória quando enoitecidas as vistas; e separados afinal pelo fio duma lâmina.

Quando por triz não lhe penetra o coração, uma luz cálida e embranquecida fulgura até sentir aperto nos ombros, trazendo ao fim este homem com viços de ternura no olhar.

— Nem pense nisso...

— Sethiel! — Exclama Henrique (num susto que não se sabe abraço ou sorriso).

Viu-o caminhar sem pressa à direção de Lúcifer, quando então trocados seus signos não mais odiosos ou menos nefastos. Nesse entrementes, Akira reveza o olhar entre Sophia e os contornos agora divisados pelo portal, por onde em pequenas distorções despontam campos para lá das faldas de montanhas que quase tocam o azul do céu.

— Que está esperando, imbecil? — Ela logo ruma; e de um jeito fraquinho, pois por quase não lhe sai a voz. — Vá depressa, salve-se!

Meio entristecido, meio conformado, afinal, deitara vistas àquela paisagem distorcida. Virou-se uma vez mais para sorrir; e espiar do olhar seu espanto e raiva — os quais, juntos, dão-lhe o brilho eterno dos condenados.

— Não há muito nos caminhos fáceis — fala com pesar, prestando-se então à costura: — Seja como for, quero estar mais perto deste adeus que é o teu olhar...

Encara-lhe estarrecida a imensidade renitente de feições que já não duvidam. Sente-se, porém, insuportavelmente feliz, pois ao ter com a morte, vê enfim o milagre escuso da vida.

— Acaso pretende frustrar-me os planos, Sethiel?

— Receio ser o contrário, meu pai — apressa-se nesse entretanto já aligeirado —, pois regressei apenas para guiá-lo aos silêncios da existência.

Lúcifer lhe espia as feições com desconfiança, naturalmente, e não compreende nada dos escândalos aos não-ditos de seu filho.

— Olhe em volta, sangue de meu sangue! — Adiantou-se, instando-o a distinguir símbolos de luz aos montes tatuados à extensão do vale. Seus idos trouxeram às claras os contornos da insígnia celeste, e assim reascenderam esperanças.

O olhar de Lúcifer por triz não sobressalta; e, nesse entremeio, Sethiel diz a Arious que seu corpo fora liberto do controle, pedindo enfim para fugirem.

— Obrigado por tudo, Ethan — ele sussurra quando, de súbito, vai a pique ao solo. Do corpo então desponta uma luz em jeitos de filamentos vibrantes, os quais cantaram glórias.

— Abaddon! — Ouviu-se do mestre um trovejo. — Pegue o humano, depressa!

Porque obediente, o Dheva surge próximo a Victor, apanhando-o às pressas para daí então sumir envolto em nébula. Não antes, porém, de encarar Kamonne pela última vez, quem afinal lhe deita este olhar apenas por ambos compreendido.

— Apagar-se até afundar esta dimensão não basta a ponto de estorvar minha travessia pela realidade — disse Lúcifer, dirigindo-se à luminescência. — Tampouco servirá para salvá-la!

No que encara Sophia, cerra os punhos de uma só vez, e conforme se esparrama a luz do anjo para arruinar *Ar'khein*, também ela some ao pó de partículas, silêncios.

Junto ao servo com Victor sobre o colo, portanto, desembestam à reentrância já estreita do portal, deixando às costas seus gritos e as quietudes desta luz que é desgraça vertida sobre o fim.

{SEGUNDO ATO}

Ao abrir os olhos — e passadas as horas —, viu-se Akira em outro espaço; com o corpo recostado contra a superfície de um jardim. E quando o bálsamo das flores lhe desperta a ânsia de ter no ser as dores da vida, sente-se sangrado na alma.

— Recorda-se deste lugar? — Pergunta quem se senta daí pertinho; e cuja voz, aliás, sinaliza uma preocupação que não se sabe acolhedora. — Aqui nos conhecemos.

— Diga-me o que houve — atalha numa ordem a prosa, aprumando-se sobre as flores antes de encará-lo com ódio.

— Sethiel sacrificou a própria centelha para selar o Tenkhükai — disse Agnus. — Quaisquer incoerências entre as dimensões são agora a todos inofensivas; e por isso cada qual dentre vocês está aquém do perigo. É bem provável, porém, que tenhamos aqui um problema, pois aquele portal durante muito permanecera aberto. Não sabemos quantas coisas mais dali escaparam.

— E quanto aos outros?

— Henrique partira com Gaunden, enquanto Arious cuida agora de Ethan, porque não bastasse tanta distorção à mente, sequer se lembra do período em que o anjo lhe orientou as vontades.

— Sophia...

— Sinto muito, Akira.

Guiando mãos à face nesse entretempo, não mais suporta o peso da dor que lhe rasga os vazios íntimos, porque experimenta com a fúria dos próprios soluços chorosos a desgraça por prever tudo e ainda assim ter falhado.

***

Destino — força estranha, sem jeitos brandos ou coerentes. Que dizer senão que chega e nos despedaça ao aspirarmos à liberdade!

Lutando contra os quereres [im]postos, portanto, caímos; mas se de bom grado seguimos nesse colo, morremos de esquecimento.

Resta-nos algo quando o fim é silêncio? Para além de toda luz ou escuridão, talvez haja a saída. Um abismo a quem o procura! Com outro ainda maior aos que se deixam cair nesse desvairo inconsciente.

SEIS MESES APÓS O PRIMEIRO PASSO RUMO À RUÍNA DAS REALIDADES; EM ALGUM LUGAR DA TERRA

Desponta às costas do leste os primeiros e cálidos sinais da manhã.

Pessoas cruzam a cidade; e nesse entretempo o sol lhes deita quenturas até tocar o cimento que narra memórias no asfalto malcheiroso.

Crianças paramentadas embarcam num ônibus estacionado à entrada da capelinha cujo rebato dá numa avenida onde se erguem os buritis. E sem convites, rompendo com a harmonia cheia de si, ventos vergastam lamúrias em idos soltos às várias beiras.

Embaçam-se as janelas dos prédios à volta — tão logo beijadas por esta nébula tênue. Semáforos param então de operar, solicitando alguns a deixarem os veículos para espiar o último evento das suas vidas já miseráveis.

— Veja, mamãe! — Disse uma garotinha à calçada, puxando-a pela barra do vestido.

Quando todos miram o céu, notam um eclipse com sombras dirigidas à cidade; seguido duma chuva de cometas deitados ao solo. Sem que percebam ou sequer desconfiem, portanto, um portal é enfim aberto.

Alguém deixa o complicado mundo dos humanos...

- editoraletramento
- editoraletramento.com.br
- editoraletramento
- company/grupoeditorialletramento
- grupoletramento
- contato@editoraletramento.com.br

- editoracasadodireito.com
- casadodireitoed
- casadodireito